招財進寶 1

文創風 258

天然宅 著

目錄

自序

天然宅

小宅在網上發表這本書的時候，是沒想到這麼一本絮叨家長裡短的種田小說能夠獲得編輯的青眼，得到出版的機會的。激動之餘，不免忐忑，不知道各位在城市中長大的親們會不會喜歡這本小說？

最初激發小宅寫這本書的緣由是對家鄉的回憶，雖然小宅是在城市中長大的，但小時候每到節假日，都會在父母的帶領下回奶奶家，有時候是單純地看望老人，有時候是幫奶奶春種秋收，在田地裡勞作。

當然了，小宅那時候還小，純粹是跟在大人屁股後面看熱鬧的，偶爾高興了便在大人挖好的坑中點個麥種，贏得一片大人哄孩子式的表揚。作為一個幼齒的旁觀者，幼年零零碎碎的記憶中，小宅對鄉間的印象最為深刻。

春寒料峭的日子裡，鄉間唯一的綠色就是鋪滿了大地的麥苗，在清涼的風中搖曳著，等到了小滿時節，麥苗長得有兩尺高，初夏的風拂過，呈現在人們眼前的就是一片波瀾壯闊的綠色海洋。

鄉下最熱鬧的莫過於收麥的時候，金黃色的麥浪在六月的驕陽下翻滾著，全家老小集體出動割麥，累了坐在樹蔭下休息時，能夠來一杯解乏的啤酒真是無上的享受。趕在夏日的暴雨來臨前搶收完麥子，即便淋成了落湯雞，大家伙兒心裡也是樂滋滋的。

莊稼人也是有心勁兒的，大人們在意的是誰家的麥子種得好、打得多。拉著裝滿麥子的大架車回家時能得到村裡人的羨慕讚揚，那就是對一年辛勞最大的肯定。

割完麥子，小堂姊會挎著籃子，拉著小宅的手去撿麥子，一個村裡的小姊妹們暗暗較勁，比誰拾的麥子多。

那時候麥子是能直接抵學費的，女孩們頂著烈日，挎著籃子行走在田間溝壑，每撿到一顆麥穗，未來的日子就多一分希望。種糧食是莊戶人家經濟的唯一來源，現在的孩子恐怕很難理解為什麼老一輩的人對糧食那麼珍惜。

八月的清晨，玉米已經長得比人還高了，青紗帳上空是燦爛的朝霞，正是踩著露水拔草餵羊的時節，地裡的蟋蟀、螞蚱隨著人行走的腳步驚起一片，逮住了用草莖穿起來，是家裡下蛋老母雞的美食。

鄉村的生活永遠是那麼的寧靜，有了四季分明的美景野趣，按部就班的日子也不顯得枯燥乏味，迎著朝霞下地，向著炊煙回家，這種安詳寧謐的家鄉就像是小宅的心靈港灣，累了、疲倦了的時候，總會想起心中那幅美好的畫卷。

倘若有一個女孩，厭倦了大都市的塵埃和喧囂，重生成了一個農家女孩，她有雞飛狗跳的極品親戚，有疼她愛她的母親，更重要的是，她有著把她捧在手心上的青梅竹馬。日子不會大富大貴，但卻溫馨踏實，她失去的是有數的少，得到的卻是意想不到的多。她和心愛的鄰家哥哥一起兩小無猜地長大，體驗著鄉下人簡單的幸福。

妳，願意做這樣一個幸福的女孩嗎？

第一章　回家

馬車在鄉間的道路上行駛得飛快，清晨的薄霧尚且籠罩在大地上，春日的暖陽剛剛昇起，路邊高大的楊樹在晨風的吹拂下，柔嫩的樹葉子嘩啦啦地作響。

遠處村落裡，炊煙裊裊上升，已有勤快的莊稼人戴了草帽下田勞作，乾淨的空氣裡瀰漫著花朵和泥土的芬芳。

冬寶老老實實地坐在馬車裡，呆呆地看著窗外飛馳而過的田園風光。倘若是之前，她作夢都想享受悠然的田園生活，然而自她莫名其妙來到古代，穿越成這個叫宋冬凝、小名冬寶的小女孩後，她的腦袋就處在混亂之中了。

這個身體的原主人——年僅十歲的宋冬寶小姑娘已經死了，準確的來說，是被嚇死的。除了留給她一些記憶，冬寶小姑娘走得悄無聲息，甚至連馬車前頭趕車的陳牙子，都不知道車裡的小姑娘已經換了一個靈魂。

理了一天的工夫，冬寶才理清楚了腦袋中紛繁複雜的思緒——

宋冬寶為了幫家裡還債，到城裡的大戶王家做丫鬟，因為簽的是活契，只能做最低等的粗使丫鬟，被分到廚房裡幹活。昨天是小姑娘到王家的第一天，換了王家給粗使丫鬟穿的藍粗布衣裳。

這天是王家宴請親戚的日子，按理說冬寶這樣的粗使丫鬟是沒資格進入內院的，然而搬花的丫鬟人手不夠，管事媳婦恰好看到了站在院子門口的冬寶，便叫她過來幹活。冬寶不敢不聽話，跟在最後面，小心翼翼地搬著手裡沈重的花盆進了內院。

進入到雕梁畫棟的內院後，鄉下小丫頭更拘謹膽怯了，放下花盆後低頭跟在別人身後準備出去時，就聽到旁邊有一個男孩子的聲音，不客氣地喊——

「欸，站住！耳朵聾啦？就是那個穿藍衣服的！」

冬寶壓根兒沒想到是在叫她，直到旁邊的丫鬟拉住了她，她才意識到那個聲音是在叫她。左右看了眼，貌似整個院子就她一個穿藍衣服的。

叫住她的是個穿白色錦袍的小公子，頭戴一頂小巧的金冠，看起來不過十一、二歲年紀，細膩白皙的臉，精雕細琢的五官，正背著手看著站在他對面的男孩，同他身後的幾個小跟班一起，笑得不懷好意。

貴氣小公子對面的男孩模樣要大一些，十三、四歲的樣子，藍棉布斜襟袍子，袍子漿洗得乾淨筆挺。在冬寶看來，他已經穿得極好了，然而和對面的小少爺比起來，就差遠了。

冬寶抖抖簌簌地站在那裡，低著頭，心裡怕得要死。把她介紹進王府做事的陳牙子千叮嚀萬囑咐，她只是個幹粗活的，不能進內院，現在她不聽話，進了內院，又被主子發現，闖大禍了！

藍布袍子的小哥兒顯然是氣得不輕，抿著唇站在那裡看著對面一群笑得沒個正形的公子哥兒們，手握成了拳頭。

「你生什麼氣啊？」漂亮小公子輕飄飄地開口了，眼裡全是輕視。「我是好意，看你身邊連個貼身伺候的丫鬟都沒有，大家都是親戚，哪忍心看你們潦倒成這樣？這丫頭……我瞧著和你真是有緣，連衣服顏色都一模一樣，我便做個人情賞給你當房裡人吧！」

高大的少年胸膛起伏了半晌，才冷著一張臉，抱拳說道：「多謝王公子好意，我還有事先走了。」說罷，頭也不回地轉身，大踏步離去。

小公子知道穿藍布衣服的是王家最低等的粗使丫鬟，拿粗使丫鬟給他當通房丫頭，足夠侮辱他了，可沒想到對方居然敢不給他面子。當下，小公子就暴跳如雷了。見冬寶還抖抖簌簌地站在那裡，小公子氣不打一處來，指著她便罵道：「給小爺攆出去！笨手笨腳的東西，看著就礙眼！」

小主子發了話，人肯定是不能再留了。

冬寶被人拖出內院時，終於哭出聲來了，整個人嚇得完全不知所措。管事看她哭得可憐，一時半會兒也找不到人領她走，就好心給了她兩個冷饅頭，讓她在廚房後面的柴房裡待了一夜，等第二天一早陳牙子再來時，冬寶就得打哪兒來回哪兒去。

在現代來的冬寶看來，這實在不算什麼，可對於膽小怯懦的宋冬寶來說，被攆回家無疑和天塌下來一樣嚴重。恐懼和驚嚇下的她竟發起了高燒，沒有撐多久就去了，然後新的靈魂掌控了她的身體。

新來的冬寶很鬱悶，她只不過是現代社會中普通的上班族，睡一覺醒來就傻眼了，她來到了一個陌生的朝代，成了農家柴禾妞宋冬凝，小名冬寶。

陳牙子領走了已經換了內在的宋冬寶，冬寶在王府做了一天的丫鬟後，又回到了她在塔溝集的家。

馬車停下來後，陳牙子撩開了馬車的簾子，對冬寶說道：「下車吧。」

人牙子不是那麼好做的，一次薦的人不好，信譽就會受影響。陳牙子自詡自己是塊金字招牌，冬寶是第一個被「退貨」的，這讓陳牙子臉上無光。當初他是看小姑娘乾淨漂亮，身世又可憐，才肯薦她進王家的，沒想到會出這種事。

然而馬車裡的小姑娘，那麼小就沒了爹，又要當丫鬟給家裡還債，陳牙子想開口罵兩句也於心不忍。

馬車停的地方是村口，河邊一排洗衣服的女人，聽到馬車的聲音，紛紛抬起頭往馬車這邊看。

陳牙子指著那群女人，對冬寶說道：「去吧，妳娘在那兒呢。」

冬寶遲疑著不敢邁步，她一時間不知道該如何面對這具身體的親人。

見她這樣子，陳牙子以為是小丫頭怕被家裡人打罵，憐憫之下，低聲說道：「回家跟妳奶好好說說，別惹她生氣。」

冬寶被陳牙子推著往前走了兩步後，心一橫，邁開步子往前走。她根本無處可去，倘若不回家，十歲的她只能去當乞丐要飯了。

等冬寶走近了，河邊洗衣服的女人們也認出了她。其中一個大姑娘連忙推了推旁邊正低頭用力捶打衣服的婦人，驚叫道：「秀才嬸子，那不是妳家冬寶嗎?!」

婦人這才抬起了頭，往冬寶這邊看了一眼，立刻變了臉色站了起來，又驚又喜地往冬寶這邊奔了過來。

到冬寶跟前之後，婦人一把抓住了冬寶的手，枯瘦的手背上青筋畢露，急急地叫道：「冬寶，妳咋回來了？」

冬寶看著面前憔悴的婦人，一聲「娘」憋在喉嚨裡，怎麼也叫不出口。

陳牙子走了過來，對婦人小聲說道：「宋大嫂子，真是對不住，王家突然不缺丫鬟了，我就領冬寶——」

話音未落，冬寶就聽到一聲厲喝——

「咋回事?!」

一個乾瘦的老太太氣勢洶洶地往她這邊走，看她的眼神恨不得把她吃了。

冬寶記起來了，這老太太就是她的奶奶——宋老太太黃氏。她錢沒賺到，人卻回來了，可以想見黃氏的心情如何了。

黃氏是十里八鄉裡有名的厲害嘴，幾句話就能把人罵得狗血淋頭。

陳牙子先迎上一步，對黃氏笑道：「大嬸子，這事說來是我的不是，人家王家粗使丫鬟招夠了，所以我只能領著冬寶回來了。」

聽陳牙子這麼說，冬寶對他生出了幾分感激，陳牙子大可以憤慨地指責冬寶不守規矩，惹惱了貴人，丟掉了工作。然而他只說王家下人招滿了，不需要她了，保全了她的名聲。

黃氏黃瘦的臉上不滿至極。「陳牙子，你說人家王家招粗使丫鬟，拍著胸脯保證冬寶去了能上工掙錢，現在錢沒掙到，你說咋辦？」

要是一般人聽黃氏這近乎於訛人的話，肯定要氣得和黃氏吵，然而陳牙子走街串戶，靠的就是和氣生財，因此只笑呵呵地說道：「這事怪我，等下次我再來，保證給冬寶再薦一個工，比王家還好！」

黃氏不滿地瞇起了眼睛。陳牙子是十里八鄉中數一數二的牙子，他都薦不到工，莫非真是簽活契的丫鬟不好找活兒幹？

「那王家要不要簽死契的丫頭？」黃氏問道。

宋大嫂子聞言，立刻撲通地跪到了地上，顫抖著聲音求道：「娘，咱不是說好了，冬寶不簽死契的嗎？冬寶她爹就這麼一個閨女啊！娘，冬寶她爹才走了一個月啊！冬寶還跟人家訂了親，您咋也不能賣了您孫女啊！」

說起死去的大兒子，黃氏的眼圈也紅了，當即罵道：「妳當著外人的面想幹啥？是不是看我兒子沒了，妳就泛那花花腸子了？還有臉說，我兒子就一個閨女，賴誰？妳個不下蛋的雞！滾回家裡去！」

宋大嫂子拉著冬寶就往家裡走，走得極快。冬寶只看到宋大嫂子破了腳趾處的兩隻鞋在她眼前大踏步地往前邁，像含著極大的羞憤和悲痛，卑微得怕人看到一般。

等走到家門口，宋大嫂子才猛然想了起來，衣服還留在河邊沒拿回來。「冬寶，妳先回去，我洗完衣裳就回來。」

「又洗二嬸的衣裳啊？」冬寶問道。

宋大嫂子點點頭，轉身就要走。

冬寶一把拉住了她。「娘……」喊第一聲出來後，冬寶就覺得順暢了許多。「別給她洗了，她憑啥讓妳給她洗衣裳？」二嬸的大閨女招娣，比她還大上兩歲，洗個衣裳根本不算什麼。

「小聲點！」宋大嫂子急忙說道。「冬寶乖，別亂說話，妳二嬸她不是懷毛毛了嘛。」懷毛毛是塔溝集的土話，意思是懷孕了。

冬寶抿了抿唇。剛開春的天氣，河水冰冷刺骨，洗個衣裳，手能凍掉一層皮。宋二嬸自己不動手，也捨不得親閨女動手，可著勁地欺負大嫂。

二嬸生了大毛和二毛兩個兒子後，自認是老宋家的頭號功臣，現如今又懷了第四個孩子，剛一懷上就什麼活兒都不幹了，連洗私密衣服的活兒都推給了大嫂。黃氏眼裡只有兒子和孫子，對於給她生了兩個孫子、馬上要生第三個「孫子」的二嬸，也高看一眼。

要是原樣給她把衣裳拿回來，二嬸就要鬧，到時候吃虧的還是她們。

「那妳就把衣裳在河裡涮一涮，撈上來就行了。」冬寶貼著宋大嫂子的耳朵說道：「我有法子對付她。」

宋大嫂子鼻子一酸。閨女長大了，知道心疼娘了，不再是之前那個憨憨傻傻的閨女了。

「好，娘知道。」宋大嫂子笑道。「妳先進屋歇著吧。」

「好。」冬寶說道，目送宋大嫂子瘦弱的背影逐漸遠去了。

宋家的院子不小，有朝南的正屋四間，中間一間是堂屋，西邊的小屋子是放糧食的，旁邊的房間是冬寶她三叔的屋子，最東邊的屋子是爺爺和奶奶的房間。

挨著正屋的西廂房有兩間，是冬寶她二叔一家人的屋子，東邊挨著灶房的一間土坯屋子，則是冬寶一家的房間。冬天灶房燒火，柴禾潮濕，煙氣燻人，夏天又熱得厲害，是宋家最差的屋子。

冬寶小時候是和二叔一家各住了一間西廂房的，後來二叔家添了兩個兒子，二叔嚷嚷著住不下，又沒錢起新房子，冬寶一家便搬到了土坯屋子裡，住到了現在。

院子裡栽了兩棵泡桐樹，除了雞圈和豬圈，其餘的地方都被開墾成了菜地。菜地是新翻過的，培上了農家肥，散發著一股淡淡的臭味，撒下的菜種已經發出了嫩芽，在風中微微地搖擺著。

她走之前這些地還沒翻過，這活兒不是她母親幹的就是她爺爺宋老頭幹的，整個宋家就這兩個勤快人了。宋二叔渾身的懶筋，宋二嬸是個「嬌貴」人，宋三叔還在讀書，估計鋤頭在哪裡他都不知道。

「妳咋回來了?!」一聲略帶尖利的聲音在冬寶耳邊響起。

冬寶抬眼一看，一個穿著粗布夾襖的女孩端著一盆水，從西廂房出來了。女孩比她身量高出不少，頭髮枯黃，兩根細細的辮子，臉上還有不少雀斑。

「大姊。」冬寶打了個招呼後，繼續往前走。

宋家大姑娘宋招娣不樂意了，叫道：「我問妳話呢！妳聾啦？」

冬寶瞥了她一眼。「咱奶知道我為啥回來了，等咱奶回來，妳問她好了。」

在黃氏眼裡，孫女都是賠錢貨，即便是宋招娣也不能例外，給宋招娣一百二十個膽子，她也不敢去問黃氏，冬寶為啥回來。

宋招娣悻悻地瞪了一眼冬寶，這才發現冬寶的衣裳是新的，比她身上這件穿了幾年、補了幾個補丁的夾襖好太多了！原先看起來呆傻的冬寶，穿上這身乾淨的衣裳後，白白淨淨的，跟年畫裡走出來的女娃娃似的好看。宋招娣心裡便有些不高興，端在手裡的銅水盆就要往屋旁邊新翻的菜地裡潑過去，她不想走老遠去豬圈那裡潑髒水。

「大姊。」冬寶叫住了她，看著她手裡的銅盆，裡頭不是二嬸的洗臉水就是二嬸的洗腳水，不管哪一樣，冬寶都覺得髒。潑到菜地裡宋招娣倒是省事了，種出來的菜吃到嘴裡她也不嫌噁心？

再說了，菜苗這麼小，這一盆水潑下去，絕對能把菜苗給澆死了。種出來的菜苗不成活，黃氏還不可著勁地罵種菜的宋大嫂子？

宋招娣不耐煩。「幹什麼？」

冬寶笑著說道：「妳要是潑水把菜澆死了，回頭奶問起來，我可說是妳潑水潑死的。」

「妳敢！」宋招娣怒了，長長的臉上盡顯尖酸刻薄。「妳敢多嘴一句，我就擰爛妳的嘴！」

宋招娣自認自己是個有功之臣，原因是人如其名，她給宋家招來了兩個弟弟，如今就要招來第三個弟弟，所以地位超然。在宋招娣的小算盤裡，她僅次於奶奶和她母親，是絕對凌駕於宋冬寶和宋大娘之上的。

冬寶淡淡地瞥了她一眼，宋招娣小小年紀就如此尖酸刻薄，實在是深得黃氏和二嬸的遺傳。明明也是個被黃氏欺壓的人，卻還要去欺壓比她更可憐的冬寶。
這會兒，宋二嬸的聲音從西廂房裡傳了過來——
「招娣，水還沒倒完啊？」
宋招娣馬上說道：「娘，冬寶回來了！」
二嬸笑道：「哎呀，冬寶回來啦！到城裡掙到大錢了？」
宋招娣像個狗腿子一樣，哈哈地笑了起來，嘲笑不已。「笨成她那樣還掙大錢？」
冬寶沈了臉。宋招娣不懂事也就罷了，宋二嬸一個成年人擠兌一個十歲的小孩子算什麼？「二嬸說笑話了，我一個小孩子能掙什麼錢？比不了二嬸。」
「妳啥意思？妳說我娘不掙錢了？」宋招娣立刻氣勢洶洶地說道，滿臉的驕傲自得。「我娘生了兒子，妳娘行嗎？」
冬寶嘆了一口氣，這就是農村長期以來男尊女卑思想在女人身上烙下的烙印，連一個十二歲的小女孩都認為生了兒子的女人地位超然，生不出兒子的女人沒臉見人。
想到這裡，冬寶高聲說道：「大姊說的對，再能掙錢也比不了二嬸能生兒子啊！躺到床上不動彈也好意思支使人伺候吃穿，老母豬下崽下得好也能當飯吃！」
宋招娣氣得滿臉通紅，放下銅盆就要過來追打冬寶。
冬寶眼疾手快地拔了根菜地邊上當籬笆用的木棍，指向了宋招娣。「妳敢打人我就敢敲妳！不怕把臉劃了妳就過來！」

第二章 母老虎

尖尖的木棍還是頗有幾分威懾力的，宋招娣不敢過來，嘴裡不乾不淨地罵了幾句。

冬寶聽不下去，把棍子插回了原處，轉身進了門，砰的一聲重重關上了房門，將宋招娣七八糟的罵聲阻隔在了門外。

屋裡瀰漫著一股土坯老房子特有的土腥氣，混合著灶房飄過來的煙氣、豬圈的臭氣，組成了冬寶記憶裡特別的味道。

冬寶進了屋後躺在了床上，眼前是斑駁的牆面，布滿蜘蛛網的房梁，房梁上還吊了一只籃子。農戶人家老鼠多，怕好東西被老鼠糟蹋了，都用繩子吊在房梁上。

其實宋冬寶的出身不差，她有一個秀才爹。按此時的規定，秀才可以免徭役、免賦稅，可以領上等糧食，成績優秀者還能每個月領些銀子。

按理來說，她家的日子不該過成這樣的。

冬寶她爹宋楊不是一般人，人家讀書這麼多年，最深刻領悟到的道理就是要「孝順」，父母說什麼他堅決無條件執行。宋老頭不管事，黃氏一個人說了算，宋楊就聽黃氏的，若不是宋家沒錢再給宋楊娶媳婦，宋楊早就聽黃氏的話，把妻子休了另娶了。

原本宋楊是在鎮上坐館的，每個月都能拿些銀子回來，他生活儉省，所得銀兩全都交給了黃氏。但宋楊有個壞毛病，多年考舉人不中，自認懷才不遇的宋楊便貪杯好酒，每次喝醉酒必發酒瘋，散髮赤足、大喊大叫都是輕的。他在鎮上學館裡發過幾次酒瘋，學館便把他辭退了，為人師表豈能如此不講究？

沒了工作，宋楊灰溜溜地回了家，他名聲遠播，根本沒有學館願意聘他做先生，好在他幹農活也是一把好手。然而，沒了他這份工作的銀兩，宋家還要供宋老三在鎮上讀書，日子過得分外緊巴。

宋楊再怎麼失意，他也是個秀才，誰家裡辦紅白喜事，大多都要請宋楊，有他這個秀才在，檔次也提高了。

丟掉工作的宋楊找到了他人生的第二春，對於被人恭敬地請去喝酒吃肉，宋楊深以為傲，覺得這是別人看得起他、尊敬他。每次宋楊都會喝得醉醺醺的回家，有好幾次都是醉得不省人事，被人抬著回來的，褲子都尿濕了，丟人得很。

宋大嫂子有時會苦口婆心地勸宋楊，不要喝那麼多酒，宋楊便會橫眉瞪眼罵「別人請我喝酒是看得起我，我豈能耍滑頭不喝！」。

宋楊還會把酒席上吃剩下的肉菜和白麵饅頭想辦法打包帶回來，看著一家人吃著剩飯剩菜，宋楊就會笑得自得滿足。當然，宋楊拿回家的剩飯剩菜，冬寶和宋大嫂子是吃不到的，宋家的好東西都先緊著大毛、二毛，這頓吃不完，下頓熱熱還是他們的。

就連宋楊做秀才每個月領回家的那點細麵，也只有大毛和二毛能吃，在鎮上讀書的宋三叔回家了，那就是宋三叔吃，冬寶和其他人只能吃粗糧蒸的窩窩。

宋楊常說，家裡人供養他讀書吃苦受累，如今他有能力了，該讓家裡人過得好一點。

這就是典型的「鳳凰男」（注）啊！冬寶嘆了口氣。寧可老婆、孩子苦死，有一點點好的，也要孝敬了父母和兄弟姊妹。

去年臘月，一個寒風凜冽的下午，宋楊從一戶人家喝了滿月酒回來，拎著一個油紙包，醉得稀裡糊塗中走上了冰封的河面，掉進了冰冷刺骨的河水裡。

等撈上來的時候，宋楊早已經凍硬了。

秀才老爺的葬禮自然不能辦得寒酸了，一場白事下來，宋家欠上了外債。宋二叔提議賣了冬寶，理由很充分：父債子償。大哥沒有兒子，那就只能女兒來還債了，反正他是不會背這個債的。

宋大嫂子以命相拚，冬寶是她唯一的孩子，而且宋楊給冬寶訂過一門親事，要是把冬寶賣了，拿什麼給人家交代？

也就是因為這門親事，黃氏才勉強答應，只讓冬寶簽活契給人做工，沒有乾脆俐落地賣掉這個「賠錢貨」。

不知道宋秀才地下有知，曉得了他閉眼不過一個月，他生前掏心掏肺對待的家人就要賣掉他唯一的孩子時，會是什麼感覺？

冬寶嘆了口氣，這個家實在是太窮了，宋家十口人卻只有十五畝地，還得供宋老三宋柏

注：鳳凰男，指的是那些從小生活在農村，集全家之力於一身，發憤讀書多年，終於取得成功，成為「山窩裡飛出的金鳳凰」，從而為一個家族蛻變帶來希望的男性。鳳凰一詞本是褒義，但此處為貶義，一般是用於聲討在生活中因為城鄉觀念不同產生的相處矛盾或婆媳矛盾時，男方的代稱。

在鎮上讀書。之前有宋楊的稟米和銀子，能勉強撐得下去，如今宋秀才沒了，日子就更難了。

宋老頭和黃氏一共有三子一女，長女宋春梅早就遠嫁了，長子宋楊娶妻李氏，老二宋榆娶妻呂氏生了宋招娣。

李氏進門三年才生了一個女兒，宋楊儘管心中失望，可畢竟是他的第一個孩子，多少也是有些父愛的。

冬寶出生的時候天剛亮，宋秀才聽到屋裡孩子的哭聲，急著進屋去看，卻因地上磚頭上凝結的霜滑了一跤，酸秀才宋楊便給女兒取了一個好聽的名字冬凝，小名冬寶。

黃氏氣壞了，丫頭片子就是賠錢貨。而且冬寶是屬虎的，在鄉下人看來，女人屬虎本來就不吉利，命凶，再加上還是冬天黎明時分的老虎，冬天本來就缺少食物，又餓了一夜，那老虎就是餓虎，這丫頭簡直是大凶中的大凶！

這些年黃氏只要心裡不順，就罵冬寶出氣——

「當初我就不該心軟，留妳這個母老虎在家裡禍害人！」

這是黃氏罵冬寶的原話。

等宋楊死了，黃氏罵冬寶的話又加上了一句——

「妳這殺千刀的母老虎，剋死了妳親爹，妳滿意了吧？妳還想剋死誰？」

生了女兒，李氏越發的沒有地位了，坐月子的時候婆婆連碗熱湯都沒給她煮過，尿布都是李氏自己到河邊洗的，李氏月子裡落下了病根，再沒有懷過孩子。

黃氏想休掉不能生孩子的李氏，然而這些年老三宋柏讀書的花銷一年比一年多，老二宋榆的大毛和二毛又先後出世，宋家有後了，黃氏這才沒有休掉李氏，給大兒子另娶。

只是，如今自己錢沒掙到，還要在家吃飯，不知道等待自己的將會是什麼？還有，李氏口中說的宋楊給她訂了親，也是一樁麻煩事。

宋楊有個發小（注）叫單強，巧的是，單強媳婦生的兒子單良只比冬寶大一天，單強媳婦生完孩子當天就撒手人寰了，等冬寶出生後，宋楊就把單良抱到了家裡，由李氏餵養。

李氏是厚道人，餵奶先緊著單良餵，等單良吃飽了，才餵冬寶。

單強給宋楊一家子磕頭，拍著胸脯，淚水洶湧，說得感天動地，只要宋楊不嫌棄，單良就是他的小女婿，兩家就這麼把親事給定下了。

單強的媳婦死後，單強沒錢再娶，索性把兒子放到了未來岳丈家，自己跑到鎮上給人做工掙錢去了，沒多久就娶了掌櫃家的女兒，把兒子接到了鎮上。

起初幾年，逢年過節單強都會領著兒子來拜見「岳丈大人」，後來單強在鎮上生意越做越好，而宋楊卻鬱鬱不得志，到最後連坐館的營生都弄丟了，兩家就漸漸沒了來往。

給宋楊辦後事的時候，宋家給鎮上的單家報了喪，到最後單家只來了個夥計，送了一串銅板，說東家太忙了，走不開。

單強再忙，只要他願意承認這樁親事，還記得當年他走投無路時宋秀才幫他的那份情，他都會來參加親家的葬禮的。如今看來，人家日子過得好，不願意承認這門親事了。

注：發小，北京方言，指從小就互相認識，一起長大，大了還能在一起玩的朋友，一般不分男女。

人家看不上她，冬寶更瞧不上單家人。李氏的奶水就是餵條狗，那狗還知道感恩呢，連宋秀才的葬禮都不願意來，單家人的人品可見一斑。

然而，冬寶也不得不承認，就是這麼一樁對方不願意承認的、不靠譜的婚約，才保的她沒被家裡人乾脆俐落地賣掉。

黃氏心裡再不滿單強的做法，也捨不得放棄這門親事。等冬寶嫁入了單家，從手指頭縫裡漏一點，就夠宋家一大家子吃喝不盡的了。

只要黃氏心裡還有那份靠單強吃喝的念想，她就暫時沒有被賣掉的風險。

這會子上，原本寂靜的小院響起了一陣腳步聲，還伴隨著幾句不成調子、流裡流氣的戲文。「胡大姊，我的妻……」

冬寶爬到了窗戶邊，將木窗輕輕推開了一條小縫，光聽這吊兒郎當的聲音，就知道是她二叔宋榆回來了。宋榆有著一雙小眼睛，鬍子拉渣，一身破羊皮襖敞著懷，走路都帶著一股二流子的鄉痞風格。

比起大哥宋秀才和正在學堂讀書的三弟宋柏，宋榆沒唸過書，為人又懶又橫，蠻不講理。

宋招娣跑了出來，帶著討好巴結的語氣，告密似的說道：「爹，冬寶回來了！」

「啥？」宋榆的眼睛瞪得比銅鈴還大。「不是前天才走嗎？咋就回來了？」錢呢？工錢沒賺到手，拿什麼還她那死鬼爹辦白事欠下的債？

宋招娣忙道：「我也不知道，問她不說，那死妮子一張嘴就嗆人，把人能氣死，還讓我問我奶——」

「行了行了！」宋榆不耐煩地擺擺手。「我知道了，回頭問妳奶再說。」說著就掀開簾子進屋。

宋招娣連忙跟了過去，說道：「爹，可不能讓她留在咱家裡白吃白喝啊！」

「這事還用妳說……」簾子放了下來，阻斷了宋榆的聲音。

等西廂房的聲音安靜下來，冬寶才起身走了出去。這會兒上，李氏應該洗完衣裳了，她得去河邊接母親回家。

擱宋家二房眼裡，因為生了兩個兒子，這個家早就是他們的了，她如今就是個白吃白喝的，這群白眼狼是不會記得宋秀才對他們的好的。

可惜，她已經不是以前那個宋冬寶了。既然來了這裡，她就要好好地活下去，不但日子要過得滋潤，更不能受這些人欺負。

一路上有鄉親經過，看到冬寶都會愣一下。冬寶去城裡做工掙錢還債，這事村裡人都知道，因此看到冬寶出現在村子裡，是人都要疑惑一下的。

冬寶不是之前膽小羞怯的冬寶了，但凡見了人，都揚著笑臉甜甜地打招呼。不管在什麼時代，嘴甜會討人喜歡的孩子總是吃香的。

那些本以為冬寶會低頭走過去的大人都略帶驚奇地看著冬寶，笑著回應了冬寶的招呼。

「冬寶回來啦！幹啥去啊這是？」

冬寶笑著說道：「我娘在河邊洗衣裳，我去接她。」和鄉親們寒暄過後，她繼續往河邊走。

身後的大人們總會善意地看著冬寶纖細的背影笑，紛紛稱讚冬寶進了一趟城，懂事不少，知道心疼苦命的秀才娘子了。

冬寶走到村口的時候，村口的大榆樹下有幾個小男孩正聚在一起玩，為首的男孩遠遠地瞧見了冬寶，嘻嘻哈哈地指著冬寶叫了起來。

「母老虎回來啦！」

這群小孩最大的也就十歲，冬寶兩個堂弟大毛、二毛也在其中，跟著這群拖著鼻涕的小男孩拍著手，朝冬寶不停地喊著——

「母老虎！剋死了秀才爹的母老虎！」

別人也就罷了，嘲笑最凶的竟是大毛和二毛，一個不到十歲，一個八歲，不幫著自家人，欺負起自己的堂姊倒是不遺餘力。

「母老虎，妳咋從城裡回來啦？」見冬寶不理會他們，為首的小男孩覺得沒什麼意思了，跑到冬寶跟前問道。

冬寶認得這個小男孩，跟自己差不多大，是村西頭老洪家的孫子，叫栓子。

「你說我是母老虎，會剋死人？」冬寶問道。

洪栓子瘦不拉嘰的小胸脯一挺，凶凶地說道：「怎麼啦？我說錯了？」

冬寶點點頭。「你說的沒錯，我是母老虎，會剋死人。我和大老悶兒說好了，你要是再敢叫我母老虎罵人，我下一個剋死的人就是你。」冬寶眼神篤定，語氣平穩，像是在說自己會熬米粥一樣。

大老悶兒是塔溝集大人們嚇唬小孩子的妖怪。

「妳、妳嚇唬誰啊！」洪栓子結結巴巴地說道。母老虎連自己親爹都能剋死，剋死他一個小孩子，應該也不是什麼難事吧……

「那你再叫一聲母老虎試試？」冬寶笑得露出了一口白牙，以眼神告訴他：大老悶兒晚上寂寞了，會去找你談人生談理想的喔，小弟弟！

洪栓子看著面前笑得眉眼彎彎的冬寶，一聲「母老虎」就堵在喉嚨口，怎麼也說不出口。

「妳讓我叫我就叫啊？妳算老幾啊？」洪栓子凶巴巴地說道，卻再也不肯說「母老虎」三個字。反正不是他怕得不敢說，是不能如了冬寶的意，絕不是他害怕！

見他憋得滿臉通紅，冬寶笑咪咪地走了。她還治不了一群毛都沒長齊的小屁孩？

冬寶在河邊找到李氏的時候，李氏正抱著一個大木盆吃力地往回走，盆裡的衣服堆得都冒尖了。

李氏不過三十一歲，卻滿臉疲憊，一身的補丁，說李氏是秀才娘子，誰信啊！

冬寶嘆了口氣，沒幾個嫁了鳳凰男的女人能忍受這樣的日子，也就李氏這樣厚道軟弱的人堅持了這麼多年，熬到丈夫死了，她還沒熬出頭，以後等待她的日子更難。

「娘。」冬寶叫道。

李氏抬頭看了眼冬寶，疲憊到麻木的臉上露出了一絲笑容。「咋不在家好好歇著啊？」

冬寶拿過了盆子裡的幾件衣裳，李氏手裡的盆子頓時輕了不少。

「我來接妳回家。」冬寶說道。「不是跟妳說了嗎，別給她洗這麼乾淨，以後她肯定都讓妳洗，得寸進尺。」

李氏笑了笑，騰出來一隻手摸了摸冬寶的頭。「幾件衣裳罷了，不費什麼功夫，不給她洗——」李氏不想跟剛回家的閨女說家裡這些亂七八糟的事，便止住了話題。

冬寶回家了，不但沒掙到錢，還得添一張吃飯的嘴，她二叔、二嬸少不得要說事，到時候只得求著他們看在自己能幹活的分上，容下了冬寶。

只要冬寶能平安長大，嫁到單家過上好日子，她就是累死也能閉眼了。不過這幾年工夫罷了，咬牙熬一熬就過去了。

母女兩個人各懷心事，一路無話地走到了家裡。

第三章　大實

剛到家門口，冬寶就瞧見隔壁的秋霞嬸子站在他們家門口，往院子裡張望。

秋霞嬸子和李氏娘家是一個村的，兩個人年歲相仿，未出嫁前就是好朋友，嫁人也嫁到了一個村，還是鄰居。

隔壁林家一個老頭帶著兒子過日子，秋霞嬸子一嫁進林家就當家做了女主人，家裡的日子越過越好，還生了兩個兒子，大兒子林實比冬寶大四歲，小兒子林全比冬寶小一歲。

與此形成對比的是李氏，原本以為當秀才娘子能享福，誰知道是到宋家當牛做馬來了，且因沒生兒子，說話沒底氣，日子過得不好，人也被重擔給壓得麻木不堪了。

秋霞嬸子性格直爽，然而她就是再可憐李氏，也管不了宋家的事，最多是家裡做了好吃的，叫兩個兒子給冬寶拿點嚐嚐，要是光明正大地送到宋家去，鐵定沒有冬寶的分。

「嬸子！」冬寶叫道。

秋霞嬸子爽利地笑道：「我剛聽全子說冬寶回來了，想來看看，正好碰上了。」

李氏點點頭，說道：「回來了，陳牙子說城裡的大戶人家不缺幹粗活的丫鬟，以後要是有上工的機會，再薦冬寶過去。」

秋霞嬸子看了眼白白淨淨的冬寶，低聲說道：「我說句不當說的話，老宋家日子又不是過不下去了，秀才在的時候啥好處都是他們的，妳跟冬寶連口白麵饃都吃不上，這會兒上欠了點外債，他們怎麼就有臉叫妳們孤兒寡母的背債？以後陳牙子那裡就是有上工的機會，妳也不能鬆口，這麼漂亮的小閨女，妳捨得讓她去伺候人啊！」

李氏何嘗不明白這個道理？只是，宋家不是講理的人家。

「我知道，我也捨不得冬寶，是我沒用……」李氏小聲說道，眼圈泛起了紅。誰捨得讓自己的孩子去伺候人啊？送冬寶走的時候，她心裡跟刀割一樣！歸根究柢，是她沒用，掙不來錢，只能讓女兒出門掙錢了……

秋霞嬸子連忙說道：「說這些幹啥？別想那麼多了，閨女回來是好事。」勸了李氏幾句後，秋霞嬸子又摸了摸冬寶的頭，塞給冬寶一樣東西。

冬寶攤開手，發現秋霞嬸子塞給她的是一塊高粱糖，包著一層印著大紅喜字的糖紙。即便林家日子過得好一些，糖也是個稀罕東西，冬寶心裡一暖，抬頭甜甜地笑道：「謝謝嬸子！」

看到冬寶甜甜的笑容，秋霞嬸子愣了愣。以往冬寶都是內向寡言，躲在李氏身後不敢出聲的，如今才發現，冬寶真是個漂亮的小姑娘。可惜沒了爹，連個能護著她的人都沒有。

「趕快吃了吧。」秋霞嬸子說道，要是被宋家那兩個小土匪看見，肯定被搶了去。

李氏看了眼天色，已經快晌午了，馬上就得準備一家人的午飯，要是耽誤了時間，不定冬寶她奶會怎麼罵。剛要和秋霞道別，就聽到背後有人喊道——

「娘！」

李氏和冬寶回頭看過去，一個高高壯壯的少年扛著鋤頭朝她們走了過來，剛才那聲

「娘」正是他喊的。

少年十四、五歲，乾淨的青布褲褂，褲腳和黑布鞋上還沾著潮濕的泥印子，似是剛從地裡幹活回來，小麥色的膚色，眉清目秀，一雙黑亮的眼睛溫潤和氣。他是秋霞嬸子的大兒子林實，是整個塔溝集數一數二的清俊後生。

「大娘，冬寶回來啦？」林實走過來，笑著和李氏、冬寶打了招呼。

李氏點點頭，看著俊秀的林實，忍不住誇獎道：「大實是剛從地裡幹活回來吧？真是個勤快的孩子！」

林實被誇得臉紅，摸了摸冬寶的頭，有些靦覥地笑道：「就是去地裡隨便看了看。」

李氏對秋霞說道：「快回去做飯吧，孩子都幹活回來了。」

秋霞點點頭，低頭對冬寶笑道：「冬寶，下午到嬸子家來玩，嬸子給妳炕鍋巴吃！」

這個時代蒸高粱飯、米飯都是用大鐵鍋燒柴火蒸的，因為受熱不均勻，最下面的那層米會比較硬，家境寬裕的人家，就會用小火將最底層的硬米炕成鍋巴，又脆又香，是農家孩子最愛的零食。然而乾吃鍋巴既費糧食又費柴火，有能力給孩子炕鍋巴的人家並不多。

冬寶知道秋霞嬸子對她好，可她也不能仗著自己年紀小就占人家便宜，因此乖巧地說道：「嬸子，下午我得跟我娘去幹活咧，鍋巴留給全子吃吧，他比我小。」

秋霞笑道：「放心，夠你們吃的。嬸子給妳留著，啥時候有空啥時候來家裡吃。」

秋霞回去做飯了，林實卻沒跟著回去，他把鋤頭放在了宋家門口，幫李氏和冬寶把沈重的木盆子端進了院子，才回自己家裡頭去。

林實到家後換了雙乾淨的鞋子就進了灶房，坐到灶前幫母親燒火。

秋霞笑著看了眼大兒子，不是她自誇，她這個大兒子長得俊不說，手腳麻利勤快，性子也是一等一的溫潤和氣，才十四歲，就有不少人看上了，想來說親。她覺得兒子還小，不急著說親，想再看兩年，給兒子找個會過日子的好姑娘。

「冬寶這次進城沒掙到錢，宋家老二肯定不會給你大娘她們好臉色看的。」秋霞一陣嘆息，李氏是好人，就是命不好。

林實折了根樹枝填進了灶膛裡，寬慰母親道：「咱們家就在隔壁看著，他們要是做得太過分，咱們就去請村長過來主持公道。」

秋霞嘴裡說著話，手上的活兒一點也沒停，麻利地翻炒著菜，嘆氣道：「可惜了，冬寶是個好姑娘，才那麼點大，就知道心疼娘了。」

林實回想了下，那個面容白淨、笑起來甜到人心裡去的小姑娘，似乎和以前不一樣了，但他又說不上來哪裡不一樣。

「你大娘想著熬上幾年，等冬寶長大了嫁到鎮上的單家去，冬寶就能脫離宋家過上好日子了。」秋霞把菜盛到了盤子裡，接著說道。

林實動了動嘴皮子，他實在不是個喜歡在背後說人長短的人，然而想到冬寶，林實心裡湧上一陣憐惜，忍不住說道：「這事……大娘想的是好。」

明眼人都看得出來，單家根本沒有結親的意思。這樁婚約當年只是口頭約定，單家家大業大，就是不承認，宋家也沒法子。

秋霞懂兒子的意思，嘆道：「大家心裡都清楚，可你大娘就指望著單家迎冬寶進門。冬寶出生年月不好，她爹又不在了，說親不容易說個好人家。」

林實不高興了，皺眉說道：「娘，那些亂七八糟的話怎麼妳也信？屬虎的女人多了去，都不能活了？秀才大伯是出了意外走的，和冬寶有什麼關係？她那麼小就沒了爹，夠苦了，再聽到別人說她剋爹，還不難過死？」

「你這孩子咋就急上眼了？」秋霞笑了起來。「我哪信那些亂七八糟的？我瞧著冬寶就稀罕得不行，小模樣長得白淨，又懂事聽話，跟一般的丫頭都不一樣。要不是你大娘一心盼著她嫁到單家去，我都想把冬寶聘回家了！」

林實的臉騰地就紅了起來。娘真是的，好端端的說啥媳婦？冬寶還小著呢！十四歲的少年羞澀得不行，臊得他左顧右盼，不停地往灶膛裡添柴火來掩飾自己的羞澀，好在他坐在灶火前，本來旺旺的灶火就映紅了他的臉，娘倒也沒看出他什麼異樣來。

「雖然說全子比冬寶小一歲，可也差得不大，冬寶是臘月生的，全子是十月生的，其實差不到一歲。」秋霞繼續絮絮叨叨地說道。「我看著挺好的，女孩大了好，會照顧人。」

林實愣住了，原來娘是想把冬寶說給弟弟全子。

他想起了剛才白淨甜美的小女孩，還有摸著她的頭髮時手心溫軟的觸感，一向和氣的他不知道為什麼，突然生起母親的氣來了，甕聲甕氣地說道：「全子還小，什麼都不懂，見天就知道瘋跑著玩，哪能就說親了！」

秋霞愣了下，大兒子一向好脾性，懂事又穩重，又疼弟弟，怎麼今天就說弟弟不好了？

這會兒上，院子傳來一陣腳步聲，是公公林老頭、丈夫林福還有小兒子林全回來了。

「趕快洗洗，飯都做好了。」秋霞說道。

林全跑進了灶房，撲到了哥哥後背上，格格笑道：「哥，我剛才跟著爹和爺爺去地裡，瞧見了一隻灰兔子，差點就逮著牠了！」

林全不到十歲，活潑可愛，是林家的寶貝疙瘩，以往林實肯定要哄他幾句，然而今天有了剛才的事，林實再瞧弟弟，就覺得弟弟太小，不懂事，和冬寶完全不搭。

「你都多大了，還整日裡瘋跑著玩。」林實說道，伸手給弟弟擦了擦臉上的泥印子。「你看看人家冬寶，比你大不了多少，就知道幫大娘幹活了……」

這會兒不是農忙時分，林老頭和林福都是老實人，不愛跟村裡的閒漢一樣東家逛西家跑的，吃過飯中午有午睡的習慣。

臨睡前，秋霞跟林福說了跟林實嘮嗑（注）的事，笑道：「不枉冬寶叫他一聲大實哥，挺疼冬寶的，嫌全子貪玩，不能娶冬寶呢！」

「妳想讓全子娶冬寶？」林福嚇了一跳。「可別亂說，冬寶她娘可是一心想把冬寶嫁到單家去哩！」要是有啥不好聽的傳出來，只怕李氏心裡不高興，壞了兩家這麼多年的交情。

秋霞連忙說道：「我知道，也就這麼一說。要是冬寶沒跟單家訂親，說給咱們全子多好！誰知大實倒嫌棄自己弟弟起來了，說話都怪聲怪氣的。」

林福呵呵笑了笑，知子莫若父，大兒子哪是嫌棄弟弟？人家是自己相中媳婦了！當娘的亂點鴛鴦譜，哪行?等兒子再大一點，給他把親事定下來，他也就不想別的了。

林福睏倦地打了個哈欠，說道：「冬寶那孩子是個招人疼的，以後咱得多照應著人家一點。」

「這還用你說！」秋霞笑道。

冬寶和李氏到家時，宋老頭默默地蹲在院子裡抽旱煙，坐在簷下揀豆子的黃氏一臉不滿，然而當著大實的面也不好發作，等大實走了，她便抻著臉說道：「去幹啥了?都晌午了才回來?」

冬寶搶先答道：「奶，我娘去給二嬸洗衣裳了，洗了這麼大一盆！」

黃氏瞟了一眼西廂房，撇了撇嘴，嘟囔道：「看能孵出個什麼金蛋來！」卻也沒再說什麼，只吊著眉毛吩咐道：「回來了還不趕緊做飯！一家子老小都餓著，妳眼裡就沒活兒幹?」

李氏連忙恭順地說道：「好，我這就去做飯。」說著，就先去晾盆子裡的衣裳，冬寶連忙跑過去幫忙。

黃氏跺腳罵道：「多大點活兒要兩人幹?叫妳去做飯指使不動妳了是吧?懶不死妳個熊婆娘，生的閨女也是個懶貨！」

李氏是個溫順到懦弱的人，然而這不代表她能容忍自己唯一的孩子被罵，她硬著頭皮解

注：嘮嗑，東北方言，指談天、閒聊。

釋道：「娘，冬寶還小，搆不著竹竿。」

這一聲徹底捅到了馬蜂窩，黃氏一把扔掉了手裡裝豆子的簸箕，跳起來大罵道：「說妳懶還敢強嘴？我可憐的大兒子剛死，妳這熊婆娘就不把當公婆的放眼裡了！我告訴妳，只有那些不要臉的下流女人才想著走二家！俺們老宋家可沒那麼不要臉的、爛了下面的女人……」

李氏難堪地站在那裡，被黃氏罵了一頭的唾沫星子，恨不得一頭撞死在地上。

冬寶再也聽不下去了，「嘭」的一聲，使勁把手裡擣衣服的棒槌砸到了院子裡一口爛了底的鐵鍋上，瞪著眼看著黃氏。

黃氏被那聲巨響嚇了一跳，指著冬寶大罵道：「妳這個命凶的虎女，妳想幹啥！我——」

「奶，妳就那麼恨我爹啊？」冬寶打斷了黃氏的叫罵，天曉得她有多想撿根棍子衝過去跟這個老太婆拚命，可她還是忍了。在這個以孝為天的年代裡，她要是和自己奶奶動手，整個社會都容不下她了。冬寶咬牙繼續說道：「他剛死妳就罵他媳婦是爛了下面的，罵他閨女是命凶的虎女，那他成啥了？我爹是妳親生的不？要是不是，我這就和我娘走！」

黃氏愣住了，這丫頭什麼時候變得這麼牙尖嘴利了？

李氏嚇得手都抖了，摟著冬寶，捂住她的嘴，不讓她吭聲。

冬寶拉下了李氏的手，繼續不緊不慢地說道：「奶，我爹埋得離這裡不遠，妳罵啥他都能聽到。妳這麼罵，他心裡肯定難受，晚上要是找妳問問，妳咋跟他說？」

黃氏是想狠狠地罵一頓冬寶和兒媳李氏的，這狗膽包天的母女兩個，竟敢強嘴，活膩歪了！可冬寶的話觸動了她的心，大兒子是最孝順的……罷了，就當是看在兒子的面上，饒了李氏這次好了。

「還愣著幹啥？趕快晾完衣裳做飯去！」黃氏瞪著眼睛說道，語氣雖然依舊凶狠，卻不像剛才那樣滿嘴髒話。

李氏壓根兒沒想到一向不講理的婆婆居然就這麼輕易地放過她們了，還以為冬寶這回惹惱了婆婆，不定得被罵成什麼樣子呢！

兩個人手腳麻利地把一盆子衣裳都晾上了後，又下菜窖拾了兩棵大白菜上來。如今剛開春，正是青黃不接的時候，能吃的菜就是存在菜窖裡的大白菜。

宋家人多地少，還供養著老三宋柏在鎮上讀書，吃的方面就不如別家了。像林家中午都吃實麵餅子，但光吃實麵餅子吃得多，太費糧食，所以宋家中午多是吃湯麵條，連湯吃，麵就能吃得少一點，而且麵是摻了少量白麵的高粱麵。

冬寶從外面的柴火堆抱了一大捆包穀稈進灶房，幫著母親燒火。

一到幹活的時候，二房一家就會躲在西廂房，連聲都不吭，要指望他們來幹活，一家人都別吃午飯了！

第四章 人不要臉

等灶房裡的煙氣飄了起來，西廂房的門才「吱呀」一聲開了，宋二嬸穿著一件水紅色的繡花夾襖，頭髮上還抹了頭油，扶著腰走到了院子裡晾衣裳的竹竿前，看了遍衣裳，便走到了灶房門口，靠著灶房的門框，說道：「大嫂，俺那條藍花褲子咋沒洗乾淨啊？上頭還有老大一塊黑灰！」

大鍋裡的水開了，李氏正往裡頭下麵條，忙亂中聽呂氏這麼說，「啊？」了一聲，抬頭看著門口打扮得光鮮的弟妹。

她臉皮薄，被人當著面這麼說，有些下不來臺。「那吃了中飯我再去——」

李氏話還沒說完，蹲在灶前燒鍋的冬寶就站了起來，抽出灶膛裡燒得正旺的一根包穀桿子，丟到了呂氏的腳邊。呂氏嚇得連忙往旁邊跳了一步，拍打著落在腳面上的火星。

「妳幹啥啊妳！進城一趟，屁沒掙著，還想上房揭瓦（注）了？等會兒叫妳二叔揍妳一頓就老實了！」呂氏氣得要命，尖著嗓子叫道。

「妳自己的衣裳妳咋不去洗？」冬寶高聲說道。「難怪總聽人說，宋家老二媳婦是個懶貨！」

呂氏惱了，朝李氏嚷嚷了起來。「大嫂妳咋這樣啊？我懷著妳小姪子，身子不方便，沾

注：上房揭瓦，原意是三天不打，上房揭瓦，比喻一時不管就要做出越軌的事。

不了涼水，就洗兩件衣裳而已，妳還到處跟人說！」說完還故意朝李氏挺了挺肚子。誰叫李氏生不出兒子，就該伺候她！

「我娘可沒說。」冬寶說道。「那衣裳花花哨哨的，一看就知道是妳的，我娘可沒這麼好看的衣裳！」

宋秀才死了，李氏得守一年的重孝，別說帶花的衣裳了，就是顏色稍微鮮亮點的衣裳也不能穿。更何況，李氏也沒什麼好看衣裳，這在塔溝集是人人都知道的。

「我跟妳娘說話，有妳個ㄚ頭片子什麼事？滾一邊去！」呂氏罵了冬寶一句，接著對李氏笑道：「大嫂，那褲子不洗乾淨沒法兒穿啊！」

李氏朝冬寶瞪了一眼，示意她別說話了，低頭對呂氏說道：「冬寶小孩子家不懂事，亂說著玩呢，等吃完中飯我再去洗一遍。」

呂氏得意地笑了起來，居高臨下地看了眼冬寶。小屁孩今天早上敢罵她，活膩歪了！非得叫她吃個悶虧不可，看她還敢不敢翻精倒怪的！

「大嫂，我嘴裡沒味兒，吃啥都不得勁，妳給我切點醃蘿蔔，切成細絲兒，粗的我可吃不下，拌上麻油香醋，再炒個雞蛋，好開開胃口。」宋二嬸吩咐道。

「好……」李氏顫著聲應道，背過身去抹了眼角的水跡。呂氏這就是故意找碴，折騰她！以往也沒這麼能鬧事的，無非就是看冬寶回來了，家裡多了張嘴吃飯，二房不高興了。

灶房裡煙氣繚繞，大鍋裡的麵條滾著水氣，霧濛濛中，冬寶還是看到了李氏抹淚的小動作。

她還是把宋家想得太簡單了。二房家有兩個兒子，在宋家是最有話語權的，二房壓根兒不把她和李氏當成宋家的人看。李氏當牛做馬的累死，他們只覺得是理所當然的，還會覺得自己和李氏吃了宋家的糧食，他們吃虧了。

冬寶沈默地看了眼笑得極得意的宋二嬸，轉身拿了木盆，收了竹竿上晾著的藍花褲子。

「妳幹啥呢？」呂氏不高興地問道。

冬寶笑道：「二嬸不是說這褲子沒洗乾淨？」

因為抽泣，李氏的嗓子有些發啞，聲音從灶房裡傳了過來——

「吃了飯再去洗吧。」

冬寶揚聲說道：「不了，給我留一碗麵條就行了。」又對宋二嬸說道：「我剛瞧了半天，都沒瞧出來這褲子哪裡不乾淨了？我爹讀書多，見識廣，我拿著這褲子去我爹墳頭上問問，看到底是乾淨還是不乾淨！」

「妳——」宋二嬸指著冬寶，說不出話來。大伯和弟媳本來就是屬於要避嫌的，哪有拿著弟媳的褲子去找大伯問的？而且還是去墳頭上問！

黃氏沈著臉從堂屋走了出來，手裡還拿著正在納的鞋底子，先衝冬寶罵了一聲。「要吃飯了還野哪裡去啊？」接著又陰著臉打量著光鮮花哨的宋二嬸。「老大剛走，妳穿這麼喜慶做啥？還叫冬寶給妳洗褲子！一天不鬧出點么蛾子來，妳腚（注）溝子癢啊？」

冬寶連忙低頭，藏起了彎起的嘴角和眼睛。黃氏罵人最是狠了，叫人下不來臺。

宋二嬸氣得要命，卻不敢回嘴，因為宋家還是黃氏說了算，只能賠笑著說道：「娘，我

注：腚，臀部。

這不是害喜嗎？」

「妳不能幹活，妳閨女死哪兒去了？叫她洗去！」黃氏可不留情。她算是看出來了，冬寶這丫頭進了一趟城，臉皮厚了，嘴也厲害了。她要是不出來，這命凶的丫頭可就敢舉著老二媳婦的褲子全村轉一圈，叫全村的男人都看看老二媳婦的褲襠，到時候老宋家的臉都要丟光了！

看熱鬧的宋招娣沒想到自己躺著也遭殃，奶居然讓她去幹活！看著院子裡的冬寶，宋招娣惱恨得咬牙切齒的。回來吃他們家的、喝他們家的，還不幹活！

「奶。」冬寶叫道。「二嬸說她嘴裡沒味兒，要吃麻油還有炒雞蛋，妳給我娘雞蛋吧。」

宋家的雞蛋都是黃氏把管的，雞圈裡七、八隻母雞，一天一般能收五、六個雞蛋，都是攢起來賣給貨郎換點針頭線腦（注一）什麼的，就是大毛和二毛也只有生日那天才能吃上雞蛋。當然，有一個人除外，那就是冬寶在鎮上讀書的三叔，他一回來，雞蛋隨便他吃。

「妳要吃麻油和雞蛋？我這把老骨頭燉給妳吃，妳吃不吃？」黃氏瞪著宋二嬸，厲聲喝道。好傢伙，她生了三個兒子都沒有吃過麻油和雞蛋，她這兒媳婦要成仙了啊！

「沒。」宋二嬸的臉一陣青、一陣白。「我跟大嫂說著玩的，我吃點醃蘿蔔就行。」

黃氏從鼻孔裡哼了一聲，又衝灶房罵道：「老大媳婦，妳磨嘰（注二）半天幹啥啊？老半天了下個麵條都下不好，養妳們還不勝養頭豬！」

灶房裡的李氏不敢接話了，只加快了手上的活兒。

冬寶也把褲子重新晾到了竹竿上，進灶房燒火。

其實黃氏是個聰明人，冬寶坐在灶膛前忍不住想到。今天宋二嬸鬧得太過，惹她不高興了，訓斥完宋二嬸，她立刻又罵了李氏，兩個媳婦都罵了，宋二嬸的臉面便不那麼難看了。

宋老頭是個老實巴交的莊稼人，村裡人背地裡都說老宋頭「三棍子打不出個悶屁」，家裡由黃氏作主。黃氏一個目不識丁的農村婦人，卻送大兒子宋楊去唸了書，現如今又供小兒子唸書，這在普通的農戶人家，是想都不敢想的。就是隔壁家境殷實的林家，也只送林實去讀過一年的私塾，認了幾個字就回家幹活了。

然而，黃氏本質上是一個自私淺薄的農婦，她脾氣暴躁，什麼髒話、狠話都能說得出口，不管別人心裡受得了受不了，只要她自己出氣了，心裡舒坦就行。

但凡她有點良善的愛心，就不會在兒子剛死不久，就罵李氏是爛了下面的，罵冬寶是命凶剋家的虎女。

「寶兒，」李氏開口了，小聲說道。「等會兒別跟妳二嬸、妳奶鬧了，長輩跟前沒妳說話的分兒。」

看著李氏幾乎帶著乞求的神色，冬寶咬了咬唇。像李氏那樣一味地忍讓根本不行，二房是講理、講情面的人嗎？冬寶輕聲說道：「娘，二嬸欺負咱們哪！我要不吭聲，她欺負得更狠了。」

注一：針頭線腦，縫紉所用的針線等零碎物。

注二：磨嘰，做事拖拖拉拉。

「妳咋就不懂？」李氏顫著聲音說道。冬寶是她唯一的骨肉，她當心頭肉一般地疼著，很多話她不想跟冬寶說，事實對於一個十歲的孩子來說太殘酷了，可冬寶進了一趟城，脾氣就變得這麼大，回來就跟她奶、她二嬸嗆上了，又不肯低頭，話不跟她說清楚，以後咋辦？

冬寶詫異地抬頭看著李氏。「我不懂啥？」

李氏抹了把眼睛。「妳想想，妳回來了沒掙到錢，還要吃家裡的飯，妳二叔二嬸能願意？妳再嗆他們，咱娘兒倆的日子不是更難過了？」

冬寶看了眼滿臉悽苦的李氏，這個娘實在是太軟弱了。是被黃氏欺壓成這樣的嗎？不是，應該是自己那個不在人世的爹影響的。在宋秀才眼裡，大毛、二毛才是宋家的繼承人，她一個女孩子不算是宋家的後代。宋秀才死了，大房便斷了根，而沒有兒子、長期處於自卑中的李氏，在潛意識裡便一直認為自己和冬寶是白吃宋家的飯，要看二房的臉色。

「妳在咱家幹的活兒比誰都多，憑啥我吃家裡的飯，要看二叔二嬸的臉色？」冬寶輕聲問道。

看見李氏不贊同的臉色，冬寶又開口了。「我是我爹唯一的孩子，我爹沒兒子，我就代表了我爹，誰也沒理由少我一口飯吃。娘妳自己都覺得我是白吃家裡的飯了，二叔二嬸還能對我客氣？娘，家裡只剩下妳能護著我了，妳自己不硬氣起來，旁人哪裡會瞧得起我啊？」

李氏震驚地愣在了那裡，手裡的大鐵瓢掉到了鍋裡，漂浮在濃稠的麵湯上。

從來沒有人跟她說過這些。她沒生兒子，活兒搶著幹，飯也不敢吃飽了，丈夫死後，她就更覺得天塌了。是她害得丈夫到死都沒個兒子，連個摔盆扶靈的人都沒有，為此，婆婆再惡毒的謾罵她都承受了，再多的辛酸淚也背地裡往肚裡嚥。

冬寶的話點醒了她，她混混沌沌的腦海裡像是閃過了一點光。秀才沒了，冬寶就代表了秀才，她在宋家累死累活地幹，憑啥冬寶一個小孩子吃口飯也要看二房的臉色？她這個當娘的要是不硬氣，誰看得起冬寶？

「老大媳婦，咋飯還沒好？」

黃氏帶著怒氣的吼聲從堂屋傳了過來，李氏被黃氏尖利的聲音喚回了神，連忙端著一大盆湯麵往堂屋裡走。冬寶端起了案板上洗好的一摞碗筷，跟在李氏後面。

看來她這個娘不是完全懦弱不開竅的人，至少她剛才那番話李氏聽進去了。不過，她也不指望李氏一瞬間就能從一個自卑怯懦的婦人變成潑辣慓悍的女強人。日子很長，她還要和李氏相依為命，慢慢來吧。

黃氏哼道：「非得叫人催著，一家老老小小在這兒等著吃飯，妳眼裡就看不見！」

冬寶當作沒聽到奶奶的罵聲，黃氏就是個不講理的老太太，還有點心理變態。對於這種老太太，你要麼忍，要麼滾，別指望能跟她交流思想。

做飯的時候躲在西廂房的二房一家出來了，坐在堂屋的飯桌前等吃飯，在外面瘋玩了半天的大毛、二毛也回來了。飯桌上已經擺了一碗大醬，還有李氏先切好的蔥和蒜苗。

飯是李氏做的，可盛飯卻是黃氏盛的。這並不是黃氏體恤兒媳婦做飯辛苦，而是她要分派每個人的飯量！

黃氏先給二兒子和老宋頭撈了滿滿兩大碗麵條，等麵條在碗裡堆得冒尖了，才添了一勺帶白菜的湯進去，麵條多湯少。給大毛、二毛的碗雖然小，可裡頭盛的麵條也是實打實的，就是給她自己和宋二嬸盛的麵也不少。

輪到宋招娣、冬寶還有李氏，黃氏便隨意舀了一瓢盛到了碗裡。給前頭那麼多人撈了麵，剩下的顯然是湯多麵少。

冬寶沒計較這個，接了碗就坐下吃飯。她從昨晚上起就沒吃東西了，餓到現在前胸貼後背的。湯麵裡連個油星都沒有，麵條是粗糧的，白菜也是水煮的，一點兒都不好吃。

前世她也煮過白菜麵條，先用白菜熗鍋，再下雞蛋和掛麵，整個小屋裡都飄散著雞蛋和熗鍋的香味，下出來的湯麵既營養又好吃。當然，她可不敢在黃氏跟前說要吃熗鍋麵，熗鍋要用油，還有雞蛋，那是戳黃氏的死穴。

「咋又是這稀麵條？我不吃！」大毛惡聲惡氣地說著，扔了手裡的筷子在桌子上。

一旁的二毛見哥哥帶了頭，立刻有樣學樣，也扔了筷子，拖著鼻涕嚷嚷道：「我要吃白麵饃！我要吃肉！」

宋二嬸連忙放下了碗筷，罵道：「哪有白麵饃跟肉給你們吃啊？不吃就餓著吧！」

冬寶低頭不吭聲，她那個秀才爹還在的時候，每個月都能到鎮上領二十斤細麵，細麵蒸的饃都是大毛和二毛吃的，這兩個小子吃刁了嘴。

二毛哭了起來。「妳騙人，以前都吃白麵饃的！」

「喲！還記得以前哪？」宋二嬸吊著眉毛，看了眼低頭吃飯的李氏和冬寶。「你們大伯沒了，咱們家就沒白麵饃給你們吃了，以後也沒有了。再過幾天，要債的人上門了，連稀麵條子都吃不上！」

二毛還小，本來就有些傻，不大明白呂氏說的是什麼意思。

大毛卻是立刻就明白了呂氏的意思，指著冬寶大叫道：「把她賣了！還了債，剩下的錢給我換白麵饃吃！」

飯桌上立刻一片寂靜，李氏的身體顫抖了一下，筷子從手裡掉了都不知道。她絕望了，老二一家還是打著要把冬寶賣了還債的念頭！

宋二嬸和宋二叔對視了一眼，不動聲色地笑了起來。這話他們兩個提不合適，可大毛說就沒關係了，黃氏最疼大孫子，再說了，小孩子童言無忌，怕什麼？

冬寶彎腰撿起了李氏掉到桌子下面的筷子，用桌上蓋大醬碗的麻布擦乾淨了，放到了李氏的碗上，笑道：「娘，筷子掉地上是好事，有人要請妳的客咧！」

大毛橫眉瞪眼地衝冬寶大叫道：「我說賣了妳，還妳爹欠下的債！」他天天聽他娘和爹娘算計，學到的歪理不少，給大伯辦喪事欠了債，就該大娘和冬寶去還，憑啥叫他們二房也擔著？死的又不是他爹！

「是誰跟你說賣了我就能還債，還能給你換白麵饃吃啊？」冬寶問道。

大毛下意識地就看了眼宋二嬸。「是我——」話還沒說完，就被宋二嬸攔住了。

宋二嬸瞪眼道：「亂說啥！」

大毛委屈得不行，憤憤地踢著桌子腿，踢得桌子上碗裡的麵湯一晃一晃的。

「我爹不在了，還有我娘在。」冬寶說道。「我娘都沒說要賣我，大毛急什麼？傳出去，人家可要說大毛精明，都會賣姊妹掙錢了！再說了，我爹埋得不遠，說不定這會兒上想家了，就站在家裡看著咱們吃飯哪！是不是啊，大毛？」

大毛看了眼周圍，小眼睛頓時瑟縮了一下。

二毛也縮著身子，好似真有鬼魂在他周圍晃蕩一般，連鼻涕淌到了嘴邊都沒意識到。

一直不作聲的黃氏這才罵道：「瞎胡說啥！」冬寶如今精明了，一有事就提自己死了的爹，她要是賣了冬寶會被人戳脊梁骨的。況且，冬寶還跟單家訂了親，單家可是有錢人家。可要是不賣冬寶，家裡背著債，老二一家顯然是不願意擔這個債的。老三還得唸書，如今她的希望都在老三身上，不能讓家裡的俗務分了老三唸書的心，而且單家如今沒有認這門親的意思……

罷了，等到了夏天再說吧，要是今年收成不好，為了兩個孫子和老三的前程，說什麼也得把冬寶賣了！

冬寶哪會知道黃氏心裡的盤算，不能怪她在這方面掉以輕心了，她一個現代來的人，哪裡會想到自己親爹都死了，親奶奶還打著賣掉自己的主意呢！

黃氏發了火，大毛和二毛便不敢再鬧了，一家人老老實實地吃完了飯。

冬寶要幫著李氏洗碗，被李氏攆到了一邊，不讓她沾手。黃氏今天沒有接宋二嬸的腔，讓李氏心裡十分高興，她覺得婆婆心裡還是有冬寶的。

她暗暗下定決心，以後更得下死力氣幹活了！

第五章 打豬草

這會兒上剛開春，地裡沒什麼活兒，吃完了飯，用刷鍋水拌了糠餵了豬後，冬寶和李氏便回了自己的屋裡。李氏憐惜冬寶累了，抖開了被子讓冬寶鑽進去睡個午覺，自己則坐在床邊看著閨女睡覺，拿著納了一半的鞋底子繼續納。

被子面印的是紅雙喜，時間長了拆洗掉色，幾乎看不出原本的顏色了，冬寶估計這被面還是李氏和宋楊成親時的被面，裡頭的棉絮早就不再鬆軟保暖，冬寶脫了衣裳鑽進去時打了個寒顫，偷偷用手捏了捏，被子裡頭的棉花全都結成了硬邦邦的一團一團。

棉被要隔兩年拆了重新彈一彈才保暖軟和的，冬寶心裡嘆道，只可惜她這個家實在太窮，彈棉花也是一種奢侈。

看著納著鞋底，一刻也不停勞作的李氏，冬寶想起了自己前世的母親。

前世她也是個農村出身的女娃，據說太爺爺曾經是京城裡有名酒樓的大廚。父親則是個很有經濟頭腦的人，在冬寶很小的時候，就用太爺爺留下的秘方做起了豆腐，騎著一輛老式自行車，前頭坐著冬寶，後頭載著豆腐，到各個村子裡叫賣。他們家的豆腐做得好，價錢又公道，賣得極快。

冬寶一家靠做豆腐發了家，攢夠了錢便從農村搬到了城裡。她爸爸卻沒有就此滿足，繼續將豆腐生意發揚光大，從騎著自行車沿街叫賣豆腐，到開起了豆腐作坊，再到豆製品公司。

漸漸地，冬寶家的豆製品成了知名品牌，生意越做越大。她從懂事開始就跟著爸爸做豆腐、賣豆腐，一直到她上大學離開了家，家裡的豆腐生意她都有參與。

冬寶萬萬沒想到的是，傷她最深的人，竟是她最愛的家人。

她的弟弟並沒有像她一樣考上大學，高中畢業後就留在家裡的豆製品公司上班了，等弟弟結了婚，母親對她的態度就改變了。她知道母親一向偏心弟弟，可沒想到會偏心成這樣，她畢業那年，想去家裡的公司幫忙，可母親卻明明白白地跟她說，家裡的產業是弟弟的，叫她要有個姊姊的樣子，不要想著跟弟弟爭家產，而且弟媳婦會不高興。

母親覺得，供她一個女孩子讀到大學，算仁至義盡了，農村的女娃子多的是小學沒上完就出去打工的。

冬寶的心涼得透透的，親人對她的戒備和背叛，這種刻骨銘心的傷害造成的心靈創傷是難以癒合的，因此，她自從工作後就再也沒有回過家了，何必回去自討沒趣呢？

來到這裡的那一天晚上，她加了很久的班，到家後一身的疲憊，這時父親的電話來了——

父親的聲音一如既往的醇厚親切，說了幾句話之後，父親說道：「今年過年還不回家啊？」

她笑道：「不回，火車票不好買。」

父親也笑了。「我給妳買輛車吧，妳不是有駕照嗎？往後回家也方便。」

她眼角有些濕潤了，搖頭道：「算了，媽會不高興的。我的薪水夠我花的，您甭操心了。」

「妳別想多了，這車算是爸爸給妳的嫁妝，妳也老大不小了，有合適的男孩子就定下來吧，領回家讓爸媽看看。」爸爸說道。「妳都幾年沒回家了，妳媽……很想妳，她也挺後悔的。」

有那麼一瞬間，冬寶想衝著電話那頭的爸爸大吼：別騙我了！她眼裡只有她兒子、她孫子，她哪管我的死活？她只會在意我有沒有花了她兒子的錢！

最終，冬寶只是平靜地對電話說道：「爸，我掛電話了，連著加了幾天的班，累得很，我先睡了。」臨睡前她想著，一家人還在鄉下種田，剛開始做豆腐時，日子過得多開心啊……

這一睡，就睡到了這個陌生的時空。

她想，在她原來的那個世界，她很有可能會占據新聞的一條標題，像是「女OL連續加班，猝死家中」之類的，隨後便不會有人再記得她了。

還好李氏只有她一個女兒，要是再有一個兒子……冬寶的小腦袋往被子裡縮了縮，她真不敢肯定自己的命運了。

「咋還不睡啊？」李氏笑著問道。「可是睡不著？」

冬寶搖頭說道：「不睏，娘妳陪著我睡吧。」

只有在自己的屋子裡，面對著女兒，李氏臉上的笑容才會多一些。看女兒眼巴巴地看著自己，李氏連忙放下了手裡的鞋底子，麻利地脫了外面的夾襖，也鑽進了被窩裡，摟著冬寶躺下了。

李氏一時半會兒也睡不著，笑道：「妳進一趟城，就跟變了個人似的，都敢跟妳二嬸、妳奶強嘴了！」

冬寶笑了笑。「娘，我被賣了一次，就想明白了。人要是軟弱了，就跟集市上那些豬啊雞啊沒什麼分別，只能被人賣來賣去的，人要強硬了，才能當自己的家。」

李氏當她被嚇到了，心疼不已，說道：「妳放心，陳牙子要是再來薦工讓妳去，咱好好求求妳奶，不去了。」

「娘，陳牙子送我回來，不是因為王家粗使丫鬟招滿了。」冬寶決定給李氏交個底，輕聲說道：「我是被王家少爺攆回家來的，城裡沒人願意要我當粗使丫鬟了。要是再送我出去掙錢，恐怕只能賣我去外地了。」

李氏驚得拍著冬寶後背的手停留在半空中好久，冬寶睜著一雙黑白分明的大眼睛，定定地看著李氏。

「那陳牙子是個良善人。」李氏說道。「這事別跟妳奶他們說，要爛到肚子裡，懂了嗎？」

冬寶點點頭。「我知道。」又想到了中午的事。「娘，中午妳也看到了，二叔二嬸還想賣了我。」

「別怕。」李氏安慰道。「妳奶不糊塗，妳也看到了，她沒接腔哩。」

冬寶沒吭聲，她雖然不知道黃氏打的是啥主意，但她二叔二嬸這個態度，讓她心裡生出了一股警惕。

「娘，奶現在不賣我許是還念著爹的情，可爹已經不在了，三叔在唸書，二叔家還有兩個孫子，要是家裡再困難了，保不准她就把我賣了換錢啊！」冬寶輕聲說道。

二叔一家不願意背債，三叔唸書還要花錢，當這些實際問題擺到黃氏面前時，為了她的兒子和孫子，黃氏肯定不會顧忌死去的宋楊的。

李氏慌亂了起來。「這……不會吧……」

冬寶心中嘆了口氣，她越想越覺得前途渺茫，她連最基本的人身權利都沒有保障，要是淪落成了奴籍，這輩子生死都不由她了。

要是李氏性子強悍潑辣，她就不用這麼害怕了，但李氏沒生兒子，多年的自卑和壓抑把她磨得敏感懦弱，她習慣了聽宋家人的話，即便生活對她不公，她也默默忍受了下來，認為這是沒生兒子應該付出的代價。

黃氏壓根兒沒把李氏當成個人，李氏在她眼裡只是一個幹活得力的奴隸，只用給一口飯吃。奴隸主賣掉奴隸的女兒，需要徵求奴隸的意見嗎？

「奶那人，她啥事幹不出來？」冬寶貼著李氏的耳朵說道，聲音也充滿了害怕。「娘，妳得想想辦法啊！奶想多賣點錢，肯定不會把我賣到啥好地方去的。」

李氏徹底慌了，眼淚撲簌簌地從眼眶裡滑落。

「別怕。」李氏咬牙說道。「娘去村長家門口跪著，求他主持公道，娘還去劉樓妳姑奶奶家跪著，求妳姑奶奶出面。娘這輩子就守著妳，要是護不住妳，娘就跟妳一塊兒去死，不便宜他們！」

日子過得太苦了，要不是心裡放不下冬寶，她早就跳村口的那條河裡，一了百了，興許下輩子還能投個好胎。

冬寶的臉埋到了李氏瘦弱的肩膀處，鼻子酸酸的。冬寶雖然不幸生在了這麼一個家庭裡，但萬幸的是她還有一個全心全意為了她的娘。她想起前世的母親，倘若母親不那麼偏心兒子，她也不至於為了爭一口氣而拚命地工作，導致自己年紀輕輕的就離開了人世。

現在想想，自己也是可笑可悲的，死過一次，她也想明白了，人生不過短短數十載，自然是要珍惜時間，去努力地愛那些愛自己的人，至於那些眼裡沒有她的人，沒必要把他們當回事。

「嗯！」冬寶鼻音濃重地應了一聲。「我也不和娘分開。」

冬寶想起黃氏罵李氏，總是罵她起歪心思，想走第二家，其實就是怕李氏改嫁。李氏守孝一年就可以再嫁了，宋家阻攔不得。少了李氏，家裡就少了一個能撐起半邊天的勞動力。

「別怕。」李氏安慰著冬寶，眼淚止不住地往下掉，卻不敢讓女兒看到。

冬寶突然想起了一個實際的問題，問道：「給爹辦事，咱們欠了多少錢？」

李氏心裡一陣欣慰，女兒大了，知道操心家裡的事了。「總共是欠了四兩銀子三吊錢，有村長家的二兩銀子，妳大橋伯家的一兩銀子一吊錢，妳荷花嫂子家的一兩銀子，以及妳滿堂叔家的兩吊錢。」

塔溝集沒什麼有錢人，就這四兩銀子三吊錢，也是借了許多家才借到的。在老實厚道的李氏看來，借錢事小，欠了人家的人情債才是最難還的。

四兩三吊錢對冬寶和李氏來說，當真是好大一筆鉅額債務，真是不知道該怎麼還這些錢。

冬寶疑惑地問道：「我奶一文錢都沒出？全是借的錢？」不至於啊，秀才爹坐了那麼多年的館，收入都交給了黃氏，怎麼混到生命的終結點了，連給自己辦喪事的錢都是借的？

李氏心裡也是有疑惑的，然而在宋家她是沒有說話的權利的。黃氏表面上說自己手裡緊，沒錢了，實際上說不定存的有錢，不為別的，就為鎮上讀書的宋家老三，因為沒錢唸書，老三便只能回家了。然而李氏順從慣了，也不敢質疑婆婆，猶猶豫豫下，才悄聲對冬寶說道：「妳三叔在鎮上唸書，吃住要花不少錢，妳奶沒讓他操心過銀錢上的事。妳爹沒考中舉人，妳奶覺得就是因為妳爹操心家裡的事，分了心。」

看來黃氏是下決心要供出一個狀元啊！冬寶撇了撇嘴。傾力投資子女的教育並沒有錯，可秀才爹不在了，宋家失掉了最大的經濟來源，要靠賣掉宋家的女兒來還債，在這種情況下，黃氏還要供養宋三叔唸書，冬寶只覺嗤之以鼻。

見冬寶不吭聲，李氏以為她發愁，笑著拍了拍冬寶的背。「娘下大勁幹兩年，前兩天妳奶賒了兩頭小豬，娘好好養豬，等到臘月賣了豬，錢就掙回來了。」

李氏說得輕巧，但對於莊戶人家來說，錢哪裡是那麼容易掙的？種田要繳稅，累死累活幹一年，不過勉強餬口，況且宋家人多地少，餬口都不是容易的事。養豬更不容易，豬要吃食，一旦豬生病死了，前期的投入就都打了水漂。

「娘沒想過做生意掙錢嗎？」冬寶試探地問道，她不敢直接說她想賣豆腐掙錢，因為整個塔溝集都沒人做豆腐，小姑娘從來沒出過村子，哪裡會懂做豆腐？

李氏訝然，笑著拍了拍冬寶的背，這丫頭怕是進城看見了挑著擔子做生意的鄉下人吧。「做生意哪是那麼好做的？」弄不好，賣的錢還不夠繳稅的。

「咱們可以試試——」冬寶說道，她可以循序漸進，慢慢把李氏引到豆腐行當來。不光可以做豆腐，還能賣各種豆腐小吃、發豆芽……這些都是人們生活的必需品，她有技術，李氏勤勞能幹，不愁還不清欠款，還能發家致富呢！

「冬寶！懶妮子窩屋裡頭幹啥哪？」黃氏尖利的聲音在屋外頭響了起來，打斷了冬寶的話。

李氏慌忙從床上起身，應道：「娘，啥事啊？」

冬寶從床上爬起身，輕輕地將窗戶推開了一條縫。

黃氏抻著臉、插著腰站在外頭，撇著嘴叫道：「妳眼裡就沒點事！一進屋就往床上倒，我真是有福氣啊，攤上妳們娘兒倆！」

李氏麻利地從床上起了身。

進屋躺下連十分鐘都沒有，黃氏就見不得她們娘兒倆有歇口氣的時候。

黃氏吩咐李氏去給麥子薅草（注），等李氏扛著鋤頭出了門，黃氏便從屋裡翻出來一只破舊的竹條筐遞給了冬寶，竹條筐綁上了麻繩，可以揹到背上。

「去，打一筐豬草。」黃氏吩咐道，又罵道：「豬沒得吃，餓得嗷嗷叫，妳們一個個眼裡就看不到，光知道倒頭睡覺……」

冬寶懶得聽她跟發神經似的罵人，揹了筐子就往外走。筐子很寬，幾乎可以裝兩個冬寶進去。

「回來！」黃氏連忙叫住了她。

冬寶強忍住氣，轉身問道：「啥事啊，奶？」

黃氏進了東屋，沒一會兒就拿了東西出來，說道：「這是妳大姑小時候穿的衣裳，妳換上這身，妳身上的衣裳脫下來，奶給妳洗洗。」

冬寶身上的藍粗布衣裳是城裡大戶王家給幹粗活的丫鬟穿的，在莊戶人家看來，這已經是不錯的衣裳了，乾乾淨淨，布厚耐磨，上頭一個補丁也沒有。冬寶原本就一套滿是補丁的薄夾襖，進王家的時候換掉了，走的時候忘了拿回來。

黃氏居然說要給她洗衣裳，冬寶怎麼都不敢相信，然而黃氏就在一旁虎視眈眈地看著，冬寶只能接了衣裳去屋裡換了。

大姑的衣裳補丁摞補丁，布料磨得稀亮，還有一股潮濕發霉的味道。

黃氏拿走了冬寶換下來的藍布衣裳。「去打豬草吧，奶在家給妳洗衣裳。」

注：薅草，拔除雜草。

已經是二月分了，生命力頑強的野菜已經開始長了出來。野菜切碎了餵豬，豬都會吃的，不然光靠麩皮和菜葉子餵豬，莊戶人家可餵不起。

大姑的衣裳又薄又破，冬寶揹著大筐子快步走了許久，才覺得身上有了些熱氣。

冬寶到了塔溝集西邊的溝子處，那裡有一大片荒地，長著可以割回家的豬草。

過不了多久，榆樹也會長出榆錢，用麵拌好蒸熟，拌上香油蒜泥，就是一道鮮美可口的菜餚。

看著還光禿禿的榆樹，冬寶嚥了嚥口水，彷彿看到了滿樹綠油油的榆錢在向她招手……她覺得自己想得實在太多了，別說香油了，就是細麵黃氏也不會給她吃的。

塔溝集之所以叫這個名字，是因為村東頭的山上有一座白塔，白塔早已經倒塌，只剩下斷垣殘壁留在山上；村西頭則有一個大溝，長滿了雜樹和荒草。

接近溝子的地方有一片荒地，冬寶以前一直都在這裡打豬草。這個時候野菜還沒長出來多少，冬寶跑了好遠的地方，才勉強割夠了一筐豬草，她也不敢往下壓，要是一壓筐子沒滿，回家後黃氏定要罵人。

割完了豬草，冬寶坐在地上，面朝溝子歇氣。

「冬寶！」

一道熟悉的聲音在冬寶背後響起。

冬寶回頭一看，便笑了起來。「大實哥，你也來割豬草啊？」

十四歲的少年已經拔高了身形，眉眼俊秀，神情溫和。

大寶點點頭，中午母親說想讓冬寶當兒媳婦時，他心慌意亂，原本他是把冬寶當妹妹看的，他從來沒這方面的想法，可母親一說，他就覺得心裡好像被人撥動了一般，羞澀得不行。

可母親想的居然是把冬寶說給全子，一瞬間他心裡空蕩蕩的，好像自己的東西被搶了一般。冬寶乾淨白嫩的笑臉，還有掌心觸摸到她頭髮時那柔軟的觸感，讓林實心裡癢癢的，就像是小時候家裡養的那隻漂亮的小白貓，乾淨溫軟。

這種亂七八糟的情緒一直困擾著他，讓他午睡都沒睡好，翻來覆去的睡不著。人家冬寶是要進城嫁給單家當少奶奶哩！再說了，他比冬寶大了四歲，年齡上不合適。

林實一向勤快，既睡不著，索性揹了簍子出來打豬草，卻沒想到又碰到了冬寶。

看冬寶的衣裳，已經換了一身舊的，可笑容依然乾淨好看，到底是秀才閨女，跟村裡一般的女娃子都不一樣。

林實已經割了一簍子豬草了，正準備回家，看冬寶揹了那麼大的一個筐子，便把自己的一簍子豬草倒進了冬寶的筐子裡，使勁往下按了按，然後揹到了自己身上，拉起了冬寶，說道：「走吧，太陽都快下去了，我送妳回家。」

冬寶很是過意不去，這個時候豬草還沒長起來，誰家都有豬要餵，她不能看大實哥人好，就這麼心安理得地占人家的便宜。

「大實哥，你打的豬草還是拿回去吧，你家也有豬要餵的。」冬寶說道。

林實搖頭笑道：「我昨天打得多，今日拿回去豬也吃不了，還是拿回妳家去吧。」

冬寶只得道了謝，揹起了林實的空簍子，跟在林實身旁，慢慢地往家裡走去。

林實看了看身旁只到自己胸口的小姑娘，冬寶還小，只能當妹妹。他想起冬寶剛出生時，他還抱過她，沒想到一轉眼，包在襁褓裡的小女娃就長成了乾淨白嫩的小姑娘了，一顰一笑都顧盼生輝，也牽動了他的心弦……

第六章　挨餓

冬寶壓根兒猜不到林實在想什麼，大實哥唸過書，長得俊秀，手腳勤快，性格又穩重溫和，再過兩年，說媒的人就要踏破門檻了。不知道誰有福氣，能做大實哥的媳婦兒？她想起了自己的「未婚夫」單良，要是單良有大實哥一半好，她也不用發愁了。

冬寶記得林實是上過一年私塾的，便問道：「大實哥，咱們現在是哪朝哪代啊？」

她來到這裡後，翻揀了原主人的記憶，卻始終找不到關於這個時空歷史的半點資料，冬寶想瞭解這個時代，只能從林實身上入手了。

林實伸手摸了摸冬寶的頭頂，小姑娘尚未盤髮，只簡單地梳了兩根黑亮的辮子，掌心的感覺柔軟溫暖。

「現在是大肅朝，皇帝是大肅朝的開國皇帝，在位快二十年了。」林實說道。「皇上出身農民，瞭解農民的苦，稅賦徭役比前朝少多了。」

冬寶愣住了，在她原來的世界裡，並沒有大肅朝這個朝代，那她這到底是到了哪裡啊？算了，既來之則安之吧！

一路上，林實給冬寶講鄉間流傳的奇聞軼事，講他和弟弟全子小時候的頑劣趣事，沒想到林實那麼健談風趣，漫長的鄉路也變得短了起來，不一會兒就到了宋家門口。

「大實哥，你把筐子放下來回家吧，時候不早了。」冬寶說道。

林實笑道：「不差這麼幾步路。」這麼大的筐子裝滿了豬草，連他都覺得沈，何況冬寶一個小姑娘。

兩人剛踏進院子，就碰到了出來收衣裳的宋二嬸。宋二嬸瞧見林實後，熱情地迎了過來。「大實來家裡玩啊？」

林實在豬圈旁放下了豬草筐子，笑道：「二嬸，我碰見冬寶打豬草，送她回家。」

宋秀才比林實的父親林福年紀大，宋楡比林福年紀小，所以林實喊李氏「大娘」，喊宋二嬸為「二嬸」。

「哎喲，那可麻煩你了。」二嬸笑得見牙不見眼，嘖嘖誇讚道：「看把你給累的……招娣！快給妳大實哥倒杯糖水解解渴！」又上前拉著大實，熱情地笑道：「大實，走走，去屋裡坐著歇會兒。」

大實慌忙往後閃了一步，躲開了二嬸的手，推辭道：「不了，謝謝二嬸，我這就回家去了。」

「急啥？」二嬸笑道：「喝二嬸一口水不行啊？」

「二嬸，大實哥家裡人還等著他回家吃飯呢！」冬寶插嘴道，看二嬸熱情的，壓根兒不像她一貫尖酸刻薄的作風啊！人家大實家就在隔壁，明明不想歇腳，還死拉硬拽的。

宋二嬸立刻扭頭，豎起眉頭瞪了冬寶一眼。「小孩子咋這麼不懂事！人家大實好心幫妳，妳連個謝都不道，像話嗎？」

這會兒上，宋招娣從灶房出來了，手裡端著滿滿一碗冒著熱氣的紅糖水，低著頭踱著小步子走了過來，紅著臉，聲音細如蚊子，哼哼道：「大實哥，給你喝糖水。」

冬寶驚訝地看著招娣，早晨跟她吵架的時候還氣勢洶洶的，這會子面對大實怎麼就化身為溫柔蘿莉了呢？

「謝謝二嬸，我不渴，給大毛、二毛喝吧。」林實笑著擺了擺手。「冬寶剛道過謝了，二嬸別誤會，大家都是鄉里鄉親的，揹簍豬草算不得啥。我家裡飯也做好了，我得趕緊回家去了。」

二嬸看著林實快步走出去的背影，有些不甘心，回頭看見端著紅糖水、乾站在那裡的宋招娣，沒好氣地罵道：「傻站著幹啥？糖水端屋裡去，等大毛、二毛回來渴了喝！」

說罷，看也不看冬寶一眼，拿了晾乾的衣裳就往西廂房走。

冬寶看了眼院子裡的竹竿，上面並沒有她穿回來的那套藍粗布衣裳，也不知道奶到底給她洗了沒有？

等宋招娣進了西廂房，宋二嬸便起身揪住了她的耳朵用力地擰，恨鐵不成鋼地罵道：「看妳那沒出息的熊樣！見了人連話都不會說，老娘咋就生出了妳這麼個沒用的？冬寶都比妳強！」

宋招娣爭辯道：「冬寶就是個小丫頭，哪能跟我比？」

「妳跟我強沒用！」宋二嬸冷冷地白了她一眼。「大實可是十里八鄉中數一數二的後生，家裡比咱們家強多了，娘可勁地幫妳鋪路，妳自己也得爭氣啊！」

宋招娣的臉燒得通紅，再怎麼跟母親、奶奶學得尖酸刻薄，她也只是一個十二歲的小姑娘，什麼嫁不嫁的，叫她怎麼好意思接話？她瞧大實也是滿心喜歡，一顆心早就春心萌動了。大實家境好，人長得好看，她找不出比大實更好的男孩了。

「妳可想好了，這是女兒家一輩子的事。」宋二嬸說道。「別指望妳奶，她才不管妳。」也別指望妳爹……這話，宋二嬸硬生生地嚥下去了。「別老悶在家裡，多和大實碰碰面。咱莊戶人家也不講究啥……最好今年能把親事定下來，我聽說好幾戶人家都去老林家說媒探口風了……」宋二嬸越說越煩，最後罵道：「妳要是精明點，哪還用我操這份心？看看冬寶，妳還不勝她！」

宋招娣又羞又惱，她哪點不如那個丫頭片子了？不就冬寶爹是個秀才，她爹什麼都不是嗎？可如今冬寶爹已經死了，還能拿啥跟她比？

林實揹著空空的背簍回了家，灶房裡，秋霞出來看到兒子正從身上卸下了空背簍，詫異地笑道：「咋什麼都沒弄回來啊？」她這個兒子勤快麻利，按理說不至於空手而歸啊！

「本來是打了豬草，後來碰到了冬寶，就把豬草給她了。」林實說道。

秋霞點點頭。「給她吧，咱家不缺這點豬草，她一個小孩子能輕鬆點。」

林實想著冬寶纖細瘦弱的身板，老宋家做事不地道，叫冬寶揹那麼大的筐子出去割豬草，她一個小丫頭，怕是割到天黑都割不滿一筐子，要不是碰到了他，那麼沈咋揹回來？

「我剛送她回家了。」林實說道。

秋霞笑道：「我說剛才怎麼聽到牆那頭的聲音像你，跟冬寶二嬸說啥呢？就聽她嘰哩呱啦跟唱戲似的，說個沒完。」

大家都是鄰居，宋二嬸是個什麼樣的，秋霞心裡清楚。

「沒啥。」林實悶聲答道。「她讓招娣給我倒糖水喝，我沒喝就走了，說家裡等著我吃飯。」

秋霞一拍大腿。「這就對了！你以後離那個招娣遠點兒！」

大實哭笑不得，他對招娣沒有任何想法，對她的印象只停留在她是冬寶的堂姊。「娘，招娣還小，比冬寶大不了多少。」

「不小了！」秋霞說道。「都十二了，也該訂親了。」

莊戶人家訂親早，女孩十二、三歲、男孩十四、五歲就該訂親了，訂親後過個兩、三年就成親了。

對於宋二嬸的熱情，秋霞心裡有數，得提點兒子兩句，她可不想跟宋家老二當親家。

「你對招娣怎麼看啊？」秋霞問道。

林實有些詫異。「我能對她怎麼看啊？話都沒說過兩句。」母親該不會是動了心思，想把招娣說給他吧？可不能啊！

「她年歲跟你正好，跟咱們家也知根知底的，你要是有啥想法，跟娘說說。」秋霞故意說道。

林實連連擺手，說道：「我沒啥想法！」

秋霞笑了起來，點頭道：「沒有就好。你別怕臊，這挑媳婦是頂重要的事，萬一挑個不賢慧的，日子過不好。」

林實的腦子裡忽然就閃過了下午和冬寶一路說說笑笑走回來時，夕陽下冬寶的笑臉。娘說的對，娶媳婦就得娶個勤勞理事的，冬寶那麼小就懂得照顧秀才大娘，還知道割豬草……哎呀，怪了！林實紅著臉，他原來對冬寶一點想法都沒有的，都怪娘中午說的那些話，現在一提起媳婦，他就忍不住去想冬寶，害得他見冬寶都覺得有點彆扭了。

宋家這邊，冬寶到家沒多久，李氏就扛著鋤頭回來了。

黃氏吩咐道：「回來了就趕緊做飯，磨到這當晚才回來！」

李氏連忙應了一聲。

黃氏瞧李氏十分聽話，心氣也順了幾分，見西廂房仍舊沒動靜，便來了氣，剛她在堂屋聽得清楚，老二媳婦還拿糖水招待大實，真是錢多燒得慌！

「招娣！」黃氏扯著嗓子叫了起來，口沫飛出去老遠。「窩屋裡幹啥？快點出來燒鍋！」

招娣再不情不願，也不敢裝作沒聽到黃氏的話，忙應了一聲，出來抱了一捆玉米稈進了灶房。

李氏本來想說「不用幫忙了」，話還沒出口，腦海裡就閃過了女兒中午跟她說的悄悄話。宋家二房就是被慣的，冬寶這麼小就出去幹活，宋招娣咋就不能幹活了？看著撇著嘴、吊著眼，一臉不滿的宋招娣，李氏什麼也沒說就進了灶房。

冬寶問道：「奶，我中午脫下來的那身衣裳呢？」

黃氏瞪了冬寶一眼，臉上有些不自在，厲聲說道：「啥衣裳？妳脫下來的衣裳問我幹啥？」

冬寶徹底愣住了。「奶，是妳說讓我……」不會是她想的那樣吧？當奶奶的騙了孫女唯一能穿出門見人的衣裳?!

「我說啥了？」黃氏惱羞成怒，唾沫星子從她滿是黃牙的嘴裡橫飛出來，冬寶嚇得連忙退後了兩步，生怕那唾沫星子噴到了臉上。

灶房裡的李氏連忙跑了出來，擋到了冬寶前面，向黃氏賠著笑臉。「娘，冬寶不懂事，您消消火，別跟小孩一般見識。」

到底是自己理虧，黃氏黑瘦的臉上面皮微紅，重重地哼了一聲。「還不趕緊去做飯！」說完，轉身就回了堂屋。

李氏小聲問道：「妳咋又招惹妳奶了？」

冬寶苦笑，指著自己身上的衣裳說道：「奶讓我把那身衣裳脫下來，她要幫我洗洗，給我換了大姑的衣裳，我沒瞅見衣裳晾出來，一問，奶就生氣了。」

李氏怔怔然地看著冬寶一身補丁摞補丁的破衣裳，她奶到底朝這身好衣裳下手了。拿走就拿走吧，也省得她奶一天到晚惦記，找事。

這時，招娣不悅的聲音從灶房裡傳了出來——

「大娘，這飯還做不做啦？」接著又不高不低地嘟囔道：「穿件好衣裳就騷成那樣，活該！」

騷是塔溝集的土話，並不是罵女人不守婦道，而是形容一個人很高調、炫耀。

李氏皺了皺眉頭，招娣小小年紀，嘴上就沒個把門的。

冬寶本想刺宋招娣幾句，後來想想又懶得搭理她，她就是這麼尖酸刻薄的人，跟她吵實在是自降格調。

李氏手腳麻利，先和麵捏了高粱窩窩上大鍋蒸屜裡蒸，又切了白菜粉條在小鍋裡炒，蒸好了窩窩，就開始燒水煮小米粥。連半個時辰都沒有，飯菜就已經端了上來。

等宋家所有人都坐到了桌子前，黃氏開始分發窩窩，輪到冬寶時，恰好是最小的一個窩窩，是李氏捏窩窩到最後剩的一點麵捏成的，只有平常窩窩的四分之一大小。

李氏看了看竹筐裡還有幾個窩窩，想來夠冬寶吃第二個的，便沒有吭聲。

冬寶瞧黃氏抻著臉，只得默不作聲地接了黃氏遞過來的窩窩，她早就餓了，顧不上這麼多了。

小米粥稀得能照見人影，白菜粉條沒油水，大毛、二毛雖然臭著臉，卻沒有像中午那樣摔摔吵吵了。李氏的手藝好，蒸出來的窩窩鬆軟透實，宋二叔三兩口一個窩窩就下了肚，伸手又拿了第二個。很快地，大毛也吃完了手裡的窩窩，拿了第二個吃。

冬寶的小窩窩也啃完了，下意識地就往竹筐裡伸手準備拿第二個窩窩吃。

啪！一聲響，黃氏的筷子重重地打在了冬寶的手背上，頓時冬寶的手背就起了兩道紅印子。

「妳幹啥？」黃氏的眼睛瞪得像牛眼大，神色猙獰，拿著筷子隔空點著冬寶的額頭。「吃！妳就知道吃！吃白食的厚臉皮白虎精！餵不飽的狗！」

大毛指著冬寶笑道：「好吃嘴，打斷腿！」

二毛也捧著碗，笑得傻呵呵地看著冬寶被罵。

宋招娣得意地對兩個弟弟說道：「看見了沒？咱可不能學她，不主貴（注）！」

二叔、二嬸低著頭不吭聲，然而怎麼也按捺不住上揚起來的嘴角。

李氏摟著冬寶，無聲地哭了起來，她拿著沒吃完的半個窩頭，在桌子底下硬塞到了冬寶手裡。按照李氏原本的脾性，黃氏一發火，她肯定要低眉順眼地賠不是的，可今天實在是太委屈了，冬寶才回來第一天，吃個窩頭都不讓吃飽，這不是往絕路上逼她們娘兒倆嗎？

冬寶忍住怒氣，木著臉低著頭，聽著黃氏高亢尖利的叫罵，還有李氏在她耳邊壓抑的抽泣聲。她心裡清楚，要是不讓黃氏把火氣發完，今後她就甭想在宋家吃飯了。

「妳還有臉哭？」黃氏的火力轉向了李氏，筷子在斑駁的桌面上敲得震天響。「她這個樣兒，不是妳教出來的？我老宋家倒了血楣啊！吃我的、喝我的，還來問我要東西！別見天想歪主意了，妳要走趕緊走，我老宋家不留妳！」

李氏抬起袖子擦了擦眼睛，低頭說道：「娘，我不是那樣的人。」

見李氏服軟，黃氏心裡大為暢快，覺得自己三不五時的敲打是有成效的，又撇嘴道：「不怕死了下地獄被小鬼切成兩截，就想幹啥幹啥去，老宋家不留妳！」

注：不主貴，沒有自尊，喜歡犯賤。

黃氏嘴上說得冷酷痛快，一雙精明的眼睛卻死死地盯著李氏，不錯過她任何一個動作。

「娘，孩子們都在。」李氏強忍著眼淚，低聲說道：「我還有冬寶……」就是為了冬寶，她也不會撇下唯一的骨血再嫁人的。黃氏是個渾不吝（注）的，說話粗俗不講究，當著孩子的面說這些，也不嫌難聽。

這會兒上，院子裡響起了腳步聲，一道尚顯稚嫩的童音在院子裡響了起來——

「宋奶奶，我娘叫我來還皮籮筐了！」

二嬸子看了眼黃氏，連忙放下手裡的窩頭迎了出去，笑道：「全子，吃飯了沒？在嬸子家吃點吧！」

全子的笑聲在屋裡頭也聽得清楚。「不吃了，我在家剛吃過。給，二嬸，這是我娘叫我還過來的皮籮筐。」

不一會兒，宋二嬸就進來了，手裡拿著一個一尺見寬的圓形皮籮筐。

皮籮筐是篩麵用的，秀才爹還在世的時候宋家用得挺勤的，篩他每個月領回家的細麵給大毛和二毛蒸白麵饃、擀麵條吃，如今沒有用武之地了。

「唉，這皮籮筐我看還是送給全子家算了。」二嬸裝模作樣地嘆道，對大毛、二毛說道：「以後啊，就沒有白麵吃了。」

本來黃氏還想再罵李氏幾句的，聽宋二嬸說得陰陽怪氣，一股邪火驀地直衝腦門，怒氣沖沖地罵宋二嬸。「俺老宋家就這家底兒，想吃白麵走別家去！」

第七章　蔥油餅

吃過飯後，李氏端著盆子和碗進了灶房洗碗，冬寶跟了進去。

李氏鼻子、眼睛通紅，強忍著眼淚，冬寶瞧得心裡也難受，但以她的身分，真想不出有什麼法子來對付黃氏這種毫無親情又霸道不講理的老太太。

這會兒上，灶房的牆壁上突然響起了三下敲擊聲，冬寶心裡一動，立刻跑了出去。

「冬寶姊，妳到我家來！」全子壓低的聲音在牆頭響起。

冬寶循聲望去，看到全子趴在牆頭，牆頭上冒出來的野草在晚風的吹拂下，調皮地拂過了他圓潤的臉蛋。

「嗯。」冬寶輕聲應了一聲，往堂屋看了眼。為了省油，宋家晚上沒什麼大事一般是不點燈的，這會兒黃氏應該和宋老頭在堂屋裡坐著，二嬸一家回了西廂房。

林家的大門並沒有關，林實帶著全子站在院子裡等著她。

「冬寶姊，咱們出去玩！」全子連忙拉著她往外走，回頭對堂屋喊了一聲。「爹、娘，我們出去玩會兒！」

秋霞嬸子的聲音從堂屋傳了過來。「早點回來！」

全子笑嘻嘻地吐了吐舌頭，拉著冬寶就往外跑，林實微笑著跟在了兩人後面。

注解：渾不吝，什麼都不在乎。

等走到了村頭無人處，全子從懷裡掏出了一個布包，塞到了冬寶手裡。布包入手溫軟，散發著一股好聞的蔥油香氣，冬寶嚥了嚥口水，不用打開，她也猜得到裡面是一大塊蔥油餅。

「我不要。」冬寶說道。「剛在家吃過晚飯了，全子你留著吃吧。」林家也不是有錢人家，偶爾烙一次蔥油餅也是根據人數來烙的，這一塊餅子省下來給她，全子就吃不到了，她哪能吃。

全子紅了臉，對冬寶擺手道：「不是我的餅，是哥哥的，他省下來沒吃。」要是早知道宋家的老妖婆不讓冬寶姊吃飯，他怎麼也得忍住饞，至少得留半張餅子給冬寶姊啊！

冬寶驚訝地看向了一旁未作聲的林實，風輕輕地吹著，朦朧的月光下，俊秀少年的笑容溫暖和煦。

「大實哥，這餅子還是你吃吧。」冬寶把布包遞給了林實。「我剛在家吃過飯了。」在小姑娘的記憶裡，她平時受林家好處夠多了，不能再占人家便宜了。

未等林實開口，全子便急了，搶在哥哥前面把裝了蔥油餅的布包推了回去，嘟著嘴說道：「冬寶姊，妳別跟我們客氣啦！剛我們都聽到了，那老——」全子下意識地就想說「老妖婆」，接到哥哥警告的視線，立刻撓頭笑道：「宋奶奶不讓妳吃飽。吃不飽飯，晚上睡覺肚子會咕嚕叫，可難受了！」

冬寶的鼻子酸酸的，手裡溫熱的蔥油餅也不知道該推出去還是收下來。

林實忍不住上前，伸手輕輕揉了揉冬寶的頭。「吃吧，我們家還有。」冬寶懂事乖巧，怎麼宋奶奶就捨得對冬寶這麼狠心？才回來第一天，飯都不讓吃了。光靠他們兄弟兩個偷偷摸摸地接濟，也不是長久之計，以後可怎麼辦？

他已經大了，被村裡人知道他偷偷接濟冬寶，說不定會有閒話傳出來，想到這裡，林實看向冬寶的眼神憐惜中夾雜了他自己也說不清、道不明的情緒。

冬寶確實餓了，嚥了嚥口水，打開了布包，蔥油餅的香氣一下子就散發了出來，冬寶把蔥油餅掰成了兩半，笑道：「我們一起吃。」說著，遞給了林實一半，又將手裡的一半撕成了兩半，其中一半給了全子。這餅子本來是林實的，理應他吃最大的才對。

見冬寶堅持，林實也不再說什麼，一個半大孩子領著兩個孩子坐在村口的石頭上，吃完了餅子，乘著月色回了家。

過後很多年，林全都記得那個分餅子吃的夜晚，儘管這些年一年比一年家大業大，好東西他也吃了不少，然而卻沒有東西比那晚上的蔥油餅更讓他覺得香了。

等到了家，林實兩兄弟沒想到娘竟站在堂屋門口等著他們，一下子就愣住了，心虛不已地低頭跑進了屋裡。

「當我不知道他們幹了什麼事！」秋霞嬸子跟林福笑道：「這是好事，我能擋著他們不成？還得瞞著我！」

林福感慨道：「宋大叔和宋大嬸淨幹些叫村裡人戳脊梁骨的事，秀才活著的時候對他們多孝敬啊！」

「人家等著三兒考中了當大官享福，才不管別人咋說她。」秋霞嬸子鄙夷地說道。「冬寶她二嬸之前還來打聽大實訂親了沒有，就是沒訂親也輪不到她閨女！我就是看不上她那副作派，懶不說，還奸猾，能養出來啥好閨女！」

說到長媳，林福也鄭重了起來。「大實娶媳婦得挑個賢慧能幹的，招娣那丫頭我也看不上，她還是冬寶的姊姊呢，隔個牆都能聽到她罵冬寶，小小年紀就這麼尖酸刻薄，長大還得了？」

秋霞嬸子性格直爽，當下就呸了一聲。「誰不知道宋家老二媳婦是個表面光（注），身子重的，小心眼不少，過日子的活計半點不會，要不是冬寶她娘撐著幹活，宋家早不知道成啥樣子了！我就是讓我兒子打一輩子光棍，也不聘她閨女！」

「好端端的，說兒子打光棍幹什麼？」林福哭笑不得，他還想早點抱孫子哩！

冬寶回到家後，李氏才鬆了口氣，轉身進了灶房。灶房裡已經燒了一大鍋熱水，宋招娣進灶房提了兩桶水去了西廂房，照舊不搭理燒水的李氏。在她眼裡，李氏是整個宋家地位最低的人，沒生出來兒子就該幹活受累；她娘生了兒子是功臣，就該被大伯娘伺候。

等宋招娣提走了熱水，李氏才提了一桶水放到了堂屋門口，隔著補了補丁的竹簾子對屋裡低聲說道：「爹、娘，熱水好了，放外頭了。」

黃氏「嗯」了一聲，李氏得了回答，才把剩下的熱水舀到了木盆裡，兌了涼水端到了母女兩人住的東屋，放到了冬寶跟前。

李氏柔聲說道：「洗洗腳。」

天早就黑了，屋裡只有依稀可見的月光，冬寶脫了鞋襪，捋高了褲腿，泡到了木盆裡，瞧見李氏還在一旁站著，連忙說道：「娘，一起泡腳吧！」

李氏「欸」了一聲，搬了缺了一條腿的凳子坐到了冬寶對面，將腳泡進了木盆裡。熱水浸泡著李氏因為勞作而腫脹的雙腳，腳上粗糙的繭子磨著女兒的柔嫩腳丫子，李氏心裡一陣酸楚。冬寶是秀才閨女啊，她聽說鎮上那些秀才閨女都是從小就裹了小腳，有丫鬟伺候著的，可憐她的冬寶，得跟著她受苦。

「娘，吃飯的時候我奶發了那麼大的火氣，是不是因為我問她要我的衣裳了？」冬寶問道。

李氏嘆了口氣，摸了摸冬寶的臉蛋。「咱家的東西都歸她管……怪娘，見妳回家太高興，忘了這事。一回家就該把衣裳交給妳奶的，也能省了這好大一場子氣。」

冬寶想了想，宋家沒有分家，家裡的東西確實都歸黃氏處置，秀才爹得的銀子、米糧都是交給黃氏的，李氏更是一文錢的私房都沒有，有親戚送點心禮物什麼的，也是由黃氏收起來。就連吃飯，都是由黃氏統一分派，她分給誰多少，誰就只能吃多少。

黃氏之所以發這麼大火氣，難道是因為自己沒有眼色，沒把那身新藍粗布衣裳上交給她？不至於吧……冬寶難以置信，孫女唯一的一套衣裳她居然都能使計騙了去，這也太下作了點吧！

注：表面光，虛有其表之意。

不過仔細想想，以宋家的家境，一套衣裳在黃氏眼裡算是值錢的了。那套乾淨簇新的衣裳，能給大毛當新衣裳穿，等大毛穿舊了，二毛可以接著穿，至於自己這個賠錢丫頭，在黃氏眼裡，有塊布遮著不露肉就行了。

冬寶皺起了眉頭，她不是心疼那套藍粗布衣裳，她想到了別的層面。

李氏把洗腳水端到豬圈倒了，臨到屋裡時聽到西廂房將髒水潑在門口的聲響，無奈地搖了搖頭。西廂房這對母女，真是只講究面上光鮮，懶到家了。

晚上睡覺的時候，冬寶在李氏耳邊問道：「娘，咱們以後……我是說假如，假如以後咱倆掙了錢，是不是都得交給我奶？」

李氏笑了起來。「咱倆能掙什麼錢啊？」她只會在土坷垃（注）裡面刨食，手因幹活粗了，只能納鞋底，連繡活都接不了，能掙什麼錢？

冬寶嘿嘿笑了笑，抱了李氏的胳膊撒嬌道：「娘，我都說了假如啊！假如咱倆能賺點小錢呢？」

李氏嘆了口氣，說道：「那肯定賺多少就得給妳奶交多少，沒分家，不管誰掙了錢都是這個家的。」攢私房錢這種事想都不要想，冬寶她奶要是發現了，不把皮給你扒了！

「這樣啊……」冬寶失望透頂，她原本還盤算著靠她前世的技術做點小生意，如今想來是她欠考慮了。

要是賺的錢都要上交給黃氏，那她辛苦幹活掙錢同現在有什麼分別？

即便黃氏對她們不好，但對於贍養黃氏和宋老頭，冬寶沒有什麼怨言，畢竟是他們生養了秀才爹。只是，要她們孤兒寡母的辛苦幹活來供養宋家二房和宋家三叔，冬寶就不願意了。

宋家二房有兩個壯勞力，還有兒有女，憑什麼要她們孤兒寡母的掙錢養活？

但黃氏肯定不這麼想，她將來要是能掙錢，為了那兩個男孫和還在唸書的宋老三，黃氏是不會停止搜刮剝削她們的。

「娘，咱能不能分家分出去啊？給爹辦事的債咱倆還，他們會不會願意？」冬寶試探地問道。

李氏苦笑了起來。「要是分出去就不是一家人了，連個給妳撐腰的娘家兄弟都沒有。」

冬寶幾乎要笑出聲來了，三歲看老，指望大毛、二毛給她撐腰，她還不如養條狗！

「娘，大毛、二毛會給我撐腰嗎？今天中午時，大毛還要賣了我給他換白麵吃呢……」冬寶低聲說道，稚嫩的聲音透著說不出的可憐意味。

李氏語塞了，下意識地說道：「大毛還小……等妳長大就知道了，那些沒個娘家兄弟幫襯的媳婦，在婆家受了委屈都不敢有二話。」

黑暗中，冬寶的聲音清晰地傳到了李氏的耳朵裡——

「娘，妳也有娘家兄弟，妳在家裡受委屈的時候，咋也沒見大舅來幫妳說句話啊？」

冬寶記得有一年臘月，年景不好，宋家的孩子都沒有做新衣服，宋二叔和二嬸在門口攔住了秀才爹，先是恭維了秀才爹是多麼多麼出息，接著就是抱怨大毛、二毛過年都沒襖子

注：土坷垃，音ㄊㄨ ㄎㄜ ㄌㄚ，為河南、河北方言，指土塊。

穿，秀才爹被恭維得飄飄然，當即拍胸脯表示孩子們的過年新衣裳由大伯包了。

秀才爹掙回來的銀子一文不少地交給了黃氏，因此誇口許下承諾後便問李氏要錢，說許了大毛、二毛過年的衣裳。

李氏看著身上穿著補丁衣裳的冬寶，酸苦難忍，頭一次忍不下去了——

抱了冬寶，李氏咬牙道：「我哪有錢？你拿回家的錢不都給娘了，他們想給大毛、二毛做新襖子，去找娘要錢去！」

黃氏把錢把得緊，老二媳婦壓根兒從黃氏那裡要不到錢。

「妳這個不賢不悌的賤婦！」秀才惱羞成怒，指著李氏大罵。他記得李氏的陪嫁裡頭有支銀釵子，當了也值個一兩銀子，沒想到李氏不給，盛怒之下他踹門離去。

李氏以為這事就算罷了，誰知道到了晚上，宋秀才就拿回來一個包袱，去西廂房叫來了老二宋榆，把包袱遞給了宋榆。

二房的孩子都穿上了新襖子，宋家的孩子裡，只有冬寶是一身補丁衣裳過的年。李氏的心早就麻木成死灰了，在宋秀才眼裡，大毛、二毛是頂頂重要的，他的面子也是頂頂重要的，只有她和冬寶是被人忽略的。

過完年，村頭雜貨鋪的老成叔來家裡找宋秀才，說了會兒話後，宋秀才把人送走了，回頭便跟李氏要銀子，說欠人家的錢，人家要債來了，要是拖著不還，不定整出什麼難看的，他是秀才，是有功名的讀書人，丟不起這個臉。

「你借錢幹啥？」李氏猜得到是為什麼，她只是還抱有一絲希望，不想把丈夫想得那麼不堪。

宋秀才面色不大自然。「這不是大毛、二毛過年沒新襖子穿嗎？娘手頭緊，我就去問老成借了一兩銀子……」說著，宋秀才又覺得自己在媳婦面前底氣不足，掉了男人的面子，立刻板了臉，瞪眼喝道：「我連這一兩銀子的主都作不了？只管拿銀子來就是了！叫人要債嚷嚷到家門口，妳臉上就有光了？」

爹橫眉瞪眼的樣子好生嚇人，幼小的冬寶嚇得躲在李氏懷裡，一個勁兒地抽噎。

李氏低著頭去床底下掏出一塊磚，拿出了一個布包，遞給了宋秀才，裡頭有一根銀簪子，約莫有一兩多重。

宋秀才心中滿意，咳了一聲，緩和了神態語氣，對李氏說道：「等發了今年春季的坐館之資，為夫一定給妳買根金簪子！」說罷，便拿著銀簪子出去了。

李氏再也撐不住了，抱著懷裡的冬寶，嚎啕大哭了起來……

後來，李氏尋了機會帶著冬寶去鎮上大哥家，她跟兄嫂訴苦，淚如雨下，冬寶的大舅聽完了只是嘆了幾口氣，吩咐妻子高氏給李氏包了一包紅糖帶回去，其他的再也沒說什麼。

李氏有一個大哥、一個大姊，冬寶的外祖父、外祖母離世後，大舅賣了房子和土地，到鎮上盤了個雜貨鋪子，對李氏算不上好，但也壞不到哪裡去。李氏嫁到塔溝集十幾年，他一次都沒來看望過妹妹，然而李氏去鎮上看望他時，他會給李氏包些店裡賣的紅糖、點心之類的禮物。

在李氏看來，有個娘家兄弟便有個念想，心裡底氣足。李氏深知這個世道對女人的殘酷和艱難，總想給自己找個依靠，哪怕這個依靠只是心理上的。

聽了冬寶的話，李氏沈默了許久，啞著嗓子顫聲說道：「妳大舅是長輩，是妳能亂編派的嗎？再亂說話，娘可要揍妳了！」

李氏這是真的生氣了！冬寶連忙抱住了李氏的胳膊。李氏是她在這個世上唯一的依靠，她必須讓李氏和她站統一戰線，但李氏被這個家搓磨怕了，膽怯懦弱、自卑自怨，沒有膽量去脫離這個家，也想像不到女人能獨立撐起門戶。

這麼想可能有些不厚道，但在冬寶看來，宋秀才的死對於她們來說，其實是一件好事。宋秀才死了，兩個人才有了脫離宋家的機會，否則的話，以宋秀才極品鳳凰男的特質，冬寶還有可能透過嫁人改變命運，但李氏就只能一輩子困死在宋家了。

「娘，妳別生氣。」冬寶吶吶地說道：「是我不對，說錯了話。」

李氏拍著女兒的背，輕聲說道：「傻孩子，娘咋會生妳的氣？早點睡吧。」

冬寶點點頭，突然想起來一件事，摸黑找到了擱在床邊的夾襖，從袖子裡掏出了晚飯時李氏偷塞給她的半個窩頭，把窩頭掰了一塊塞到了李氏嘴裡。

嚐到嘴裡的窩頭，李氏詫異不已，推開了冬寶伸過來又要塞窩頭的手。「妳咋不吃？」李氏心疼地問道。

冬寶笑了起來。「剛才大實哥和全子給了我蔥油餅吃，吃得可香可飽了。」

李氏幹了一天的活兒，從早到晚不得閒，晚飯只半個窩頭怎麼吃得飽？餓得久了餓出病來，有個什麼三長兩短，冬寶的命運也堪憂。

「娘，妳吃窩頭，吃飽了才有勁幹活。」冬寶又掰了一塊窩頭到李氏嘴裡。

李氏柔聲說道：「娘不餓，妳也吃。」

冬寶便掰下一塊塞到了自己嘴裡，母女兩個窩在被窩裡，分吃了半個涼掉的窩窩，雖然心酸，卻又感受到一份情真意切的溫暖。

在這黑暗的、散發著潮濕黴味的土坯房裡，冬寶握緊拳頭發誓，她一定會帶著母親過上安定富足的日子，不再受人欺辱！

第八章 蛇蛻

自從黃氏在冬寶回家的那晚發了一場不講理的火後，頗為消停了幾天。

冬寶想明白了為什麼，在黃氏眼裡，她是宋家的最高統治者，她要怎麼樣就得怎麼樣，宋楊賺回來的銀子是她的，冬寶帶回家的衣裳也應該由她來分配。只是冬寶沒眼色，沒頭一時間上交給她，她跟一個十歲的丫頭耍心眼騙了衣裳，冬寶還傻不拉嘰地去問她要，羞惱之下，黃氏便藉機爆發了。

見冬寶和李氏這些日子頗為乖順，黃氏心中免不了得意，家裡輕鬆點的活計，譬如打豬草、餵豬餵雞之類的，也會分派給宋招娣去幹。

對此，宋招娣氣得要命，擠兌冬寶不說，還背著黃氏用棍子打豬出氣。

冬寶只裝作沒看到、沒聽到，不想和宋家人再起衝突。想要過得好，必須要遵守這個社會的大規則。她要是有什麼出格的行為言論，可能會讓塔溝集的人當她是妖孽附身。

就她這幾天的觀察看來，黃氏是不會放李氏走人的，動不動就說二嫁的寡婦死了要被閻羅殿小鬼分屍，還不是怕李氏改嫁離開宋家，宋家就沒了一個免費又好使喚的勞動力！

初春的季節，整個塔溝集綠意盎然，清凌凌的河水，各色野花開滿了山野，田野美麗而富有生機。

冬寶揹著豬草簍子坐在地上歇氣，眼前的美景對她來說一點吸引力也沒有，她滿腦子想的都是怎麼帶著李氏從這個家脫離出去。李氏才三十一歲，這輩子糟蹋在宋家太可惜了。

當媳婦。

至於她，那個和她有婚約的大戶單家算不得什麼愁心事，冬寶可不覺得人家會想娶自己

她就是個莊戶人家的丫頭，老老實實地種地，想辦法賺點小錢，生活過得富足，她就滿意了。做人不能奢想不屬於自己的東西，這點道理冬寶在前世今生都看得很清楚。

突然，冬寶聽到背後一陣腳步聲，隨即就是一聲熟悉的叫聲——

「冬寶姊！妳在這裡打豬草啊？」

回頭一看，正是林實帶著全子站在她背後，笑咪咪地看著她。

陽光下，林實的笑容溫暖和煦，讓冬寶有些移不開眼。

「是啊！」冬寶從地上站了起來，點頭道。

全子看了眼冬寶背後的背簍，已經打滿了豬草，小孩子天性愛玩，忍不住拉了冬寶和林實的手撒嬌道：「哥、冬寶姊，咱們的豬草都打完了，去玩一會兒吧！」

林實刮了刮弟弟的小鼻子，笑道：「你就知道玩，豬草你才割了幾根啊？」

全子不好意思地撓著頭笑了笑，他跟哥哥出來割豬草，他玩得多幹得少，哥哥在一旁不吭聲，一會兒就麻利地割滿了一簍子。

冬寶也不想這會兒就回去，這兩天宋招娣嚷嚷著涼了頭疼，乾脆什麼都不幹了，黃氏虎著臉進了西廂房後，什麼都沒說便出來了，冬寶懷疑宋招娣為了逃避幹活，故意把自己整病了，她這會兒回去，黃氏肯定又要支使她幹這幹那。

「好啊，咱們去哪裡玩？」冬寶笑道。

全子指著旁邊長滿了蔥綠樹木和荒草的溝子，說道：「去那裡玩吧！上次我聽栓子說，他們在裡面找到了好多野雞蛋，他們偷了，用柴火烤著吃，可好吃了。」

「那不行吧？」冬寶雖然也想撿一些野雞蛋回去藏屋裡，如此黃氏要是再不讓她吃飯，她和李氏也有備糧，可想想大人們的叮囑，便猶豫了。「大人都說那裡頭有蛇。」

看冬寶想去，林實便笑道：「不礙事的，紮好褲腳，走路的時候用棍子敲打周圍，就是有蛇也趕跑了。」

既然一向穩重的林實都這麼說了，那就代表沒問題了！

林實割了幾把長莖的草，搓成了草繩，給冬寶、全子還有自己綁好了褲腳後，他走在最前面探路，三個半大孩子就這麼下了在冬寶記憶裡神秘重重的溝子。

溝子裡面的草木基本上都是自由生長的狀態，地面上積了厚厚一層枯枝敗葉，林實在前頭用棍子探路，左右前面都敲打過了，冬寶和全子就踩著林實走過的地方跟著走。

三個人走了有小半個時辰後，還是全子眼尖，在一處野草濃密的地方，看到了一個野雞窩，裡面有三個白花花的蛋。

全子興奮地歡呼了一聲後，把三個雞蛋撿進了簍子裡，用豬草蓋住了。

「等出去了，咱們就烤雞蛋吃！」小男娃興奮地宣佈。

冬寶看了眼空蕩蕩的野雞窩，可憐的野雞媽媽回來看到孩子都沒了，不知道得氣成什麼樣子？不過想到能吃到烤野雞蛋，冬寶心中的那點憐憫很快地就煙消雲散了。她餓得眼都要冒綠光了，哪還顧得上「保護野生動物」啊！

收穫的三個野雞蛋鼓舞了三個人的士氣，然而接下來他們在溝子裡轉悠了許久，再也沒找到野雞窩了。

林實看快中午了，便說道：「回去吧，等以後得空了，咱們再來撿一次。」野雞的窠巢是十分隱秘的，能撿到野雞蛋已經是運氣不錯了。

回去的路上，全子無意間往旁邊的草叢裡掃了一眼，立刻驚叫了起來，林實慌忙回身護住了冬寶和全子，全子指著草叢顫聲叫道：「長蟲！哥，有長蟲！」

長蟲是塔溝集的方言，意思是蛇。

林實立刻拿木棍用力地往全子指的地方敲打，然而草叢裡那條白花花的蛇卻一動也不動。

「莫不是死了？」冬寶說道。

林實走近了兩步，瞧了一眼，便回頭對冬寶和全子笑道：「不要緊，是長蟲皮。」說著，用手裡的長木棍將長蟲皮挑了出來。

雪白接近透明的皮保存得十分完好，乍一看去，極像是盤臥在那裡的蛇。

因為這條「假蛇」，害全子小男子漢的顏面受損，氣得他伸手就要扯那張蛇皮。「都怪它，嚇了我一跳！」

「等等！」冬寶連忙制止了全子。「不能撕，這個蛇蛻可是好東西。」

「蛇腿？蛇還會長腿？」全子驚訝地問道。

冬寶笑著搖了搖頭，臉上露出了兩個可愛的梨渦。「不是蛇腿，是蛇蛻。蛇蛻下來的皮，能當藥材用，拿去藥店裡賣，肯定有人買。」蛇蛻可是個好東西，能治很多病，這蛇蛻有一米多長，肯定值錢！

全子看向木棍上那條長長的白蛇皮，喃喃道：「真能賣錢啊？」

「能的！」冬寶連忙點頭，為了增加自己話的可信度，又說道：「我在城裡的時候，看到有人收這個。」

林實將蛇蛻挑進了冬寶背後的豬草簍子裡，上頭蓋了豬草遮住，說道：「城裡離咱們遠，鎮上就有藥鋪，冬寶妳跟著大娘去看大舅的時候，去藥鋪裡賣了吧。」

冬寶想起李氏隔兩個月就會去鎮上看望自己的大哥，便點頭道：「好，要是賣了錢，咱們仨平分了。」

「不用不用！」林實擺手笑道。「要不是妳，我們也不知道這長蟲皮能賣錢，早就扔了，這錢是妳該得的。」

全子也連忙搭腔。「就是！要不是冬寶姊，我早就撕了這長蟲皮扔了，賣了錢我們不拿。」

冬寶知道這兩個兄弟是想辦法要幫襯自己，眼下她確實困難，便不再客氣，點頭笑道：「那好，等賣了錢，我買糖，咱們分著吃！」

時間不早，烤雞蛋來不及了，三人商量著等吃過了飯後，全子央秋霞嬸子煮了野雞蛋，到時候喊冬寶過來吃煮好的野雞蛋。

三人剛走到村口，就瞧見村口的大榆樹下圍了好多人，一陣陣婦人的嚎哭聲傳了過來。三個人連忙擠進去，人群正中，兩個婦人一個四十來歲、一個二十來歲，正抱著一個男孩，哭得死去活來的。

旁邊圍觀的鄉親們一陣唏噓感慨——

「唉，這會兒上請大夫也來不及了，從鎮上打個來回得一個時辰，等大夫過來，怕也晚了……」

「好好的娃兒，咋就不行了？」

「回家準備辦事吧，讓娃兒下輩子投個好胎……」

聽到人群中的議論，摟著男孩的年輕婦人哭得更撕心裂肺了。「栓子！俺的栓子啊！」拚命拍打著男孩的肩膀、胳膊，似乎這樣就能喚醒懷裡昏迷的兒子。

冬寶仔細看了眼昏迷中的男孩，嘴唇臉色都是青紫的。看了半天，她才認出來，這個男孩正是幾天前她剛回家那天，嘲笑她是「母老虎」的洪栓子。

昨天還和他吹噓自己撿了多少野雞蛋的同齡夥伴，今天就躺在那裡出的氣多、進的氣少了，全子心裡一陣恐慌害怕，握緊了大哥的手。

大實問了旁邊的人。「劉大爺，這是咋回事？栓子咋啦？」

劉老頭搖頭嘆氣。「幾個孩兒下溝子裡玩，栓子撿了個果子……」說到這裡，劉大爺壓低了聲音。「說起來也邪氣，這都過了一個冬天，果子咋還能撿得到？偏栓子就撿到了！小娃子嘴饞，吃了下去，剛走到村口就栽倒了，那果子肯定有毒！可憐洪家就這麼一個男孫啊……」

冬寶瞧栓子的鼻翼還偶爾翕動一下，這會兒人還活著，吃下有毒果子的時間也不長，若催吐加洗胃的話，說不定能救回來。

「嬸子，栓子還活著哪！」冬寶對摟著洪栓子哭的女人說道。

然而那兩個女人壓根兒不理她，只一個勁兒地摟著栓子嚎哭，叫人聽得揪心。

這會子，幾個男人慌裡慌張地跑了過來，看到栓子那副將死的模樣，一個個也紅了眼眶。

其中一個二十來歲的壯漢，腿一軟就跪到了地上，捶地痛哭。「我兒子啊！」

這都啥時候了，兒子都要斷氣了，一家老小還只顧著哭！冬寶簡直氣悶。「人還活著，咋不想辦法搶救啊？」

「冬寶，妳知道咋救人？」林實心頭一動，連忙問道。

冬寶頓時驚了一下，她一個小丫頭，哪能知道這麼多？因此連忙說道：「我在城裡藥鋪看到過別人亂吃東西，也是不省人事，臉色青紫，大夫給救回來了。」

「那妳會救嗎？」林實小聲問道。救人一命，勝造七級浮屠，可萬一救不回來，栓子一家恨上了冬寶，麻煩就大了。

冬寶遲疑了一下，咬牙道：「試試吧。」讓栓子把吃下去的果子吐出來，再洗洗胃，說不定能撿回來一條命。她雖然不是什麼聖母，但也不能眼睜睜地看著一個孩子死在自己面前。

大實看了冬寶一眼後，蹲下身子對抱著栓子的栓子娘說道：「大嬸子，讓我看看栓子。」林家在塔溝集人緣好，林實更是人人都喜歡的後生，栓子娘便哭著任由林實接過了栓子。

冬寶蹲到了林實旁邊，費勁地扳開了栓子的嘴，伸出手指壓下了栓子的喉嚨，然而栓子只是乾嘔了幾聲，什麼都沒有吐出來。

「沒用的。」圍觀的一個中年漢子搖頭嘆道。「早試過了，吐不出來。」

冬寶不認得這漢子，她從小內向怯懦，極少出門，認識的人並不多。聽這漢子閒閒涼涼的話，似是早就用按壓咽喉的方式催吐過了，只是沒什麼用。

這擱現代不算什麼大事，冬寶記得小時候在農村上學，常有小孩子誤服了農藥，鄉里衛生所的人還專門來講了急救的方法。如果吐不出來，說明胃裡的東西太稠，那就得想辦法洗胃，溫的鹽水就是很好的洗胃劑。

「灌水，給他灌鹽水！只要胃裡有東西，就能吐出來了！」冬寶急忙說道。

周圍的人卻沒人動彈，或者是壓根兒無視了冬寶的話。一群大人都束手無策了，一個小丫頭懂什麼？瞎咋呼罷了！

冬寶急了。「真的，灌鹽水真的能讓他吐出來！要是晚了，可就救不回來了！」

林實抱著栓子，心中焦急。他原本對冬寶的話抱著將信將疑的態度，並不是覺得冬寶在說謊，而是這個年紀的小孩沒有足夠的經驗，或許只是在醫館門口看到了一、兩眼，便以為是治病救人的良方了，然而冬寶說話底氣十足，並不像是隨便一說的模樣。林實放栓子躺在地上，想回家舀水過來，就聽到旁邊一個小孩指著冬寶大聲叫了起來。

「就是妳！妳說過妳要剋死栓子的，現在栓子真的被妳剋死了！」小男孩不過六、七歲的模樣，嚇得哇哇大哭，撲到了旁邊一個婦人的懷裡。「娘，母老虎又剋死人了！」他也跟在栓子後面叫過這丫頭母老虎，下一個被剋死的會不會就是他了？

一向好脾氣的林實難掩怒氣，板著臉皺眉喝道：「胡說八道什麼！」

茫然痛哭的栓子娘這會兒回過神來了，想起這丫頭就是村裡聞名的「白虎精」，宋秀才死了，如今兒子也是出的氣多、進的氣少，這全是因為這個白虎精作祟！心中的惱恨如滔天的巨浪般掀起，她紅著眼，一把推倒了蹲在栓子跟前的冬寶，瘋了一樣地哭罵道：「妳給我滾！喪盡天良的白虎精，剋死了自己爹不夠，還要剋死我可憐的栓子！」

冬寶不過是個十歲的瘦弱丫頭，被栓子娘推得坐到了地上，沾了一身的灰土。眼下也顧不得計較，林實扶起了冬寶後，冬寶便耐著性子說道：「嬸子，我真的在城裡見過郎中這麼救人，眼下栓子耽誤不得了——」

沒等冬寶說完，蹲在那裡哭的四十來歲的婦人抓了地上的土坷垃，揚手就往冬寶身上砸。「妳給我滾！滾遠點兒，栓子就好了！」

「妳們真是不講理！是栓子自己亂吃東西，關冬寶姊什麼事！」全子惱了。村裡人一說起冬寶姊，就說她是母老虎，命凶，可他娘、他哥都跟他說了，那是村裡人欺負冬寶姊沒個人護著。冬寶姊膽子小，話都不敢大聲說，哪裡像是命凶的母老虎了？

林實拉住了全子，護著冬寶，嘆了口氣說道：「咱們回去吧。」救人不成反被人怨恨，他也滿心怒火，只是洪家的男丁都在這裡，萬一他們不講理要打人，他一個半大孩子根本護不住冬寶和全子。

冬寶看了眼地上臉色越來越難看的栓子，還有哭得呼天搶地的兩個婦人，只能拉著林實的手，跟著他往外走。看著一條鮮活的小生命死去，她於心不忍，卻也沒有辦法。

「等等！妳真的見過郎中這麼給人治病？人治回來了？」一直站在兩個婦人身旁、約莫四、五十歲的中年漢子開口了。他有張黝黑的臉，眼圈通紅，穿著灰麻布對襟短襦，黑布腰帶上還插了一根黃銅桿的旱煙袋。

第九章 救人

冬寶連忙點頭。「見過！人把吃進去的東西吐出來就行了。不過要快，要是晚了，神仙也救不回來了！」

中年漢子揮了揮手，往地上嗷嗷痛哭的栓子爹身上重重踢了一腳，喝道：「別哭了，等人不行了再哭也不耽誤。回家去，帶水跟鹽過來！」吩咐完，又對冬寶大聲說道：「秀才丫頭，栓子就按妳說的法子治，治不回來我老洪也認了，不賴妳！」

栓子爹忙爬起來，顧不得滿身的灰土，就要往家裡跑。

冬寶連忙喊道：「水要溫水！」

一個老婦人趕緊說道：「我家離得近，灶上剛燒滾了一鍋水，鹽家裡也是現成的。」

栓子爹匆忙跟著老婦人過去了。

不多時，栓子爹抱著一個大鐵盆子，老婦人拿著一個黑灰色的陶罐子，匆匆回來。

「回來了！」一個人喊道。

冬寶心裡卻緊張了起來，一顆心咚咚跳個不停。稍有不慎，栓子這個才十歲的男孩子恐怕就沒有睜開眼的機會了。

「大實哥，你抱著栓子。全子，你捏著他的鼻子。」冬寶吩咐後，便從罐子裡抓一把鹽撒進盆子裡，配成淡鹽水，用瓢舀了，扳開栓子的嘴就往裡灌，等灌進了半瓢水，冬寶示意大寶放下栓子，讓他的頭側枕著地，伸手重重壓住了他的喉嚨。

只聽「哇」的一聲，栓子吐出了幾大口髒水，其中混著不少黑紫色、黏糊糊的東西。

冬寶心中一喜，當即說道：「再灌！」

栓子娘看到栓子吐出的東西後，兩眼一翻，直接暈倒在了栓子爹懷裡。

洪老頭眼皮子都沒抬一下，吩咐兒子道：「帶你媳婦一邊去！」沒出息，人家冬寶十歲的女娃子都不怕，一個糙老娘們竟怕成這樣！

「真吐出來了！」圍觀的人嘖嘖驚嘆。

再灌下去一瓢水後，冬寶讓林實把栓子翻了個身，全子扶住栓子的頭，林實用膝蓋頂住了栓子的胃，繼續按壓他的喉嚨，這會兒比上回順利多了，栓子直接吐了冬寶一手。

冬寶也不嫌髒，繼續灌溫鹽水，反覆催吐了多次，最後栓子吐出來的都是酸水，一張慘白得嚇人，不像先前青紫的臉色，呼吸也漸漸平穩了下來。

「這下可好了！這下可好了……」先前用土坷垃砸冬寶的中年婦人喜極而泣，反反覆覆就只會說這一句話。

冬寶和大實兩個人滿頭大汗，有累的也有嚇的。萬一這洪栓子救不回來，她這白虎精的名頭可就坐實了。

「大爺，」冬寶說道。「東西是吐出來了，但您還是去鎮上找個大夫給看一下。」讓大夫看看保險一些。

洪老頭沒想到孫子真能救回來，當初也是抱了死馬當活馬醫的念頭，此刻聽了冬寶的話，連忙點頭。「好好好！還是秀才閨女有見識，比咱們這些大老粗強。」

周圍的人紛紛附和，看向冬寶的眼光也不像先前那小孩嚷嚷冬寶剋死栓子時那般的戒備和不友善了。

林實便拉著冬寶和全子回家了。

全子第一次參與救人，還把人從鬼門關前給拉回來了，周圍人看他的目光充滿了讚揚，這讓他小小男子漢的虛榮心得到了極大的滿足，也更加地崇拜他的冬寶姊了。誰說冬寶姊是白虎精？有這麼會救人的白虎精嗎？

「冬寶姊，妳真厲害！」全子激動得說話聲音都顫抖了。「下次再有這樣的事，冬寶姊可一定得帶上他啊！

冬寶笑了笑，剛才她一心只想救那個孩子，沒有多想，現在事情過去了，後怕便一陣陣地湧了上來。

迷信的人是不管不顧的，栓子要是死了，栓子娘和栓子奶奶肯定恨死她了，她們也許心裡明白栓子的死和她無關，可失去至親的痛苦足夠讓人失去理智，這個痛苦需要一個發洩口，很不幸地，沒個人護著的她就是這個最好的發洩口。

古代迷信愚昧的村子甚至會燒死他們認為不祥的人，冬寶萬分後悔那天嚇唬洪栓子時說過的話。萬一洪栓子真有個什麼三長兩短，她被趕出村子都是輕的，嚴重的話會被五花大綁，公審完再請道士作法，收了她這個「白虎精」後，直接沈河或者火燒……

全子說了半天都沒人回應，拉著冬寶的袖子剛要開口，就看到冬寶疲憊地蹲到了地上。

來。

「咋啦？」大實趕緊蹲到了冬寶前面，摸了摸冬寶的額頭，並不燙，讓他稍微放下心

冬寶勉強扯出了一個笑臉。「大實哥，我沒事，就是腿軟。」

大實笑了笑，揉了揉冬寶的頭，把身上的背簍交給全子揹著，揹起了冬寶往家走去。

「別怕，洪栓子已經叫妳救回來了。」頓了頓，林實又輕聲安慰道：「就是他真有個什麼，也和妳沒關係，別怕。」

「嗯。」冬寶臉靠在林實肩膀上，閉著眼睛點了點頭。十四歲的少年，肩膀還顯得瘦弱，不夠寬闊，卻足夠的溫暖可靠，叫她心安。

到家的時候，李氏正站在大門口張望，看到大實揹著冬寶回來，嚇了一跳，連忙問道：「這是咋啦？」

冬寶對李氏說道：「我沒事，就是累了，叫大實哥揹我回來的。」

李氏鬆了口氣，女兒要是出個什麼意外，她也不用活了。

「累了就歇會兒，看把人家大實累的。」李氏看著林實，滿是感激。林家總是幫襯她們母女，長年累月都這樣，她心裡頗為過意不去。

大實擺擺手。「不累，冬寶輕得很。大娘，我們先回家了。」

見李氏要接過冬寶背上的背簍，冬寶連忙搖頭，裡頭有她藏著的好東西呢！「娘，妳先進屋吃飯，我放好東西就過去。」

李氏心中免不了心疼，今天本來該宋招娣去割豬草的，她總嚷嚷自己病還沒好利索，可一到吃飯的時候身體就又好了。黃氏懶得管那麼多，反正活兒有冬寶去幹就行了。

冬寶先去豬圈裡把豬草倒了出來，趁宋家所有人都在堂屋時，拿著背簍到了東屋，把蛇蛻用一塊破布包著，藏到了床底下。

黃氏見冬寶先收拾了豬草才過來吃飯，心裡氣順了幾分，板著臉給冬寶盛了碗稀飯，分了窩頭。「跑哪裡瘋去了？我看是不餓吧？以後都別吃了。」

這話比黃氏平常時罵人的話來說已經是文明用語了，冬寶不和她計較，接了碗和窩頭，還笑嘻嘻地跟黃氏道了謝。

漆已經掉得差不多的飯桌上只有半碗炒白菜，菜湯裡漂著幾點油星，放在了大毛和二毛跟前，兩個人跟搶似的。冬寶瞥眼看了看，估計就是因為這碗有點油星的炒白菜，這兩個宋家的太歲爺才沒在飯桌上鬧騰。

冬寶這麼晚回來，居然沒被奶罵，宋招娣十分失望，斜著眼嘟囔道：「幹那點活兒要一上午？就會磨工夫偷懶！」

宋二叔也懶洋洋地開口了。「冬寶，不是二叔說妳，手腳笨的閨女到哪裡人家都不稀罕要，妳要是幹活利索，手腳勤快，人家城裡的大戶人家就是不缺丫鬟，也願意把先前雇的丫鬟攆走一個，再雇了妳啊！人家大戶人家吃得好、穿得好，咋也比在家的日子過得好啊！」

冬寶回家都半個多月了，光在家裡待著白吃飯，這咋行！

咋又提這事了？李氏的心緊張地跳了起來。她鼓足了勇氣，小聲說道：「冬寶以後不去給人幫工了，就在家裡幹活，我們娘兒倆幹活不偷懶，掙的夠自己吃的。」

宋二叔瞪著眼睛，橫勁就上來了。「妳一個婦道人家能幹多少活？冬寶一個丫頭片子能幹多少活？還掙的夠自己吃的？呸！給大哥辦後事欠的錢咋說？土坷垃裡刨食能還上錢？」

李氏被宋二叔擠兌得滿臉通紅。當初秀才在的時候，哪個月不往家裡交銀子？農活不少幹，白麵都給二房的孩子吃，也沒少給二房的孩子置衣裳，他掙了這些年的錢，還不夠給他自己辦場後事嗎？然而黃氏板著臉坐在那兒，她終究沒敢把話說出來。

冬寶推了推李氏，說道：「娘，趕快吃飯，窩頭要涼了。」宋二叔這樣的人她見得多了，見了軟的就嚇唬人，越理他那茬兒，他就越來勁。

「二叔，我也急著還錢呢，等吃完飯我就到村口的官道上跪著，看有誰買丫鬟的不？您給寬限兩天吧，到時候誰問咋回事，我就說您急著要錢，多留我一天就多吃一天的飯。」冬寶說道。

宋榆的臉一陣青、一陣白，他敢在家裡逼著大嫂賣冬寶，卻不敢當著村裡的人賣自己的姪女。宋楊剛死兩個月，他這當弟弟的就急火火地要賣姪女，傳出去太難聽了！

黃氏不開口，宋榆被冬寶擠兌得滿心都是火氣，端起碗一口氣喝完了剩下的稀飯後，重重地把碗放到了桌子上，背著手怒氣沖沖地走了。

宋二嬸和宋招娣連忙跟了過去，大毛、二毛臨走時還衝冬寶吐舌頭做鬼臉。「吃白飯的！」

不一會兒，飯桌上走得只剩下黃氏、宋老頭、李氏還有冬寶了。

宋老頭低頭喝稀飯，從頭到尾都不吭聲，彷彿是個隱形人一般。

黃氏哼了一聲，罵李氏道：「妳咋教的？這麼小就牙尖嘴利不饒人，連她叔都敢攮揰，明兒個是不是就要我們老兩口的命了？」

攮揰是塔溝集的土話，大概的意思是欺負、不尊敬。

「咋會呢？奶。」冬寶笑道：「等將來我掙錢了，還要孝敬您跟爺哩！」

黃氏剛要開罵，宋老頭突然開口了。「少說兩句吧，冬寶還小。」

三人都詫異地看著宋老頭，在冬寶記憶裡，宋老頭是個寡言不管事的性子，除了喊他吃飯時他會「嗯」一聲，別的時候基本上都感受不到他的存在，然而幹地裡活兒卻是利索的好手，還會編竹筐、背簍，手巧得很。

老伴都發話了，黃氏也不好再說什麼，瞪了冬寶一眼後，便不再吭聲。

宋楡回到西廂房後，背著手走來走去，怒氣難平，看著地上的板凳都覺得不順眼，狠狠地一腳踢上去，把小板凳踢得飛出去老遠，彷彿踢的是那吃白食的丫頭。

見宋二嬸和招娣進屋，宋楡氣咻咻地指著堂屋的方向說道：「這日子沒法兒過了，頓頓都是窩頭、稀飯！恁大一個人留家裡吃白飯，一屁股外債留給咱？我上午就找娘說了，任我咋說都不搭腔！一個賠錢的丫頭片子，還比大毛、二毛金貴了？就是賣了又咋啦！」

宋二嬸裝模作樣地「唉」了一聲，嘆氣道：「要我說啊，這家裡就數咱二房最可憐了，爹娘為了供大哥唸書，你從小就得幹活，如今吧，為了供三弟唸書，又委屈到你了。這個家啥好事沒你的，替人背債養孩子的事都成你的了。」

宋榆越聽臉色越難看，握了拳頭捶了幾下床沿。「都當老子是冤大頭！老子是那麼好欺負的嗎？」

宋二嬸連忙好言勸了幾句。「當家的是招娣她奶，咱再說啥也沒用——」

話還沒說完，坐在角落裡的宋招娣突然小聲地說道：「冬寶在家也能幹活……」要是把冬寶賣了，家裡的那些雜活不都成她的了？

「放屁！」宋二叔吼了她一聲。「那也叫活兒？妳不能幹？」

嚇得宋招娣剩下的話全噎在了喉嚨裡，垂頭縮成了一團，生怕再惹惱了父親，被痛罵一頓。

這會兒，院子門口傳來了全子的聲音——

「冬寶姊，妳吃完飯了沒？到我家來玩吧！」

宋二嬸神色一動，忙推了下縮在角落裡的宋招娣。「去，跟冬寶去全子家玩。」

「我……」宋招娣想起宋二嬸之前跟她說的話，驀地滿臉通紅，然而全子沒叫她，她拉不下臉面求冬寶帶她一起過去，羞澀之下，賭氣說道：「我不去！」

宋二嬸恨鐵不成鋼，使勁地擰了她一下。「妳這個沒用的東西！看人家冬寶，多大點的孩子都比妳厲害多了。快去！」冬寶才十歲，就哄得林家兩兄弟圍著她團團轉，她就不信自己的閨女比冬寶差了。

宋招娣疼得眼淚在眼眶裡打轉，看冬寶從東屋出來了，趕緊掀開簾子，迎了上去。

見宋招娣從西廂房出來，冬寶也沒當回事。全子來叫她肯定是煮好了野雞蛋，等她過去吃雞蛋。

「欸，冬寶……」宋招娣叫住了她，臉上有些尷尬。「妳這是去哪兒啊？」

冬寶不耐煩搭理她，簡單說道：「我出去玩會兒。」

「去哪兒玩啊？姊跟妳一起去吧！」宋招娣走到了冬寶跟前，想挽著冬寶的胳膊。

冬寶忙躲開了宋招娣伸過來的手。她才不信剛剛全子在門口喊那麼大聲，宋招娣會沒聽到。

冬寶說道：「全子叫我去他家玩。」人家可沒叫妳！

「那我跟妳一起去。」宋招娣笑道，她一笑起來，長臉顯得更長了。

冬寶當然不能讓她跟著一起去，這丫頭對林實有意思哩！大實哥那麼照顧她，她咋能帶宋招娣去林實跟前晃悠，那不是坑人家嗎？再說了，就三個野雞蛋，宋招娣去了怎麼分？秋霞嬸子是個好人，肯定得拿自己家母雞下的蛋再煮一個，她不能讓人家破費。

「下回吧，這回全子沒叫妳。」冬寶說道。

「這礙啥事？」宋招娣勉強耐著性子。「都是鄰居，我去他家玩一趟就不行了？」

冬寶直接甩手了，點頭道：「那姊妳去玩吧。」說完就往回走。

宋招娣傻眼了。「妳不去啊？」

「不去！」冬寶踏入了東屋，直接關上了門。

宋招娣氣得直跺腳，指著東屋的手指頭都是顫抖的。「妳個死妮子！妳等著，看我不擰爛妳的嘴！」

她是大姑娘了，和冬寶一起去還好說，自己一個人上門她可幹不出來！

東屋始終沒動靜，宋招娣罵了幾句後，只能垂著頭，灰溜溜地回了西廂房。

宋二嬸在裡頭聽得一清二楚，等宋招娣一進門，就罵道：「妳個沒用的東西！連冬寶那丫頭片子都玩不過，白養妳這麼大！」

宋招娣本來就覺得羞惱，自己的親娘不安慰她還罵她，眼淚立刻就掉了下來，嚷嚷道：「妳打死我算了，省得給妳丟人！」

她雖然瞧不起冬寶和李氏，但是有時候會很羨慕冬寶，因為冬寶是秀才閨女，而且長得比她好，最關鍵的是，李氏從來沒打罵過冬寶。

宋二嬸捂住了宋招娣的嘴，罵道：「叫什麼叫？恨不得全村的人都知道是不？」

宋招娣恨恨地瞪了宋二嬸一眼，抽噎著坐到一邊生悶氣。爹娘眼裡只有大毛、二毛，她心裡不是沒有怨言的，只不過她怨恨也沒用，只能盡力討好爹娘，如此自己的日子也能過得好一些。

宋二叔此刻聽宋招娣的抽泣聲聽得心煩，猛地拍了下床，喝道：「憋住！」

高亢凶戾的喝罵讓宋招娣嚇得抖了抖，一口氣憋在喉嚨裡，上氣不接下氣地吸了半天的氣才緩過勁來。

「大哥這些年可沒少往家裡拿錢，瞧那屋的光景，」宋二嬸伸手指了指對面的東屋。「也不像攢的有私房。糧食不用買，餵的有豬有雞，咋連給大哥辦後事的錢都拿不出來？」

她十分懷疑黃氏手裡其實是有錢的，但藏著掖著，不拿出來。

宋二叔陰著臉，往鎮上的方向歪了歪嘴。「老婆子手裡藏著錢，還不是給老三留的！」

宋二嬸的臉色難看了起來。「這事可不能這樣，不說一碗水端平了，也不能偏心眼偏成這樣啊！咱可是有兩個兒子的，憑啥錢留給老三啊？我不幹！分家算了！大房沒兒子，家裡的地沒她們的分，給大哥辦後事留下的債，本來就該冬寶跟大嫂還。老三咱也不能繼續供了，看大哥就知道了，讀書有幾個能出息的？」

宋二嬸說得口沫橫飛，分家分得俐落乾脆，全然不管黃氏手裡攥的錢，是宋秀才掙回來的。

「分啥家啊？」宋二叔哼道：「老三還沒成家，就是分家，老頭子、老太婆也是跟著咱，最多把冬寶和大嫂分出去而已。連地都沒有，孤兒寡母的拿啥還債？借咱家錢的人家也不會願意的。」還有一點他沒說——大嫂可是個能幹的，一個女人能抵一個壯勞力，攆走了，地裡的活兒沒人分擔，他就得下大勁了，最後苦的是他。

這也不行，那也不行！宋二嬸跟宋二叔背對著背，抱著肚子坐在床上生悶氣，越發地看家裡人不順眼了。

第十章　沅水鎮

等宋招娣進了屋，冬寶便從東屋出來了，腳步輕快地去了林實家裡。

她其實挺能理解宋招娣的心思，面對優秀的林實就成了懷春少女嘛！

全子站在大門口迎接她，拉著她跑進了林家的堂屋，小聲埋怨道：「冬寶姊，妳咋才過來啊？」

秋霞嬸子和林實都在堂屋裡坐著，堂屋的桌子上擺著一個瓷碗，碗裡頭裝著水，放著三枚白花花的蛋。

蛋煮熟後放涼水裡，蛋殼就好剝一些。

「煮好了，就等妳過來呢！」秋霞嬸子笑道。

冬寶笑著跟秋霞嬸子說道：「謝謝嬸子。」想了想，覺得要跟林家人提個醒，便對全子說道：「本來你叫了我，我就出來了，不過招娣姊非得要我帶著她過來，我想著蛋不夠分，就沒帶她過來了，招娣姊還生了我好大一場氣呢！」

秋霞嬸子臉上的笑容就少了許多，點頭笑道：「下回蛋煮多了，就叫她過來吧。」下回？沒門兒的事！都十二歲的丫頭，快訂親的年紀了，別想妄想她兒子！

冬寶看秋霞嬸子聽懂了她的意思，便拿了蛋回去了，說要回去和娘分著吃，又惹得秋霞嬸子好一陣誇獎。

林實看冬寶臉都被自己娘親誇紅了，在一旁笑咪咪地看著。都說冬寶回來變得膽大了，他倒覺得這小姑娘還是跟以前一樣，臉皮薄，靦覥得很。

回到東屋後，冬寶剝了蛋殼和李氏分著吃了，又把中午藏在床下的蛇蛻拿來給李氏看了。

聽冬寶說這個能賣錢，李氏將信將疑。往年她在田間地頭見到的不少，從來不知道這玩意兒還能換錢。

兩人剝下來的雞蛋殼被李氏藏在袖子裡，下午下地幹活的時候偷偷扔到了河裡。路上遇到幾個人，都跟她誇秀才閨女了不起，學城裡的郎中把栓子從鬼門關前拉回來了，叫她又驚又喜。

吃了晚飯，宋二叔回西廂房後怎麼也坐不住，又去堂屋找黃氏，話裡話外說了半天，就問家裡欠的外債咋還？以後日子咋過？

黃氏坐在那裡，破天荒地點上了油燈，豆大的昏黃燈光只能照亮黃氏周邊一小部分的空間，她撇著嘴說道：「我知道，你們嫌我偏心老三，可你三弟跟你大哥不一樣，我瞧著他是有大出息的，明年他就下考場了，這節骨眼不能叫他分心。眼下是苦了點，但等將來老三當了官老爺，你這當哥的也能跟著享福。」

黃氏說得前途萬丈光明，宋老二卻氣得要命。家裡的錢都留給老三，他怎麼辦？過幾年大毛要說親時，誰肯嫁過來？

「娘妳說得輕巧，眼下咋辦？人家來要債咋辦？冬寶妳不願意賣，一個丫頭片子，還真當成個寶了？大毛、二毛呢？那可是妳親孫子啊！」宋二叔叫道。

在灶房裡忙完的李氏出來時，就聽到了堂屋裡宋二叔的叫聲，她默不作聲地回了東屋，聽著身旁女兒睡著後平穩的呼吸聲，愁得睡不著覺。外債像座大山一樣壓在她的心上，壓得她喘不過氣來，整個人都要崩潰了。

「娘，妳咋還不睡啊？」冬寶被李氏嘆氣的聲音驚醒了，揉著眼睛問道。

李氏沒想到吵醒了女兒，連忙說道：「睡，馬上就睡。」

冬寶抱住了李氏的胳膊，說道：「娘，咱去鎮上看看吧。」說不定能找到掙錢的門路，最好能掙到足夠的錢，把秀才爹辦後事欠下的錢還上，才有希望帶著李氏脫離宋家。

離冬寶所在的塔溝集最近的鎮是沅水鎮，走路要大半個時辰，而冬寶被賣去做工的地方是安州城，安州城離塔溝集更遠，就是坐馬車也要一、兩個時辰才能到。

眼下地裡的活兒不多，但李氏想去鎮上，必須得有個向黃氏說得通的理由，那就是去鎮上看冬寶的大舅。婆婆再不講理，也不能不讓媳婦去看娘家大哥，而且李氏每次去鎮上看大哥，空著手去總能帶回來一、兩樣回禮，一包紅糖或者一包糖角子什麼的，值好幾個錢。

聽李氏說要去鎮上，黃氏不怎麼高興地「嗯」了一聲，習慣性地擠兌了李氏兩句。「妳哥是有錢人，怎麼給妳男人辦後事，他就出兩吊錢？他是不是妳親哥啊？」

李氏臉上掛不住，低頭拉著冬寶往外走。

冬寶暗中撇了撇嘴，是宋家死人了又不是李家死人了，給兩吊錢已經是仁至義盡。黃氏就是個刁蠻不講理的，莫非認為連李氏的娘家大哥都該跟秀才爹一樣，為了宋家鞠躬盡瘁，死而後已？

天色尚早，太陽還未完全出來，早有勤快的農民戴了斗笠、扛著鋤頭下地，油菜花已經開了不少，星星點點的嫩黃點綴在綠色的田野裡，十分好看。

經過一片坡地的時候，李氏拉著冬寶的手停了下來，嘆了口氣，指著一個墳頭說道：「寶兒，那是妳爹的墳，過些日子就是清明節，該給妳爹上墳了。」

遠處的墳頭大大小小不少，荒草叢生，晨霧朦朧中，冬寶也分不清楚李氏手指的到底是哪一個。有些墳頭沒有立碑，有些墳頭則是豎了碑，秀才爹的墳頭應該就在那些豎了碑的墳頭之中，到底是個秀才，墳不能太寒酸了。

李氏只是匆匆一指，就拉著冬寶快步往前走，似是不願意多看的模樣。攤上這種極品鳳凰男老公，夫妻間再多的感情也消磨光了。

等出了塔溝集，冬寶對李氏說道：「娘，咱們就在鎮上逛逛，找藥鋪看能不能把蛇蛻賣了，就不去大舅家了吧，空著手不好看。」

家裡的錢都在黃氏手裡，黃氏不可能給李氏錢讓她去走娘家親戚，憑什麼拿宋家的錢去給李家送禮？至於李家大舅給李氏的回禮，那不是理所當然的嗎？

李氏空手上門，又拿東西回來，大舅母的臉色早就不好看了，再去也是叫人家嫌棄。

聽冬寶這麼說，李氏心裡頭不好受，她也不想上門看大嫂子的臉色。去吧，空著手不好看；不去吧，爹娘都沒了，再不走大哥這門親，要是斷掉了，她真成沒娘家的人了。

「去妳大舅店門口看看妳大舅就走，咱不拿大舅家的東西。」李氏說道。她厚著臉皮接受大哥給的禮物，也是存了討好黃氏的心。沒生兒子，黃氏對她不滿至極，能拿點紅糖、糕點回去，黃氏對她的臉色多少能好一些。

這次李氏是下定了決心，要硬氣一回，不拿大哥家的東西了。反正秀才也死了，黃氏罵就罵吧，只要冬寶能安穩長大，她就沒別的念想了。

冬寶自來到這個世界後，還是頭一次走這麼遠的路，走了快一個小時，兩個人才進了沅水鎮。

沅水鎮的房子都是清一色的青磚瓦房，雖然算不上氣派，但敞亮整齊。街邊開鋪子的、擺攤的很多，賣包子、油條、布疋、水粉的，應有盡有，這會兒正是趕集人最多的時候，街上熙熙攘攘的，十分熱鬧。

李氏怕冬寶走散了，一直緊緊拉著冬寶的手，冬寶看著兩旁熱鬧的街市，有些目不暇給，李氏還當她是在鄉下待久了，看到這麼熱鬧的集市一時新鮮，卻不知道冬寶一直在想的是怎麼想辦法掙上四兩三吊錢，還清家裡的外債。

這個攤子上人圍得多，是賣燒餅的，冬寶踮腳看著，隨即搖頭。她和李氏誰都不會炕燒餅，等手藝摸索出來，黃花菜都涼了。再說，也沒本錢去讓她們兩個摸索。

「想吃燒餅？」李氏見冬寶一個勁兒地看燒餅攤子，心裡有些難受。早上黃氏一聽她要去鎮上大哥家裡，連早飯都沒讓她和冬寶吃，就叫她們出門了，現在冬寶餓了想吃燒餅，她這個當娘的卻連個燒餅都給女兒買不了……

冬寶搖了搖頭，她不想吃燒餅，她想吃肉！在宋家吃的是粗糧，吃不飽不說，飯裡連點油星都沒有。她現在只想吃肉，吃油厚味重、她前世壓根兒看都不想看的紅燒肉！沒紅燒肉的話，大肉包子也行啊！

看女兒饞得一個勁兒地嚥口水，嘴上還說不想吃，真是懂事的好孩子，李氏心裡心疼不已。

冬寶一路走，一路看，發現賣東西的很多，卻沒有看到賣豆芽、豆腐的攤子，莫不是這個陌生的時空還沒有出現豆腐？不至於啊，家裡吃飯的時候有大醬，大豆醬都出來了，沒道理豆腐還沒出現啊！

「娘，這集上咋沒看到賣豆腐的？」冬寶問道。

李氏笑了。「想吃豆腐？妳從前不是不吃的嗎？咱們這兒做豆腐的少，因為做出來的豆腐吃起來老有股澀味，聽說是咱們安州的水跟別的地方的水不一樣，所以做出來的豆腐沒別的地方好吃。」

冬寶愣住了，她從來到這個時空就喝這個地方的水，從未覺得水裡有澀味。做豆腐有澀味，那只能說明這個地方水質硬。這不是難事，只要掌握好往豆漿裡加鹵水或者石膏的時間和劑量，就能做出口感潤滑鮮嫩的豆腐。

別小看了加鹵水及石膏的時間和劑量，這在過去手工豆腐作坊裡，都是不傳之秘。甚至於點豆腐的鹵水，都是祖傳的鹵水缸裡一缸缸鹵出來的，養活了一代又一代的人，鹵水缸藏得隱秘概不外傳。
冬寶和李氏先找到了一家藥鋪，門口掛著一杆白底黑字的旗子，寫著一個大大的「藥」字，在空中迎風飄揚，她們便進了藥鋪。
門口的夥計上下打量了冬寶和李氏幾眼，明顯是鄉下人，衣衫破舊，補丁摞補丁，肯定是家裡有人生病了來抓藥的，便問道：「大嬸子，來抓藥嗎？」
李氏頗有些侷促，不知道該如何回答，下意識地看向了冬寶。
冬寶站到了李氏前面，搖頭笑道：「大哥，我們不是來抓藥的，我們是來賣藥材的。」
小夥計笑了起來，這小姑娘身上的衣裳料子磨得稀透，隱約都能看到裡頭穿的花夾襖，窮成這樣了還說要賣藥材？真是稀奇！
「妳賣啥藥材？」小夥計笑道，帶了幾分逗孩子的揶揄口吻。
冬寶從懷裡掏出了布包，打開後，一米多長的白蛇蛻頓時展示在了夥計跟前。
小夥計也嚇了一跳，沒想到這小丫頭還真拿了藥材過來！鄉下人知道蛇蛻能入藥的可不多。
「掌櫃的，您過來看看，有人賣蛇蛻。」小夥計立刻叫來了掌櫃。
掌櫃四十上下，身材肥胖，站在櫃檯前居高臨下地看了眼冬寶和李氏。
冬寶鎮定自若地任他打量了一番後，對掌櫃笑道：「您看，這蛇蛻可是完整得很，這麼長的長蟲，擱咱們這裡可是不多見的。」
掌櫃掃了眼冬寶手裡的蛇蛻，拿了起來對著光看了幾眼，一副漫不經心、興趣不大的模樣。

冬寶這會子緊張了起來，不知道這承載了她希望的蛇蛻，到底能賣多少錢。

就在冬寶緊張等待的時候，掌櫃的發話了。

「小姑娘，這是白蛇蛻下來的皮，可沒妳想的那麼稀罕。旁人我最多給他十八個錢，看妳小孩子跑這麼遠也不容易，就多給妳加兩個買糖人的錢。」

才二十個錢？冬寶覺得太便宜了，她以為怎麼也得值個百來個錢呢！

聽李氏說鎮上不止這一家藥鋪，冬寶便把蛇蛻小心地包回了布裡。「掌櫃的您忙，我再去別處看看吧。」

掌櫃的圓胖臉，口氣和善，倒是好說話，笑道：「小姑娘，行有行規，妳再去別處看也是一樣，大家都是一個價。」

見掌櫃的態度和善，冬寶也放鬆了下來，笑道：「掌櫃的，多謝您提點了。要是實在賣不上價錢，這蛇蛻我就留給我爺泡藥酒喝。」不管怎麼樣，多問幾家總不會吃虧的。

出了藥鋪後，李氏小聲地跟冬寶說道：「這東西能賣二十個錢？不就是長蟲蛻下來的皮嗎？真能入藥、能賣錢？」

冬寶點點頭，笑道：「這可是好東西。咱們換家藥鋪，再問問價錢。」

李氏看著女兒點點頭。女兒比她聰明多了，要是她看能賣二十個錢，早歡天喜地地賣了，哪會想到再問一家？

然而，兩人走沒多遠，藥鋪的夥計就追了過來，攔住了她們。

夥計急急地道：「大嬸子，我們掌櫃的開一百個錢，妳們賣不賣？」

李氏的心狂跳了起來！居然能賣一百個錢？一斤白麵也不過十個錢而已啊！然而李氏並沒有開口，轉頭看向了冬寶，說道：「長蟲皮是孩子弄的，得她說了算。」

冬寶沒開口，她有些打不定主意。

夥計又說道：「小妹妹，這是掌櫃肯開的最高價錢了，妳要是不賣，到別處去可賣不了這個價。」

聽到這裡，冬寶乾脆地搖了搖頭，笑道：「謝謝大哥再過來一趟，我不賣了，回去給我爺泡藥酒喝。」

夥計知道自己白跑了一趟，便沒了好臉色，轉身就走，嘟囔道：「靠張長蟲皮就想發財？」

等夥計走了，李氏才拉著冬寶問道：「寶兒，咋不賣啊？他先前只出二十個錢，怕這一百個錢就是最高價了。」

眼看夥計頭也不回地走了，李氏心裡遺憾得不行。原本胖掌櫃出二十個錢已經讓她驚訝了，後來更是沒想到一條長蟲皮能賣一百個錢！

冬寶笑著拉著李氏往前走，李氏雖然性子軟，但有個優點，她很尊重自己的意思，這在父母為天的古代是極為難得的，看看黃氏就知道了，人家走的是女王範。

「娘，那個胖掌櫃做生意不實誠。」冬寶回頭看了看飄蕩在空中的藥鋪幡旗。「先是欺咱們倆不懂行情，後來見咱們不打算賣了才抬價，而且一抬就抬五倍。咱們先去別處問問價錢，要是不比他家高，再回來賣給他。」

李氏點點頭，心中激動期待之餘又有些擔心。「要是咱回來，那胖掌櫃不肯再出一百個錢了咋辦？」或者是再嚴重一些，人家嫌她們不識抬舉，不要了怎麼辦？

「他都讓夥計追出來問了，肯定是想要的。」冬寶說道。只要一說起生意上的你來我往，冬寶眼睛就發亮，這些都是當年她跟著爸爸賣豆腐總結出來的經驗。別人想不想買、嫌不嫌貴，別聽他嘴上怎麼說，只從一些小動作、小細節上就能看得出來。

李氏帶冬寶去了另一家藥鋪，掌櫃的是個二十來歲的年輕漢子，態度和氣，看了看冬寶帶來的蛇蛻，笑道：「一百個錢。」

冬寶搖了搖頭。「大叔，我們剛問過了，鎮那頭的藥鋪一開價就是一百五十個錢。」

年輕的掌櫃笑了起來，搖頭道：「小姑娘，白蛇蛻雖然稀罕，可也不是什麼名貴東西，切碎了跟那黑蛇蛻、花蛇蛻一樣用。我給妳開一百三十個錢，賣不賣？」

鎮上就兩家藥鋪，不賣這家，再回胖掌櫃那裡，說不定他還會壓價，一百個錢都賣不了。蛇蛻是白撿的，也不要成本，賣多少都是賺的。

「賣！」冬寶點頭。

年輕掌櫃拿了一吊錢和一把銅錢過來，他早看出來這對母女中作主的是這小姑娘，便沒把錢交給大人。

冬寶頭一次見到這個世界的錢幣，這個時代的孔方兄和前世見過的古代銅錢相差不大。接過錢後，冬寶又數了一遍，確認沒錯便和掌櫃的道了謝，拉著李氏出了藥鋪。

第十一章 送禮

藥鋪出去不遠便是一家賣點心的鋪子，離得老遠都能聞到鋪子裡飄出的甜香味道，冬寶嚥了嚥口水，缺油少肉的日子讓她什麼都饞。

「娘，咱們還去大舅家嗎？」冬寶問道。

李氏看看天邊的太陽，時間還早，便點頭道：「去，去看看妳大舅後咱們就走。」

「那給大舅買點東西帶上吧？咱們現在有錢了，也該給大舅送點禮物了。」冬寶笑嘻嘻地說道。

李氏原本覺得好不容易賺了這點錢，要收起來不能亂花，她自嫁到李家，嫁妝一點點被消磨光後，手裡再沒拿過一文錢了，然而冬寶的最後一句話打動了她，這麼多年了，她也該買點東西孝敬自己的大哥了。

「這錢……得給妳奶吧？」李氏猶豫道。宋家的規矩便是兒子掙回來的錢，包括媳婦走娘家拿回來的東西，都得交給黃氏，沒有私房錢這一說。

冬寶皺起了眉頭。「這錢就不給奶了，咱倆手裡不能一點錢都沒有。」手裡沒錢的滋味真不好受，黃氏不讓妳吃窩頭，妳就只能餓肚子。看李氏臉色鬆動了，冬寶再說道：「娘，妳不也懷疑奶手裡有錢，不拿出來還債嗎？這錢給了奶，奶肯定還是留給三叔，咱啥時候才能把債還完啊？」不如她們掙點錢攢起來，攢久了說不定就夠還債了。

「那少買點吧，賺點錢不容易。」李氏說道。終於有機會給一直幫襯自己的大哥買東西了，她難掩愉悅之情，黃瘦的臉上染上了幾分紅暈。

冬寶笑道：「我有分寸。」轉身對點心攤子的夥計說道：「給我秤十個錢的高粱糖，再秤二十個錢的果子。」

果子不是水果，而是白麵包了糖炸出來的零嘴，是很拿得出手的禮物。高粱糖是小孩子愛吃的零嘴，李氏以為冬寶嘴饞了，女兒平日裡飯都吃不飽，賺了錢吃幾顆糖也是應該的。

「這不是秀才娘子嗎？」

兩人正在看夥計包果子時，背後有人叫住了她們。

冬寶回頭一看，站兩人身後的年輕婦人是洪栓子的娘。

「栓子他娘，妳也來趕集啊？」李氏打了個招呼，語氣有些窘迫，有種做壞事被人看了個正著的尷尬和害怕。

「妳們這是買點心啊？」栓子娘笑道，眼睛一眨也不眨地盯著夥計包好遞給冬寶的紙包。

冬寶立刻搖頭，說道：「我舅家來客人了，叫我們出來幫他買點果子待客。」

冬寶說不出來為什麼，栓子娘看她的眼神讓她極不舒服，彷彿是在打量著一樣東西，恨不得扒開外皮，裡裡外外仔細看一遍，看過之後又瞧不上眼，嫌棄地扔回去。照理說，自己好歹把她兒子從鬼門關前拉回來了，她見了自己竟也沒道個謝。

「娘，咱先走吧，大舅家客人還等著哩，人家都是做大生意的行商，不好叫人家久等了。」冬寶拉著李氏說道。

李氏連忙對栓子娘說道：「妳忙，我們先走了。」

等走遠了，冬寶回頭還能看到栓子娘背著手站在那兒看著她們。

「娘，栓子娘不是嘴碎的人吧？」冬寶擔心地問道。

李氏想了想，搖頭道：「應該不是，沒聽說她是個愛說、愛打聽的。」話雖如此，李氏仍免不了擔心害怕。這麼多年來，她是頭一次手裡有錢卻沒有交給黃氏，雖然掙了錢心裡舒暢，但更多的是長期壓迫下反抗強權時的懼怕心理。

「沒事。」冬寶安慰她道。「要是栓子娘真跟奶說了，咱們就說是大舅給了錢，讓咱們跑腿買糖和果子招待客人的，等會兒跟大舅也說一說。」她就不信黃氏還能跑到鎮上來問大舅，那也得黃氏拉得下老臉才行。

李氏點點頭，東西都買了，錢也花了，也只得如此了。

快到大舅家的鋪子時，冬寶先把一小包糖放到了懷裡，對李氏說道：「娘，蛇蛻是大實哥、全子我們三個人找到的，他們不肯平分賣蛇蛻的錢，我沒跟他們客氣，這糖是買給他們的，等日後咱家日子好過了，再把錢還給他們。」

李氏沒想到糖是女兒買給林家兄弟的，眼中一陣酸澀。女兒長大了，懂事了。她嘆道：「咱們總靠妳秋霞嬸子家幫襯，心裡得記得人家的好，啥時候都不能忘了。」

冬寶點頭。她不敢說自己是個心慈手軟的好人，但也有著自己的道德底線，就像昨天，她怎麼也不能看著洪栓子死在自己面前卻什麼也不做。誰對她好，她也會記得，並加倍地還回去。

大舅家的鋪子在鎮上的街角，往後走幾十米便是鎮上的聞風書院。聞風書院辦學幾十年來，出過一個進士、幾個舉人及秀才，名聲不錯，附近州縣的學子也有不少來聞風書院唸書的。

宋秀才就曾在這裡唸過書，如今宋三叔也在這裡唸書。

冬寶幼時聽宋秀才說起過書院的事，有錢人家的學子會在附近買個宅院，從家裡帶小廝照顧衣食住行；窮人家的學子就只能住書院的廂房，冬天冷、夏天熱，下了學要自己做飯，而學院裡就幾個灶，做飯得排著隊來。

冬寶和李氏拎著果子過去的時候，大舅李立風正在雜貨鋪門口擦著門兩旁掛著的木板對聯。

「大舅！」冬寶脆生生地叫了一聲。

大舅回頭看到她們，先是怔了一下，隨即笑了起來。「紅珍、冬寶，妳們來啦！冬寶都長成大姑娘了。」

紅珍是李氏的閨名。

大舅三十來歲，瘦高個兒，留著短鬚，面容白淨，一看便是和氣之人。

李氏聽到大哥的聲音，眼圈便紅了，笑道：「是啊，我帶冬寶來看看你和嫂子。」

這會兒，雜貨鋪裡走出來一個三十來歲的婦人，穿著藍底繡花襖子，頭髮上抹了髮油，梳得油光可鑑，儘管比李氏年紀大，卻不像李氏那般滄桑老態。

「叫大舅母。」李氏拉著冬寶說道。

冬寶連忙喊了一聲。「大舅母。」這個婦人應該就是她的大舅母高氏。

高氏笑著應了一聲。對李氏的到來她不大高興，小姑子每次來都空著手，臨走又帶東西走，叫人咋高興得起來？她老早就有意見了。

李氏拉著冬寶走了過去，把手裡的紙包往高氏手裡塞。「給大哥、大嫂帶了點東西，嚐嚐。」李氏頭一次給大哥、大嫂送禮物，有些拘謹，又有些激動，話都說不利索了。

高氏驚訝不已，看著手裡的紙包直發愣，摸裡頭的東西應該是果子，這一包足有個三斤的樣子，得值一、二十個錢哪！小姑子上門帶禮物，這可是破天荒頭一遭啊！

「這……哎，咱家鋪子裡啥沒有啊？妳看妳，還恁客氣做啥？大嫂又不是外人。」高氏笑著嗔怪道，手裡卻抓著點心紙包，沒有推回給李氏的意思。

李立風立刻皺眉說道：「妳買這些東西做甚啊？大哥鋪子裡都有，等會兒走的時候帶回去吧！妳家啥情況哥和嫂子都知道，哪會介意這點東西？」

高氏頓時就不高興了，撇著嘴看了眼李立風。這麼多年才得這一回禮，哪抵得上小姑子這些年來拿走的？憑啥不能收啊？

「大哥，家裡有。」李氏連忙說道。「這是冬寶孝敬大舅及舅母的，收下吧。這麼多年了，我這當妹子的，沒給哥嫂買過東西，還拖累哥嫂幫襯，我這心裡頭……」說著，李氏的眼圈就泛紅了。

高氏連忙給李氏順氣，親熱地說道：「收！收！妹子妳別多想，我們當哥嫂的可從來沒怨過妳也沒嫌棄過妳。」

李立風嘆了口氣，既然媳婦都發話要收了，他也不好再說什麼讓李氏把東西帶回去的話了。

高氏招呼李氏和冬寶先坐著，她去灶房做飯，要冬寶和李氏中午就留在家裡吃飯。

李氏連忙推辭，拉著高氏連聲說家裡一堆活兒等著，中午留不下來。

李立風也知道宋家的老太太是個不饒人的，如今妹子沒了男人依仗著，只怕日子更難了，便沒留妹妹和冬寶，吩咐妻子給妹妹包兩斤紅糖帶走。

高氏高聲答應了，然而卻磨磨蹭蹭的，實在不想給小姑子紅糖。

李氏來的時候就下定了決心不拿大哥家的東西了，這會子便拉住了高氏，不讓高氏包糖。

兩個人一個假惺惺的要去包，一個堅決攔著不讓，姑嫂兩個在鋪子裡推讓，爭了半天。

這會兒上正好是聞風書院的學生下學的時候，陸陸續續有二十來個十來歲年紀、穿著長直裰的少年到鋪子來買點心吃。

點心有雲片糕、麻糖，是一早就秤好包起來的，十個錢一大包，有兩、三斤重，也能拿糧食直接換點心。

冬寶好奇地站到大舅跟前，看大舅賣糕點，問道：「大舅，這些來買點心的都是聞風學院的學生嗎？」

大舅笑著摸了摸冬寶的頭頂，點頭道：「這些都是。」趁著這會兒沒人了，便壓低了聲音對冬寶說：「這些都是家裡沒錢的，揹了米麵過來，下了學得自己生火做飯。他們懶得做，要麼拿錢買，要麼拿糧食換點心，胡亂吃些充飢。」

這當口上，李氏和高氏從鋪子裡出來了。

見兩個人手裡都是兩手空空，李立風有些不高興了，皺眉看著高氏，問道：「不是叫妳給紅珍秤兩斤紅糖的嗎？」

李氏連忙擺手說道：「家裡還有，要是家裡沒有，我這當妹子的還能跟哥嫂作假不成？」

高氏也說道：「我是要秤，紅珍咋也不要啊！」

李立風便不再說什麼了。

臨走時，李氏問道：「嫂子，常新和常亮咋不在家啊？」

一提起兩個兒子，高氏就滿臉笑容。「常新和常亮在安州給人當學徒，以後除了過年能回家，其他時候都得留在安州學手藝。」

「常新、常亮都是懂事的好孩子，以後一定有大出息。」李氏也替哥嫂高興，孩子有一門手藝傍身，走到哪裡都能掙口飯吃。

等李氏拉著冬寶走遠了，李立風還抿著唇、背著手站在那裡，看著妹子遠去的背影，苦笑著搖頭嘆道：「當初爹是走了眼，根本就不該跟宋家結這門親。」

「老爺子相中了宋秀才是個讀書人。」高氏在一旁說道。

李立風搖頭。「在爹眼裡，讀書人就高人一等，可也不看看，宋家人哪有一個是好東西？這些年苦了紅珍，也苦了冬寶。」

小姑子上門送了禮物，高氏今天心情不錯，便附和著李立風說道：「讀書哪是那麼容易的？看咱家後頭的聞風書院，年年那麼多人進去讀，考中的才幾個？就是考中個秀才還能咋樣？瞧那宋秀才，還不勝學樣手藝呢！」

李立風叮囑道：「這話妳擱我跟前說說就罷了，回頭紅琴來了，可別在她跟前說這個。」

一提起李立風的大妹妹李紅琴，高氏就忍不住哼了一聲，悻悻地說道：「你那個大妹子可是能耐人，眼裡沒你這個哥哥，這輩子不定還踏不踏這個門哩！」她還想繼續說幾句，發洩一下她對大姑子的不滿，看見李立風面色不豫，才嚥下了剩下的話。

李紅琴跟膽小老實的小妹妹李紅珍不一樣，是個膽大潑辣的，跟她這個嫂子十二萬分的不對盤。李紅琴的男人姓張，走南闖北的給人運貨趕車，掙了不少錢，家境殷實，然而早些年趕車的時候因急著趕路回家，得病死在了半路上，撇下了李紅琴和兒子張謙、女兒張秀玉。

張家底子厚，孤兒寡母的守著家業，惹來不少眼紅嫉妒的人，張家一堆族老族少們都想從張家的家業裡撈一筆，然而李紅琴潑辣膽大，硬是一邊供著兒子唸書，一邊打發掉了那些不懷好意的親戚。

即便有李紅琴撐著，但張家供養了張謙唸書，家底也一點一點地磨得差不多了。因為和大嫂交惡，李紅琴是個硬氣的，多年都沒來過大哥家裡了。

「紅琴為啥不來家裡，還不是因為妳！」李立風沒好氣地說道。「我這兩個妹子都是苦命人，紅琴還好說，有個兒子守著，紅珍可咋辦啊？冬寶將來出門子了，她老了幹不動活了，宋家哪還容得下她？」

高氏點點頭，饒是她對小姑子沒什麼感情，也忍不住唏噓。沒兒子的婦人有多可憐啊，到老了連個養老送終的人都沒有。

李立風想了想，說道：「妳尋個機會問問紅珍的意思，願不願意再走一家？她還年輕，人又能幹，咱們給她尋摸個好人家。」

「我瞧著她怕是不願意。」高氏搖頭。「她放心不下冬寶。」

李立風笑了起來。「又不是讓她現在就嫁，等過兩年冬寶出門子了，她再嫁人也安心。不過這事得趁早打算，爹娘都沒了，我這當大哥的得替她謀劃。」

冬寶身上揣著糖和剩下的一吊錢，同李氏往家的方向走，互相看向對方的眼神都是欣喜的。身上有了錢的感覺就是不一樣，雖然一吊錢不多，但總比連枚銅板都摸不出來要強。

李氏今日是頭一次帶了禮物去看望大哥，以往她都不敢和高氏說笑，總覺得低人一等，如今有了禮物，底氣足了，腰桿也挺直了，竟然是前所未有的經歷和體會。想想忍不住心酸起來，她給宋家做牛做馬這麼多年，沒得過一文錢，還把嫁妝都貼給了宋家，如今靠著女兒想辦法，才能提禮物看望大哥。

還是女兒聰明，真不愧是秀才的閨女。她以後得多去溝子裡轉轉，再看到長蟲皮就撿回來，還清欠債就有希望的。

冬寶不知道母親的想法，她想著沅水鎮上的大舅。大舅是個明白人，他開著鋪子，手裡有些小錢，看大舅母那一身光鮮俐落的穿著打扮，就知道大舅沒虧待過她。大舅很清楚，自己的家才是最重要的，自己的媳婦、兒子比其他親人重要，所以妹子的日子過得差，他也只給包些禮物，接濟她的程度不會影響了自己一家人的生活。

哪跟宋秀才一樣，恨不得把媳婦、孩子都賣了好「孝敬」父母、兄弟、姪子！要是宋秀才的腦子有大舅一半明白，就不會落得連辦後事的錢都是借的了。

聞風書院有那麼多學子的飯食沒有著落，要是能在附近開個小餐館，不愁沒有生意。只是開餐館要租賃門面，還要置辦碗筷桌椅，這些都要錢，而她如今全部的資產，就只有剛到手的一吊錢。

第十二章 耳光

母女兩人各懷心思地回到了塔溝集，李氏剛推開了宋家用樹枝編成的大門，就瞧見黃氏站在廊下，虎著臉看著她們兩個。

冬寶抬頭看了看天色，還沒到中午呢，又不是回來晚了，怎麼黃氏又不高興了？

「回來了？」黃氏問道，那話彷彿是從牙縫裡一個字一個字擠出來的。

李氏也有些莫名其妙，不知道哪裡又惹到了婆婆。「娘，我去做飯。」李氏低眉順眼地說道。

黃氏不吭聲，陰沈著臉色盯著她們，慢慢地從廊下走了過來，走到了李氏跟前。

冬寶看這老太太憤怒得眼裡都能噴出來火焰了，連忙說道：「奶，大舅鋪子裡挺忙的，顧不上招呼我們，所以我們去了就回來了，沒帶——」

她想跟黃氏解釋為什麼沒帶回禮，然而沒等她說完，黃氏就掄圓了胳膊，跳起來狠狠一巴掌甩到了李氏的臉上，把李氏的頭打得偏了過去！

「妳這個喪良心的賤婦！吃裡扒外的東西！」黃氏扯著嗓子罵，臉上的肉一抖一抖的，模樣猙獰，恨不得把李氏生吞活剝了。

西廂房的簾子剛才掀開了，聽到黃氏打李氏的清脆巴掌聲，還有黃氏不堪入耳的叫罵後，掀開的簾子立刻又合上了。

冬寶沒說出口的話頓時噤在了喉嚨裡，回過神來後，難以置信地看著黃氏，眼裡噴湧著怒火。

「我早就說過妳心思歹毒！妳爹娘咋教妳的？怪不得死這麼早！養出妳這種下三濫的野雞，活該早滾去死！我那可憐的大兒子上輩子造了什麼孽，竟攤上妳這髒心爛肺的毒婦！」黃氏指著李氏的腦門，罵得口沫橫飛，手指恨不得戳到李氏的眼睛上去。

野雞是塔溝集罵女人最難聽的話，意思是私娼、妓女。

以前黃氏罵人再難聽，也不會打人，更不會惡毒地「問候」李氏早逝的雙親。

李氏捂著臉站在那裡，髮髻被打散了，披頭散髮的，頭髮被眼淚糊在了臉上，木然地一聲不吭。

冬寶握緊了拳頭，咬緊了牙關，跑出去站到了宋家大門外，面朝宋家，撲通一聲跪下來，撓亂了頭髮，抓了地上的灰往臉上抹了幾把後，扯著嗓子哭叫道：「奶，我錯了！妳別打我娘了！奶，妳要打就打我吧，打死我都行啊！奶，我以後中午都不吃飯了，求妳了奶，別打我娘了！」

十歲女孩的聲音尖利而明亮，很快便壓過了黃氏的大嗓門。

此時正是村裡人扛著鋤頭回家吃飯的時候，宋家門口很快就引來了一群人圍觀，看著裡頭指指點點的。秀才死了也就兩個月，這凶婆娘就開始打媳婦、虐待孫女了。

不少人都問冬寶這是咋啦，冬寶不吭聲，只反反覆覆地高聲哭叫。

「奶，我再也不吃家裡的飯了，我出去要飯、挖野菜，再也不浪費家裡的糧食了！奶，妳賣了我給大毛、二毛換白麵吃吧，求妳別打我娘了！」

黃氏氣得滿臉通紅，指著冬寶喝罵道：「妳個丫頭片子想翻天是不是？趕緊給我爬回來！打不死妳！」

這會兒，隔壁的林福和秋霞嬸子帶著林實、全子回來了，聽到宋家這麼大的響動，大實扔下鋤頭就往宋家門口跑去，秋霞嬸子等人也趕緊跟著跑了過來。

看著跪在地上哭得上氣不接下氣的冬寶，林實滿是心疼，拿袖子給冬寶擦了擦臉，強按捺住火氣，拉著冬寶進了宋家的院子。

秋霞嬸子跟著進了院子，把木著臉站在那兒的李氏扶到了一邊。她是個直脾氣的，衝著黃氏就開火了。「大嬸子，有話不能好好說，咋打人啊？」

黃氏被一群鄉里鄉親圍觀著指指點點，又聽冬寶在那裡添油加醋地嚷嚷，早就氣得臉紅脖子粗了。死丫頭片子瞎嚷嚷啥？好像她打李氏多狠似的，不就搧了這惡婦一嘴巴子嘛！此刻秋霞嬸子直來直去的質問更叫她覺得沒臉了，當下耍起了橫，指著秋霞嬸子罵道：「我管教媳婦、教訓孫女，礙妳老林家啥事了？狗拿耗子！」說著看向了一旁沈著臉的林福，高聲叫道：「你一個大老爺們，咋管教媳婦的？由著她出來給你們老林家丟人現眼啊？趕緊領你媳婦回家去！」

林家是宋家幾十年的鄰居了，黃氏對林福還是比較客氣的。在黃氏看來，秋霞嬸子這樣的媳婦真是該打一頓後休回娘家去的，多管閒事不說，男人沒發話她都敢開口，老宋家的媳婦就不敢這樣。

林福皺著眉頭，站到秋霞嬸子前頭，對黃氏說道：「大嬸子，咱們多少年的鄰居了，您說這話可叫人寒心啊！村裡頭多的是教訓犯了錯的媳婦的，可人家都是關起門來說教，您這當院就打人嘴巴，算啥啊？您給大夥兒說說，冬寶和秀才娘子犯啥錯了？要是真犯了錯，大夥兒饒不了她們。」林福說話的聲音不大，卻十分沈穩有力，叫人聽得清清楚楚。

要是林福跟秋霞嬸子一樣直脾氣地質問她，以黃氏暴躁、不願意吃虧的個性，肯定嗷嗷叫著罵回去的，然而林福這麼問了，反而把黃氏給問住了，好一會兒都支吾不出來一句話。

看熱鬧的人開始不耐煩了，嘰嘰咕咕地議論著——

「肯定是老婆子心裡有火，逮著媳婦、孫女撒氣了。」

「秀才娘子平時幹活多麻利啊！冬寶那麼小，割豬草、掃豬圈，啥活兒不幹啊？雞蛋裡挑骨頭嘛！」

聽著這些議論聲，黃氏惱了，急中生智，跳著腳指著被林實和秋霞嬸子扶到一旁的李氏和冬寶，叫道：「她們不孝！」

「那到底是咋個不孝法？」林福笑道，拍了拍自己袖子、褲腳上的灰土，狀似和黃氏閒話家常一般。「大嬸子，您說她們不孝，得給個說法啊！」

門口圍觀的人又開始議論了，這時，栓子娘擠進了人群中，探頭探腦地張望了一番後，又趕緊走了。

黃氏這次被問住了，語塞了半天，最後乾脆耍起了無賴，瞪著林福狠狠地說道：「我說她們不孝就是不孝！咋？我說了不算？」

這會兒，村長接到了村民的報信過來了。按理說，婆婆打媳婦是家務事，可鬧得這麼凶，李氏又是秀才娘子，衝著死去的宋秀才的面子上，他得過來瞧瞧。

「冬寶她奶，有話好好說，咱塔溝集可不興打人的。」村長說道。

村長是個四十上下的壯實漢子，背著手，一臉的無奈。這宋家老婆子越來越無法無天了！秀才娘子是個苦命人，就算秀才還在，他娘要打他媳婦，他肯定也會按著他媳婦讓他老娘打。

「奶，我跟我娘做錯了啥啊？您說說吧！我以後頓頓只吃稀飯，不吃窩窩了。」冬寶帶著哭腔說了一句。

黃氏恨不得上去給孫女兩個耳光！一口一個「以後再不吃家裡的糧食了」，叫旁人咋背地裡議論老宋家。

「好，好！真是什麼樣的娘養什麼樣的閨女！」黃氏抖著手，指著冬寶和李氏。「我本是想給妳們兩個留臉面，結果妳們給臉不要臉！妳們倆今日是不是得了錢？村長你給評評理，咱老宋家為了給秀才辦後事，還欠著外債，這兩個喪良心的得了錢竟到鎮上亂花，什麼糖、果子的，啥貴買啥，結果叫人家知道了，上門來指著老婆子我的鼻子罵！你們說說，該不該打？」

村長看向了披頭散髮、木著臉流淚的李氏。黃氏說的占著理，莊戶人家都是實誠人，誰家也不是有錢的大地主，有了錢不趕緊還債，反而去鎮上買零嘴偷吃，這人品就有問題了。可李氏嫁到塔溝集這麼多年了，人是啥樣的大家都清楚，不像是這樣的人啊！

「秀才娘子，是不是有這回事？」村長問道。

冬寶真想給她奶奶鼓掌了。說的真好聽，有錢要緊著還債！要是黃氏真這麼懂道理，當初就不會借錢去給秀才爹辦喪事了。手裡捏著錢給三叔預備著，還想著賣了她還債。

李氏原本木著臉呆呆地站著，她活這麼大，頭一次被這麼當面打耳光，她也是有臉面、有尊嚴的人，要不是放心不下冬寶，早就一頭撞死了，這會兒聽到村長這麼問，她反而豁出去了。有又如何？她閨女賺了百來個錢，就不能給自己的大舅買點禮物嗎？買都買了，婆婆有本事就去鎮上要回來吧！

「是——」李氏剛開口，就被冬寶打斷了話。

「奶妳是聽誰說的？是不是栓子他娘？」冬寶問道。

大實聞言，當即惱怒了起來。若不是冬寶，栓子早被閻羅殿收了魂，這栓子娘咋恩將仇報呢？全村誰不知道黃氏是個什麼脾氣，上門胡亂說，不是害人家嗎？

黃氏叫了起來。「小丫頭片子別冤枉人，來家裡罵人的是妳滿堂嬸子，可不是栓子他娘！」

冬寶撇撇嘴。信口胡說冤枉人不是您最擅長的嗎？「那滿堂嬸子咋知道我和我娘得了錢？我們是從哪兒得的錢？」

別人不知道黃氏心裡怎麼想的，冬寶卻再明白不過了。倘若黃氏真的是氣兩個人沒有先還錢，大不了等兩個人回來後把錢要出來拿去還債，可黃氏惱恨成這樣，其實只是因為聽說兩個人得了錢，卻沒有把錢一文不少地交給她，反而自己作主買了糖和糕點，這簡直等同於造反。黃氏是肉疼兩人花出去的錢！那是她的錢，能不恨嗎？

冬寶的打算是，如果暫時脫不了身，就先把這一吊錢拿去還債。倘若黃氏知道她們有了錢後，態度好一些，她也會把錢交給黃氏的。但一回家，迎接她們的就是黃氏的巴掌和惡毒的謾罵，冬寶忍不了。

她不是以前那個膽小怯弱的小女孩，不是黃氏高聲罵兩句就會嚇到的小姑娘了。黃氏以為自己還能挾制得住李氏和冬寶，想要她們賺回來的錢，她偏就不給！給了，李氏那一巴掌就白挨了，她們還會落一個不孝不賢的名聲。

滿堂嬸子很快便得了消息趕過來了，三十出頭的婦人，瘦高個子，旁邊站著她的丈夫滿堂叔。

「滿堂，叫你媳婦說說，咋回事？」蹲下來抽旱煙的村長站起了身，招呼道。

「別都看著我啊！」一見了這陣仗，滿堂嬸子心裡有些犯怵，好像她欺負人家孤兒寡母似的，又不是她的錯。她結結巴巴地說道：「是栓子他娘去鎮上給栓子抓藥，回來跟我說的，說秀才娘子和冬寶得了大錢，不敢回家，在鎮上秤了好些點心。我一聽就生氣了，誰家日子都不好過，這有錢了咋能不先還錢，自己倒花上了呢？」

冬寶重重呼了一口氣，她就猜是栓子娘。鎮上那麼大，她和李氏就只碰到了栓子娘一個人。當時她就覺得栓子娘的神態不對勁，卻也沒有多想，沒想到這麼短的時間，她就去滿堂叔家長舌了一番。冬寶也生氣了，她不指望洪家人對她感恩戴德，可也不能恩將仇報吧！

「村長大伯。」一直拉著冬寶站在一邊的林實開口了。「我是小輩，有些話想跟您說說，要是有說得不當的，您儘管指出來。」

林實性子勤快踏實，又唸過私塾，說話處事比村裡的少年高出一大截，村長也對他高看一籌，當下就點頭道：「咱都是鄉里鄉親，沒啥不能說的。」

林實向村長微微躬身，算是行禮，而後道：「大伯，前幾日栓子在溝子裡誤服了有毒的果子，要不是冬寶給他洗肚子催吐，栓子這條命恐怕就撿不回來了，栓子娘不感激冬寶，反而去滿堂嬸子家造謠生事……大伯，咱們塔溝集都是實誠人，這事得叫栓子娘給冬寶一家一個交代。」

冬寶使了城裡郎中的法子把栓子從鬼門關前拉了回來，洪家後來又去鎮上請了大夫來開了藥給栓子調養身子，這事在塔溝集幾乎人人都知道，然而卻沒有人覺得不可思議，畢竟人家冬寶是秀才閨女，自然比他們這些大老粗養出來的女兒聰明。

可事後洪家沒上門道謝，很多人都覺得洪家做事不地道。要不是人家冬寶，洪家孫子還有活路？現在竟又傳出恩將仇報的醜事來，門口看熱鬧的人一時都議論開了。

很快地，栓子娘和栓子爹拉拉扯扯，一路吵鬧著走了過來。臨進門時，栓子爹還想拉著栓子娘不讓她進去，栓子娘卻一把推開了栓子爹，昂首挺胸地進了宋家的大門。

看著院子裡的人，栓子娘脹紅了臉，理直氣壯地說道：「是我說的！咋啦？」

見她這副不講理的模樣，村長都氣得不行了。「還咋啦？妳咋就能信口胡說啊？」

「我沒說謊！她們就是買了糖和點心，我都看見了！」栓子娘說道。

冬寶看著她，問道：「妳說我和我娘得了錢，那妳說說，在哪兒得的錢？得了多少錢？」她們在點心攤子前碰到栓子娘時，栓子娘的手裡沒有藥包，也就是說，她還沒去藥鋪拿藥，沒有看到她們賣蛇蛻。

「這我哪知道！」栓子娘哼了一聲，看都不看冬寶一眼，頭扭到了一邊。

黃氏也惱了，難不成今天鬧的都是一場笑話？這作死的栓子娘，害得她在全村人面前出醜！「妳不知道還亂說，不怕死了閻王拔妳舌頭啊！」

村長看得詫異。栓子娘嫁到塔溝集有十一、二年了，平日裡也是個守規矩的婦人，沒聽說過喜歡說長道短的，咋今天這一副要鬧事吵架的態度？這明顯就是要跟宋家結仇，撕破臉決裂，老死不相往來的模樣啊！

大寶緊抿著唇，一雙俊秀的眼睛裡閃著怒火。「大嬸子，妳說得倒是輕巧。妳不知道，妳咋就去滿堂嬸子家胡說一氣？要不是冬寶，栓子能活過來？人家不求妳感恩，妳也不能背後捅人刀子啊！」

秋霞嬸子看栓子娘也是一肚子火氣，見過心黑的，沒見過這麼心黑的！「人家冬寶是妳恩人，又不是妳仇人，妳咋這麼坑人家啊！」

「呸！」栓子娘抱著胳膊，冷哼了一聲，往地上重重地吐了一口唾沫。「你們母子倆胡亂說啥？誰是我恩人了？一個個說得跟真的似的！我家栓子本來就沒事，人家大夫來了把了脈也說沒大礙。冬寶那丫頭片子還不懂裝懂，瞎折騰我家栓子！我告訴妳——」

栓子爹低著頭，似是很不好意思，拉著栓子娘，跺腳打斷她的話。「還不趕緊回家！嫌丟人丟得不夠啊？」

栓子娘忍不住嗚嗚哭了兩聲，拿袖子抹了下眼睛，擦乾了眼淚後，紅著眼推開了栓子爹，恨聲道：「你今天就是休了我，我也要把話說出來！」

婦人被休等於是斷了活路啊！一時間，眾人都被栓子娘的話給震住了。

第十三章　烏龍事件

栓子娘指著冬寶，厲聲叫道：「要是栓子被妳瞎搗鼓出毛病了，我饒不了妳！」

大實氣憤難當，推開了栓子娘幾乎要指到冬寶臉上的手指。「妳再胡說八道，別怪我對妳不客氣了！」

林實性子溫厚，幾乎沒有跟人起過衝突，眾人眼中的林實一直是一個勤快的、笑得溫和的少年。

乍見他紅著眼睛發怒的模樣，栓子娘也嚇了一跳，往後退了兩步。

很快地，她就回過了神，插著腰，不懷好意地嘖嘖笑道：「喲，大實還是個有情有義的人啊！莫不是看上這命硬的母老虎了？你可當心點，別被母老虎給剋——」

栓子娘話還沒說完，一旁低頭摟著冬寶的李氏突然瘋了一樣地撲了上來，揪住栓子娘的頭髮，把她撲倒在地上，廝打了起來。李氏流著眼淚，不顧一切地嘶吼著。「妳個嘴賤的東西！俺家冬寶不是母老虎，不是！誰再敢說我閨女是母老虎，我打死他！」

李氏長年幹活，雖然瘦，但力氣大，壓著栓子娘揪著她的頭髮，栓子娘疼得嗷嗷直叫。

一直以來，李氏給人的感覺都是膽小溫順的，沒人能料到一向低眉順眼的李氏會打人，一時間，院子裡的人都愣住了。

李氏看著栓子娘，眼都紅了。她怎麼受委屈都沒關係，咬牙忍一忍就過去了，可她不能忍受有人欺負她閨女。她閨女是秀才女兒，不是命凶的母老虎，誰也不能再編排胡扯！

先回過神來的村長急得跺腳。「還不快把人拉開！」

眾人這才回過神來。

冬寶怕李氏吃虧，搶先跑到了最前面，按住了栓子娘的胳膊，大聲哭叫道：「大嬸子，妳有啥氣衝我來，妳打我好了，妳別打我娘啊！」

栓子娘本來就被李氏壓在地上，腿不能動，現在胳膊又被冬寶抓住，更反抗不得了。李氏打紅了眼，乾脆俐落地狠揍了栓子娘幾下。

栓子娘的一隻眼被打得烏青，臉上被撓了好幾下，頭髮也被揪掉了一大把，氣得肺都要炸掉了，混亂中只能扯著嗓子嚎道：「栓子他爹，你是個死人啊？你媳婦都要被人打死了啊！」

栓子爹本來是想上前拉架的，可李氏是個寡婦，他實在不好去拉。黃氏虎著臉站在那兒不動，林福媳婦又樂見其成，巴不得李氏多打他媳婦幾下，根本不去拉架。栓子爹這會兒上見媳婦吃虧吃大發了，也顧不得什麼了，趕緊給秋霞嬸子作了個揖，苦著臉求道：「林嫂子，您快去拉拉架吧，待會兒我替栓子娘給秀才娘子賠禮道歉。」

見栓子爹態度還算好，秋霞嬸子哼了一聲，不情願地拉開了李氏和冬寶，小聲勸道：「消消氣，別跟那黑心肝的一般見識。」

栓子娘臉上掛了彩，渾身是土，狼狽不堪，躺在地上嗚嗚地哭。

栓子爹趕緊過去扶起了她，見就是些皮肉傷，便沒好氣地罵道：「別哭了，丟死人了！」

「你個沒用的東西！」栓子娘哭得更大聲了，撒氣一般地拍打著栓子爹的胸膛。「眼睜睜地看著一個寡婦打你媳婦！我上輩子造了什麼孽，嫁了你這窩囊廢啊！你爹說啥就是啥，你連個屁都不敢放！我這心裡的委屈，誰知道啊！」

冬寶簡直要跌腳了，說道：「大嬸子，妳造謠挑撥，害得我娘挨巴掌，我跟我娘還沒說自己委屈呢，妳倒先哭上了！妳憑啥啊？」

「妳亂說啥！」栓子爹推了栓子娘一下，四下看了一眼。「別瞎吵吵了，趕快回家去！」

栓子娘徹底被激怒了，嚎啕著一屁股坐到了地上，拍著大腿哭天喊地起來。「我不活了！這丫頭片子命凶嫁不出去，關我們什麼事？也不能讓栓子娶她啊！讓我死了吧！」

話一出口，包括冬寶在內，所有人都再次呆立在那裡了。

林實最先反應過來，氣得不行，指著地上哭鬧的栓子娘大聲罵道：「胡說啥？誰要嫁你們家栓子了！人家冬寶好好的姑娘，妳再瞎說壞人家名聲，別怪我一個當小輩的對妳不客氣！」

栓子娘抽泣了幾聲，看林實滿臉怒火，不是在嚇唬她，連忙爬起來躲到了栓子爹背後，哭叫道：「一個半大孩子都敢打我，你就看著不吭聲。」

栓子爹也不樂意了，他還在這兒呢，這林實就吵著嚷著要打他媳婦，還把他放在眼裡嗎？他可不怕老林家。

「你敢打試試！」栓子爹梗著脖子叫道。

李氏喘著粗氣還要撲上去，恨不得掐死了這婆娘！她嘶聲罵道：「妳滾！我家冬寶早定了人家，輪不到妳家栓子！」秋霞嬸子見她情緒激動，連忙扶住了她，怕她一口氣接不上來厥過去。

林實看著栓子爹，冷聲說道：「大叔，你擋著也沒用，嬸子要是再亂說話，我這拳頭可不客氣。」

「你恁麼護著那丫頭幹啥？關你啥事？」栓子娘叫道，頭髮蓬亂，臉上鼻涕、眼淚糊著泥土。「莫不是——」栓子娘話還沒說完，林實的拳頭就隔著栓子爹打了過來，嚇得她尖叫了一聲，往後踉蹌地退了好幾步。

「別把人都想得跟妳一樣齷齪！」林實的目光裡盡是鄙夷。

栓子爹又驚又怒，話都說不囫圇了，這後生當他是空氣嗎？他怒指著林實，顫聲道：「你……我今兒非收拾你不可！」

「大豁子，你想收拾誰啊？把你們老洪家的人都叫上了，我們老林家可不怕你們！」林福捋著袖子開口了，他還在哩！

大豁子是栓子爹小時候的綽號，因為栓子爹小時候磕掉了兩顆門牙，在換牙前一直是豁牙的狀態，被嘲笑至今。

村長看得頭疼，連忙擺手道：「大豁子，今兒這事是你媳婦不對。栓子他娘，妳給秀才娘子賠個禮，這事就算過去了吧！至於那什麼嫁啊娶的，別說那沒影的事。」村裡人誰不知道冬寶和鎮上的單良小少爺訂親啊？就算人家單家不樂意承認，可妳也不能這麼說出來啊！這糊塗婆娘幹的叫什麼事啊！

「光給秀才娘子賠禮就完了？」一旁看戲的滿堂嬸子不滿意了。「村長，要不是這婆娘到我家亂說一氣，我也不至於來秀才家裡說道啊！」栓子娘分明是利用她，把她當槍使喚。

「行了，妳就別搗亂了。」村長沒好氣地擺手。

冬寶萬萬沒想到，原本以為是錢引起的戰爭，結果根源居然是她！栓子爺爺想讓栓子娶了她？真是叫人啼笑皆非。想起那個洪栓子拖著鼻涕喊她母老虎的樣子，冬寶不禁捂著臉。作為一個思想成熟的女OL，她真沒辦法想像未來的老公是這個樣子的……

這時，冬寶的頭上覆蓋了一隻溫軟帶有薄繭的手。

「別怕。」林實穩健溫厚的聲音響了起來。「那長嘴婆娘再敢欺負妳，大實哥還揍她。」

這個樸實的農家少年，還以為她害怕了。

冬寶想張口解釋，話到嘴邊卻又嚥了下去，點了點頭，輕聲嗯了一聲。

村長的面子不能不賣，每年繳稅什麼的都要經過村長，村裡人都敬畏著他，因此所有人都屏息等著栓子娘的道歉。

栓子娘猶豫了，低著頭站在栓子爹背後。她豁出臉面來鬧這麼一場，就是想跟宋家乾脆地鬧翻臉。公爹的想法她改變不了，只能斷了宋家人的念想了。在她看來，冬寶是個「名聲顯赫」的虎女，塔溝集的人都清楚人家單家不願意結親，冬寶將來鐵定嫁不出去，要是他們家想結親，這虎女還不厚著臉皮貼上來啊？

眾目睽睽之下，栓子娘硬著頭皮說道：「我沒錯！我不想讓我兒子娶個命——」

林實怒喝道：「妳還敢胡說八道！」

栓子娘連忙改口道：「我不想讓我兒子娶冬寶，有啥錯的？誰不想娶個好媳婦？秋霞，妳甭裝好人，妳有兩個兒子，將心比心啊，妳就不想要個可心的兒媳婦？」

「妳滾！誰稀罕妳家栓子！我家冬寶早定了人家，別胡扯壞我姑娘的名聲！」李氏氣得罵道。

栓子娘低頭，不屑地哼了一聲。當初人家單強走投無路，不得已才和這命凶的虎女結親，如今人家發達了，誰還搭理這虎女啊？

「妳想給栓子娶個可心的媳婦沒錯，妳想娶誰就去誰家下聘，這誰也管不了妳。」林實淡淡地說道。「咱們塔溝集祖祖輩輩活了這麼多年，家家都娶過媳婦，可誰像妳一樣，八字都還沒一撇，只因不想娶人家，就跑到人家家裡大鬧，壞人家名聲的？怎麼，就妳家兒子金貴，人家閨女就得任妳欺負了？幸虧今天說清楚了，要是沒說清楚，妳這一嗓子嚎出來，妳叫人家閨女以後咋做人？都像妳一樣自私陰狠，有閨女的人家還咋活？」

這話算是說出了所有人的心聲，村長讚許地看著林實。大家都知道是這麼個理，可就是說不好，到底是唸過私塾的，說話就能叫人服氣，跟他們這些睜眼瞎的大老粗不一樣。

冬寶抬頭掃了一眼，黃氏不是很慓悍、很厲害嗎？怎麼栓子娘上門罵她是虎女，沒見黃氏發一句話？至於宋家二房，根本連門都沒出！

這就是和她有血緣關係的至親！指望這些「親人」疼她、照顧她？冬寶搖搖頭。要不是秋霞嬸子一家仗義相幫，她和李氏還不知道要被欺負成什麼樣子呢！看林實一個少年，都敢替她說話、幫她出氣，冬寶心裡暖洋洋的。她一直對林實態度親切，見了他就大實哥叫得親熱，其實也是存著私心的。這個少年人品好，她若是和他搞好關係，以林實的性子，一定會盡力照顧她。

「大嬸子，妳也別口口聲聲的說是為了栓子了，沒意思。」冬寶說道。「這事從頭到尾都跟我們沒關係，說白了是你們家一廂情願，我們根本都不知道。妳要想娶個合妳心意的兒媳婦，妳去跟大叔說，去跟洪大爺說。」

栓子娘滿臉通紅，還是硬著頭皮說道：「我公爹咋能聽我一個婦道人家的。」她要是反對有效，能到宋家來鬧嗎？不能怪她，她就栓子一個寶貝兒子，絕不能娶這個冬寶！萬一真的命凶，害著她寶貝兒子了，咋辦？

「妳不敢去找洪大爺鬧，妳不敢反對他的意思，妳心裡不高興，所以妳就能挑撥造謠，又肆無忌憚地跑到我家來撒潑，就是看我和我娘沒個護著的人，好欺負，柿子揀軟的捏，對不對？」冬寶接著說道，一雙黑亮的眼睛輕蔑地盯著栓子娘。

周圍人的議論聲陡然大了起來，栓子娘羞得滿臉通紅，冬寶的話彷彿把她身上最後一塊遮羞布給扯了下來。

栓子娘的臉脹成了豬肝色，再沒有之前的硬氣，半天才憋出來一句話。「誰欺負妳們了？」

秋霞嬸子冷哼了一聲，大聲罵道：「跑到人家家裡又是罵又是打的，這不叫欺負，啥還叫欺負啊！」

栓子娘眼見說不過別人，越來越丟臉，忍不住又哭了起來，嚷嚷道：「就算有錯，也不能全怪我啊！誰叫冬寶見天地跟人嚷嚷她救了栓子咧？傳得跟真的有大恩大德一樣，我家栓子用得著她一個黃毛丫頭救嗎？不用她，栓子也沒事……」

冬寶盯著她，面無表情。因為這麼一個可笑的理由，導致李氏挨了巴掌，要不是這具身體實在太小，她都想掄圓了胳膊打栓子娘了！

「哭來哭去都是妳的歪理！妳咋想的跟我們沒關係，我沒跟任何人說我救了栓子。妳放心好了，我不會嫁妳家栓子的。你們趕緊走吧，以後也別進我家的家門，我家不歡迎你們。」冬寶說道。

栓子爹滿臉脹紅，被一個十歲的小姑娘罵，叫他臉面全無，拉著栓子娘就往外走。老洪家祖祖輩輩積累起來的臉面，都叫這婆娘給毀了！

大門口，一個滿頭銀髮的老奶奶看著栓子娘，搖頭嘆道：「真看不出來，這小媳婦是這樣的人，往常還以為她是個好的……唉，知人知面不知心啊！」

聽村裡上年紀的老奶奶這麼評價，栓子爹越發地羞愧，恨不得扒個地縫鑽進去。

栓子娘又羞又怒，捂著臉嗚嗚地哭了起來，擠開人群就往回跑。

圍觀的人漸漸三三兩兩地散去了，村長看了眼臉上還有五個指頭印的李氏，眼裡的憐憫一閃而過，好生勸慰了幾句，便準備走人。

這時候，洪老頭背著手走了過來，看到眾人，黝黑的臉上尷尬不已，低著頭羞愧地給眾人作了個揖，說道：「各位鄉親，我給大家賠個不是。這事都怪我，沒管好家裡人，實在是沒臉見鄉親們。我……我對不住冬寶丫頭和秀才娘子！」

李氏別過臉去，不願意看他。她恨死姓洪的了，救人不落好，還作踐她閨女！

村長嘆了口氣，把洪老頭給扶了起來。「老叔，這到底咋回事啊？」

洪老頭脹紅了臉，嘆了半天才說道：「這不是冬寶使了法子把栓子從鬼門關前拉了回來嗎？我尋思著咱老洪家不是不知恩圖報的人家，要是……」本來他想說要是單家不樂意娶冬寶，後來看見李氏的神情，話到嘴邊又改了。「要是冬寶家裡願意，有這個可能，咱兩家就結個親家……」其實他想的是，單家肯定不樂意娶冬寶，冬寶對栓子有救命之恩，他們老洪家就娶了冬寶，也免得冬寶頂一個「虎女」的名頭嫁不出去，算是報了恩。

洪老頭在家裡說一不二慣了，雖然知道兒媳婦不高興，但也沒往心裡去，他決定了的事，女人插什麼嘴啊！可他萬萬沒想到，栓子娘有那麼大的膽子鬧了這麼一場。

「洪大爺，有你這樣報恩的嗎？」林實質問。「冬寶救了栓子，就得嫁給他？這是哪門子報恩的道理？」

說不上為什麼，一聽到洪老頭說要栓子娶了冬寶，林實心裡就不高興，跟堵了一塊石頭似的。

秋霞嬸子哼了一聲，這洪老頭打的算盤好，人家冬寶救了他孫子，沒點感謝不說，還得把自己搭進去嫁到洪家去，這哪叫報恩？這是訛詐啊！

洪老頭平時說話再硬氣，此刻面對小輩的質問，也不得不低頭稱是。他一把年紀了還給小輩們賠禮道歉，臉都丟到姥姥家了。

「是，是我想得不周全。」洪老頭臉上帶著尷尬的笑容，點頭說道：「這不是欠人人情，心裡不安嗎？我光想著咋回報冬寶了，回頭到家我就好好教訓栓子娘，叫他爹把她攆回娘家去。」

冬寶撇撇嘴，報恩的法子多得是，不就是覺得自己嫁不出去嗎？搞得好像願意娶她是施恩於她似的！洪老頭如何處置栓子娘不關她的事，她沒那麼好的聖母心腸去勸說洪老頭原諒兒媳婦。

想到這裡，冬寶靈機一動，對洪老頭說道：「洪大爺，你想謝我是吧？這麼著，你給我送兩吊錢過來當謝禮，咱們就算兩清了，這事就算過去了。」

「啊？」洪老頭愣住了，看向了村長。「這……」

村長尋思了下，點頭道：「我看成。老洪叔，你給秀才娘子送兩吊錢，既算是還了恩，又算是賠禮道歉。你看看栓子娘到人家家裡來鬧這一齣，太磕磣（注）了！」

村長都發話了，洪老頭也不好再說什麼。洪家家境還算殷實，拿出兩吊錢不是難事。「好，我這就回家拿錢。」

走在路上，洪老頭越想越嘆氣。人家冬寶是秀才閨女，聰明又有見識，要不是攤上虎年臘月出生，咋也輪不到栓子啊！都怪家裡那個蠢婆娘，那麼好的姻緣就壞她手裡了。

第十四章　還錢

冬寶等了沒一會兒，洪老頭就把兩吊錢送過來了，遞到了村長手裡。

黃氏在旁邊看著，兩眼放光，笑著站到了村長旁邊。她是宋家當家作主的，這錢當然得由她收著。

村長看了看洪老頭和李氏，說道：「今天這事，是栓子娘不對，老洪叔替栓子娘賠不是，咱們都是鄉里鄉親的，這事就算過去了，日後可不興記恨尋仇啥的。」

黃氏連忙接話。「這是自然，我們老宋家可是講理的人家。」她又驚又喜，不過是搧了李氏一耳光，居然還賺到了老洪家的兩吊錢！

這會兒上，一直沒動靜的西廂房的簾子掀開了。宋二叔從屋裡出來，十分熟稔地跟村長笑道：「保亮大哥，你來啦！」

村長見到他，只冷淡地嗯了一聲。人家林家都知道來幫忙，他這個當親叔叔的躲得倒是瀟灑，竟這會兒才出來，跟個沒事人一樣，還有臉笑！

宋榆的視線無法從村長手裡的銅錢上挪開。如今大哥死了，爹又是個不理事的窩囊性子，他就該是宋家主事的男人，這錢得交到他手裡才合規矩。只是，他不敢跟黃氏爭，就看村長會把錢給他還是黃氏了。

注：磕磣，難看、丟人之意。

冬寶突然開口了，對村長笑道：「大伯，給我爹辦後事的時候，不是欠了滿堂叔家兩吊錢嗎？您給做個證人，洪大爺給我和我娘賠禮的錢，就還給滿堂叔了，欠債一筆勾銷。」

滿堂夫妻留下來還沒走，其實兩個人不是奸猾的人，莊戶人家生活都不容易，滿堂嬸子性格又衝動，被栓子娘挑撥了兩句，火氣就上來了，才會按捺不住地跑到宋家，不鹹不淡地刺了黃氏幾句。

聽了冬寶的話，兩人吃了一驚。他們留下來是想跟秀才娘子賠不是的，沒想到得罪了人家，人家有錢了首先想的卻是還他們的錢，叫他們更羞愧了。

滿堂叔的嘴木訥一些，只急急地擺手。「別！不用、不用！」

「不用急著還，今兒個是我糊塗了，你們別跟我一個傻的一般見識。」滿堂嬸子說道。

黃氏心裡急得不行，這錢還沒經過她的手，就要還給別人，實在叫她生氣。然而欠債還錢，天經地義，她剛才教訓李氏時放出去的那番大道理大家都聽在耳朵裡，這會兒她若再說把錢收回來，不是自己打自己的臉嗎？想到這裡，黃氏不禁怨上冬寶了。大人都沒開口，一個丫頭片子插什麼嘴。

宋榆也失望得不行。本還想著能從中撈幾個錢去打二兩酒解解饞呢，沒想到一文錢都撈不到了。

「那哪行？」黃氏僵硬著笑臉發話了，打腫臉也得充胖子。「咱老宋家是實誠人，有了錢得先還債。要不是家裡實在困難，當初也不想找鄉親們借錢。」

村長見黃氏也發話了，便把錢遞給了滿堂叔，笑道：「那好，我就做個證人，宋家欠你們的兩吊錢，算是還清了。」

莊戶人家來往講究個實誠，加上會寫字的人少，借錢一般都不會寫借據的，但要是欠債賴著不還，全村人都會戳你脊梁骨子。

滿堂叔和滿堂嬸兩個人既是高興又是羞愧，拿了錢朝宋家人道了歉，就回去了。

冬寶暗自鬆了口氣，要不是村長在這兒，洪老頭拿來的錢肯定會被黃氏拿走，哪能這麼順利地就把錢還了？等黃氏拿走後，日後還錢，這錢就算是黃氏還的，不會算是她和李氏還的，意義不一樣。

四兩三吊錢的債，終於減少到四兩一吊錢了。路程雖然坎坷，前途還是有希望的！

村長又和黃氏說了幾句話，大意是勸老嬸子別動不動就拿兒媳婦撒氣，到底是秀才娘子，多少給些臉面。

黃氏心裡煩，然而不敢下村長的面子，只得嗯嗯啊啊地答應著。

等村長走了，黃氏便板著臉回了堂屋，不搭理李氏和冬寶。

秋霞嬸子扶了李氏回東屋，林福和大實是男人，不方便進去，便先回了林家，臨走前大實還揉了揉冬寶的頭頂。

進屋後，冬寶就去打了水，先自己洗了臉，又擰了帕子給李氏擦臉。

看著女兒瘦小的手拿著帕子給自己擦臉，李氏的眼淚便撲簌簌地往下掉。

冬寶慌得趕緊用帕子擦，然而那眼淚像是擦不盡似的，一直不停地往外湧出來。

秋霞嬸子拍著李氏的背，勸道：「哭啥？妳看冬寶這閨女多懂事。我要是有個這麼好的姑娘，半夜作夢都得笑醒。」

李氏搖了搖頭，摟了冬寶，臉埋在冬寶的肩窩處，嗚嗚地哭出了聲。

屋外傳來了簾子掀開的聲音，隨即黃氏尖利的聲音就響了起來——

「嚎啥啊？我跟老頭子還沒死哩！」又哼了一聲。「哭個屁啊，又沒對妳怎樣！」

李氏哭泣的聲音立刻壓抑了起來。

冬寶想給李氏拍背順氣，然而以她目前的身高，只能搆著李氏的肩膀，她小聲地對李氏安慰道：「娘，妳別管她。奶是心虛才這麼罵，她怕別人知道她欺負咱們，戳她脊梁骨。」

秋霞嬸子恨恨地看了眼外頭，低聲說道：「妳就不該這麼由著她欺負。那老婆子打妳，妳就打回去，她一把年紀了，能打得過妳？關起門來狠狠揍她一頓，讓她吃上苦頭，下次就不敢這麼欺負人了。」

如今這老婆子越發地蹬鼻子上臉(注)了，看紅珍性子軟，好拿捏，就可著勁地欺負，今天打了第一次，就會有第二次、第三次，她能次次都帶著丈夫和兒子來幫忙嗎？

冬寶也沈默了，她是個現代人，更加清楚明白，家庭暴力是個無休止的惡性延續。

李氏止住了哭，捂著臉，搖頭道：「我哪能打她？她是長輩……」最深層的原因李氏沒說——她沒有兒子，沒人幫她和冬寶撐腰。

「不說了。」李氏搖了搖頭。「秋霞，妳趕緊回去吧，耽誤妳家中吃飯了，我也得趕緊去做飯。」

冬寶拉住了李氏的手，搖頭道：「娘，今天妳別去做飯。少了妳，他們還餓肚子啊？」

都不把妳當人看，妳還伺候他們做甚？

「就是！」秋霞嬸子附和道。「紅珍，妳得硬氣一回，要不然下次那老婆子欺負得更狠了。妳家老二媳婦不能做飯啊？哪家媳婦懷了身子就當甩手掌櫃的？招娣也不小了，還沒冬寶幹活多呢！」莊戶人家的媳婦，誰不是陣痛前都還在幹活的？

李氏心裡有些忐忑，家裡的飯從來都是她做的，不管是地裡的活兒還是家裡的活兒，她一向都挑了大頭，如今頭一次窩在屋裡不出去，違抗黃氏的權威不做飯，在她心裡竟然像是耍無賴偷懶一般，有種不安和內疚。

然而看秋霞和冬寶都堅持不讓她出去，她便橫下了心，由著冬寶扶著她脫了鞋子在床上躺下歇息。

秋霞嬸子臨走前，冬寶從懷裡掏出了那包高粱糖，小聲地跟她講了事情的來龍去脈。冬寶抱歉地說，賣蛇蛻的錢也有大實哥和全子的分，只是她們娘兒倆現在困難，待以後有了錢，再給大實哥和全子應得的錢。

拿著那包帶著冬寶體溫的高粱糖，秋霞嬸子不知道說什麼好，摸著冬寶的頭笑道：「妳大實哥是大人了，全子弟弟也有糖吃，這糖不用給他們的。」

冬寶搖頭，笑起來眉眼彎彎。「嬸子，這是我給大實哥和全子弟弟買的，是我的心意，您揣懷裡帶回去吧，別叫我奶看到了。」

見冬寶堅持，秋霞嬸子也不好再說什麼了，便把糖包打開，掏了一半的糖到冬寶手裡，

注：蹬鼻子上臉，得寸進尺之意。

笑道：「妳也留著點吃。」

臨走時，秋霞嬸子在門口小聲地囑咐冬寶，要她注意看著點李氏，今天李氏受了太多的刺激，她怕這個從小玩到大的好姊妹一時想不開。

冬寶連忙點頭。

等秋霞嬸子走了後，冬寶站在門口想了想，便去了堂屋。

黃氏正氣鼓鼓地坐在凳子上納鞋底，看到冬寶，沒好氣地問道：「妳娘呢？還不趕緊去做飯！」

冬寶笑了笑。「奶，我娘頭痛得厲害，臉都腫了，下不來床，沒法做飯了。」

黃氏氣得把手裡的鞋底子一扔，兩個兒媳婦都奸猾了，以為她這個婆婆是軟柿子啊？

「妳娘咋金貴成這樣了？打她一下，她就給我甩臉子？妳幹啥？妳幹啥！」黃氏正罵著，就看到冬寶踮腳扒著櫃子上的籮筐，從籮筐裡拿了三個窩窩。

黃氏的習慣是把上頓剩的窩窩放到堂屋自己看著，省得家裡人偷吃。然而她沒想到，冬寶沒偷吃，竟是光明正大地在自己面前拿！

回應她的，是冬寶更高亢尖利的哭叫。「奶，妳別打我啊！奶，我跟我娘兩頓都沒吃了！奶——」

黃氏驚怒不已。「妳叫喚啥?!閉嘴！要吃滾出去吃！」已經夠丟人了，這丫頭片子還想咋啊？

冬寶迅速收了叫聲，看著手裡的三個窩窩，覺得不夠，轉身又去拿了一個，把筐子裡剩下的四個窩窩全都拿了，就出了堂屋，不管黃氏在後頭氣得跳腳。
冬寶和李氏就著高粱糖吃窩窩，久違了的甜滋味讓兩個人心裡都好過了不少。
下午，冬寶揹著背簍出去割豬草，準備叫大實哥和全子一起去，沒料到剛出門就看到栓子站在她家門口，小臉緊繃，面容嚴肅。
冬寶退後了一步，警惕地盯著他。這淘氣小子莫不是來找她算帳的？
經過幾天休養，栓子原本黑皮蛋似的臉變白了點，此時神情嚴肅。
冬寶和他大眼瞪小眼地對視了半天，才小心翼翼地開口了。「你這幾天好些了嗎？」
栓子點了點頭，有些不自在，說道：「今天的事情是我們老洪家不對，我給妳賠禮了。」
冬寶鬆了口氣，擺手說道：「算了，你爺爺已經賠過禮了。」她之所以要收兩吊錢，就是不想再和洪家扯上關係了。洪老頭不是覺得欠了自己人情嗎？那就用錢來補償吧！
栓子搖了搖頭。「我是男子漢大丈夫，敢做就敢當。我娘一個婦道人家，沒什麼見識，妳莫要和她計較。我爺爺說了，我們老洪家不是不知恩圖報的人，絕不能讓妳受委屈。」
這幾天爺爺給他講了好多道理。男子漢大丈夫，要知恩圖報，既然母老虎嫁不出去，那他就得擔起這個責任，娶了母老虎……喔，不對，他不能再說人家是母老虎了。
冬寶心中頓時升起了一種不妙的預感，果然，就聽到栓子說道——
「妳放心，將來我一定娶妳！」

我謝你喔！

冬寶只覺得自己被一盆狗血給淋了個徹底。看著面容鄭重其事的栓子，她真想抓著這個十歲男娃的衣襟問他：你究竟知不知道什麼叫嫁娶啊?!

「這個真不用。」冬寶尷尬地擺手。「我已經訂親了，再說，我收了你家的兩吊錢，扯平了，大家互不相欠。」

小朋友，阿姨不想摧殘你這麼小的未成年花朵啊！跟個十歲的小男孩談戀愛……太喪失（注）了！

栓子大剌剌地說道：「我們家裡人都說了，跟妳訂親的那戶人家有錢得很，看不上妳，肯定不會娶妳的。還有那兩吊錢，我爺說了，以後咱們兩家要處親家的，如今妳家困難，我家該給妳家幫忙的，兩吊錢他還嫌給少了。」

「你爺真這麼說？」冬寶吸了口涼氣。村裡人不是嘲笑她是命凶的虎女嗎？咋到了洪老頭這裡，她就成了香餑餑了？

栓子點點頭。他爺爺還說，冬寶人小心眼多，今天他娘這麼一鬧，這親事恐怕得吹了。都怪他娘，八字沒一撇就上門欺負人。

想起又哭又鬧騰的娘，十歲的小男子漢忍不住想仰天長嘆，哎，女人就是麻煩！

「栓子，你們家想娶冬寶，咋沒問問人家願不願意嫁啊？」林實的聲音從兩人背後響了起來。他一出來，就聽到了栓子的話。

不知怎的，栓子看著林實溫厚和煦的笑臉，愣是覺得有股陰森森的感覺。

全子瞪著栓子，一臉的不滿。中午的時候他也想去給冬寶姊姊撐腰的，可爺爺拉著他，不讓他去，說他還小，去了不頂用。

「冬寶姊姊才不嫁你咧！」全子氣鼓鼓地說道。不能讓冬寶姊姊嫁給他，否則還不得天天受他娘的氣？就跟隔壁的宋奶奶欺負冬寶姊她娘一樣。

「不嫁我還能嫁誰啊？」栓子迷茫了。

全子被栓子問得噎了一下，立刻回嘴道：「冬寶姊能嫁的人多了去！誰稀罕你啊？我、我也能娶冬寶姊——」全子突然想起來了，栓子跟他差不多大，既然栓子能娶，他也能娶啊！話還沒說完，全子後腦勺就挨了一巴掌。

林實微笑中帶著警告。「再胡說八道，以後就不帶你出去玩了。女孩子家的婚事哪能放在嘴邊上亂說。」

全子和栓子這兩個啥都不懂的小屁孩。以為成親是過家家，今天我和你成親，明天就和他成親嗎？

冬寶對栓子說道：「以後別說娶不娶的了，我不嫁你的。」

栓子點點頭，有些無可奈何。「那好吧。」隨即拍著瘦瘦的胸脯，十分豪氣地說道：「妳救了我的命，這我賴不了，以後有啥需要幫忙的，儘管來找我洪栓子！」

這孩子，水滸傳聽多了吧……

注：喪失，網路用語，形容某些極度無節操分子，已達到道德喪失的境界，也有指重口味的意思。

本來是冬寶和林家兄弟三人去割豬草，臨時加入了栓子，就變成了四個人一起去。割完了豬草，四個人就去了村頭的小河邊。

春天已經到了，桃花、梨花開滿了整個塔溝集，雲蒸霞蔚的一片，然而在冬寶這個現代人看來稀罕得不行的美景，在其他三個人眼裡，不過是再尋常不過的景象罷了。

沿著村口的小河往上走，就是塔溝集的山，三個孩子跟著林實一路往上走，越走河流越細，水流也越清澈。

林實讓冬寶領著全子和栓子待在岸邊，他挽高了褲腿，用背簍在小溪裡撈魚撈蝦，要是撈到了魚蝦，就拋到岸上。

四個人拾了不少柴火，先前撈上來的小魚小蝦被串成了幾串，架到火上烤。魚蝦很容易熟，雖然缺鹽少油，然而幾個半大孩子仍是吃得津津有味。

冬寶看著樹枝上紅彤彤的蝦子，忍不住說道：「要是能多弄點蝦子，做成蝦醬就好了。」蝦醬可是個好東西，在沒有味精的古代，是上好的調味品。

「冬寶會做蝦醬？」林實問道。他在鎮上讀書那一年，聽到外來行商的人說，海邊很多曬蝦醬的。

冬寶連忙點頭。「會。」想想，又加了一句。「見別人做過。」

林實看著冬寶笑了起來。「好，下次我多打些給妳。」

陽光曬到小溪裡，水面泛著粼粼的波光，冬寶卻覺得，林實那雙眼睛比小溪的水面還要亮。

第十五章 失敗的午飯

宋二叔出來一趟，沒拿到錢，宋二嬸趴在西廂房的窗戶下往外偷看，暗恨宋榆沒出息、沒本事，在黃氏跟前連個屁都不敢放。兩吊錢在村長手裡調了個位置，從洪老頭手裡轉交給了滿堂一家，宋榆連摸都沒摸到。

等宋二叔一進門，宋二嬸就惱了，捧著肚子對宋榆又是擰、又是罵。

宋榆沒好氣地吼道：「我有啥辦法？村長擱那兒站著，娘都沒啥說嘴的，我還能把著不讓還錢啊？」

宋二嬸心裡明白，不還錢是不可能的，可她就是心裡不痛快啊！「大哥和三弟都唸書了，就咱這一房最吃虧。老婆子心眼也太偏了！我不管，大毛、二毛也得唸書！」

宋榆不耐煩地說道：「讀書有啥用？那麼多讀書的，有幾個考上秀才的？就算是考上了秀才，瞧瞧大哥，還不就是這樣了？大毛、二毛又不是讀書的料，有供他們唸書那錢，不勝給他們蓋兩間房子，娶個媳婦。」

也不怪宋榆這麼想，唸書實在是一項高風險的投資，這年頭不比現代，書本貴得很，筆墨紙硯也不便宜，上學更是要交不菲的束脩。莊戶人家一年忙到頭只是夠溫飽，即便是家境殷實的人家，也多是讓孩子唸個一、兩年，認些字，像宋家這樣供兩個孩子唸書的，是少數中的少數。

宋二嬸卻不這麼想，有功名的人在村裡受人尊重，而且不用幹活就能養活一家人，多好的事！「二毛不是讀書的料，可咱大毛聰明，要是他奶肯供大毛唸書，說不定又是一個秀才老爺。」

宋榆也有些心動了，當秀才有國家供養，吃穿不愁，就是縣老爺也要另眼相看。大哥會混得這麼潦倒，只是因為要供養三弟讀書，還要管一大家子吃飯。

「咱娘哪能願意？」宋榆壓低了聲音說道。「給大哥還債都沒錢，拿啥供大毛唸書？」

宋二嬸嗤了一聲。「誰信她手裡沒錢啊？還不是給老三攢的！你去跟娘說，大毛要十歲了，早該去唸書了。」

宋榆坐在床沿上半天不動彈，黃氏是宋家的天，誰敢跟黃氏提要求啊？見宋二嬸擰起眉頭要吵鬧了，宋榆連忙安撫道：「好，我去說，妳別鬧，叫娘聽見不好。」

宋二嬸立刻眉開眼笑，催促著宋二叔快去。

宋榆披了夾襖出去，就看到黃氏虎著臉站在西廂房的門口，盯著他看。宋榆心虛不已，賠著笑說道：「娘，妳咋擱這兒站著哩？」

黃氏冷哼了一聲，拍著胸脯說道：「老婆子我沒福氣啊，當牛做馬娶了兩個兒媳婦，到頭來連口熱飯都吃不上，一把年紀了還得伺候她們！我欠你們的！一個個的要吃我的肉、喝我的血！」黃氏罵完，便吩咐宋榆。「去，叫你媳婦出來做飯！見天地擱屋裡不出來，當自己是大少奶奶啊？我們老宋家養不起，叫她回呂家去當大少奶奶！」

宋榆不高興了。「大嫂呢？大毛他娘這不是懷了毛毛，身上不利索嘛！」

黃氏更惱怒了，呂氏見人是個笑臉，表面上可親了，可背地裡不知道咋說你壞話，如今她連指使兒媳婦做飯都指使不動了。

「我還指使不動你媳婦了？老二你有了媳婦忘了娘，我白生養你了啊！」黃氏氣得嘴唇都哆嗦了。聽話的大兒子死了，如今在她跟前的二兒子是個眼裡沒娘，只有媳婦的，她命怎麼就這麼苦啊！

宋榆見這陣仗就心裡犯怵，他從小被黃氏打罵著長大，最怕他娘來這招了，立刻回頭衝屋裡口氣凶狠地喝道：「聽到娘吩咐沒有？耳朵聾啦？還不趕快滾出來做飯！」

黃氏見他這樣，心裡才稍微滿意了些，端著架子哼了一聲，撂下一句話。「跟我到堂屋，我有話跟你說。」

宋榆連忙跟了上去，留下宋二嬸在西廂房裡氣得咬牙。看宋招娣在一旁坐著，忍不住踢了一腳上去。「妳奶的話妳沒聽見啊？快去生火燒水！真是沒用的東西，跟妳爹一個樣，窩囊廢！」

宋招娣趕緊起來，往灶房裡跑。今天奶生大氣了，從來不怎麼罵她娘的，今天竟堵到門口罵了一頓。她娘也生氣了，淨拿她出氣。

宋榆進到堂屋後，就見宋老頭坐在床上抽著旱煙，見兒子進來，也只是抬眼看了一眼，仍沈默安靜地坐著。宋榆也習慣了宋老頭一言不吭，直接走到黃氏跟前坐下，問道：「娘，喊我過來啥事啊？」

黃氏對宋榆說道：「明天你去趟鎮上，到單家問問，他們到底是個啥態度？」

宋榆一聽這事，忍不住拍了下大腿。「娘，這還用問啊？人家現在有錢了、發達了，瞧不起咱們這鄉下窮種地的了，去了也是白搭。」

黃氏皺眉不語。單家有錢，有錢到她對這門親事也抱了幻想，只要冬寶能嫁進單家去，宋家就能擺脫窮困的境地了，不僅能繼續供養老三唸書，大毛、二毛也有了指望。

「再說了，人家單家家大業大的，就這麼上門，連個給門房喝茶的錢都沒有，人家才懶得理你哩！」宋榆見黃氏不吭聲，便又大著膽子嘟囔道。

「別說那些有的沒的！」黃氏瞪著眼睛喝道。「叫你去就去！如今你翅膀硬了，連我都指使不動你了是不？」

宋榆連忙賠著笑。「不是，娘，這不是手裡頭沒錢心裡慌嗎？咱咋也是單家的親家，不能在親家面前丟人不是？」

黃氏嘆了口氣，起身去了她和宋老頭的房間。

宋榆伸長了脖子往裡看，然而隔間擋著碎布拼成的簾子，他怎麼都看不到裡頭是啥。不一會兒，黃氏出來遞給了宋榆一把銅錢，宋榆心頭一喜，連忙接了過來，粗略看了一眼，得有一、二十個錢呢！

「這錢給你留著路上用。」黃氏說道，十分心疼。「省著點花，如今咱家光景不如以往了，欠了一屁股債，你三弟還唸著書……」

宋榆先把錢收到了懷裡，聽了黃氏的話，點頭如小雞啄米，聽到最後忍不住說道：「三弟也讀了這些年，下考也試過兩次了，都沒中，還不勝回家——」

話還沒說完，黃氏就惱了，一巴掌拍到了宋榆的腦門上。「說啥屁話！狗嘴裡吐不出象牙！你大哥當年不也考了幾年才考中的？你懂個屁！當功名是那麼容易考的？是一時半會兒就能中的嗎？我醜話跟你撂前頭，你三弟要是回家，甭在他跟前說這些，耽誤他唸書！」

宋榆悻悻地給黃氏賠禮道歉，心裡卻是咬牙切齒。黃氏心裡有桿秤，誰重要誰不重要她一清二楚。她把大哥培養了出來，想讓大哥升官發財，她也跟著享福，不再當鄉下泥腿子（注），大哥好歹也掙了這些年的錢，但死在了壯年，黃氏既痛心又恨，越發地把全部的心血放到老三身上了。大哥是好的，三弟也是好的，就他是撿來的！他兩個兒子不是宋家的孫子嗎？

「你問清楚了就趕緊回來，要是那單家沒結親的意思，也好叫冬寶她娘死了這份心。」黃氏說道。

宋榆小心翼翼地問道：「那要是單家不結親，咋辦？大哥辦事還欠著外債哩！」沒等黃氏開口，宋榆又說道：「娘，冬寶那丫頭現在不聽話啦！您瞧瞧剛才鬧那一場子，她眼裡壓根兒就沒您這個奶奶。唉，這孩子放家裡，早晚得是個禍害啊！」

黃氏想起了剛才冬寶大刺刺地從她面前拿走了四個窩窩，臉上的表情更加難看了。半晌後，黃氏才說道：「這事我心裡有成算，你甭管。」說著話，黃氏手上也沒閒著，納著鞋底子，粗棉線扯過鞋底子時發出重重的「哧啦」聲，在寂靜的堂屋裡顯得格外的清晰。

宋榆不甘心，還想再說幾句，就聽黃氏又開口了——

注：泥腿子，舊時多用於對農民的蔑稱。

「再牙尖嘴利，也就是個丫頭片子，興不起什麼風浪。」

黃氏都這麼說了，宋榆也不好再開口了。揣著從黃氏那裡要過來的二十個錢回了西廂房，心裡竊喜。莊戶人家都是走路去鎮上的，來回不花錢，這二十個錢都是他的了！想到鎮上小菜館裡的酒肉，宋榆的口水就一個勁兒地往外湧。先前大哥在的時候，三不五時地還會捎回來些酒席上吃剩的酒肉，一家人能打打牙祭，如今連這點好處都沒了。

宋二孀心裡火氣再大，黃氏發話了讓她做飯，她也不敢不動手。等宋榆回來後，宋二孀隔著堂屋的簾子問黃氏中午吃啥？黃氏吩咐她燒上一鍋稀飯，炕幾個餅子，搗個蒜泥湊合著吃一頓。

莊戶人家為了節約柴火，通常只是一個鍋裡做飯，大鍋底下燒的稀飯，上面的鍋沿上就炕餅子。看起來不起眼的餅子，實際上最考驗主婦的功力。

宋二孀嫁進宋家後，一開始是和李氏輪流做飯，然而自從她生了大毛，就沒下過灶房了，嫌油煙味重。長時間不做飯，手都生了，麵和得太稀，炕出來的餅子都不成形，厚的厚，薄的薄，厚的沒蒸透，掰開裡頭還是黃色的生麵瓤子，薄的則焦黑一片。

灶房裡的傢伙事兒她摸不到地方，找個搗蒜的臼子半天找不到，問燒火的招娣，她也不知道李氏把臼子放哪兒了。

等把稀飯、餅子都端到堂屋，黃氏揭開籠布後，臉一下子就難看了起來，瞪著眼看著宋二孀，拿筷子指著焦黑的餅子問道：「老二媳婦，這是妳炕的餅子？」

宋二嬸賠著笑，急中生智下，死命地擰了下旁邊的宋招娣，笑道：「都是這死丫頭，燒個火也燒不好，一會兒火大了，一會兒火小了，餅子炕得不好……娘您將就著吃些。」

黃氏陰沈著臉，掃了眼宋二嬸的肚子，便沒再說什麼。

就在黃氏盛稀飯的時候，一直沈默寡言不當家的宋老頭開口了。

「不叫老大媳婦和冬寶來吃飯啊？」話是問句，帶著商量的口氣，看著黃氏問的。

「人家有得吃，用得著你操心？」黃氏沒好氣。

宋二叔也不想讓李氏和冬寶上桌吃飯，多少能省點糧食啊！因此連忙附和黃氏的話。

「就是！爹，大嫂帶著冬寶去她大舅家了，冬寶大舅家多有錢啊，肯定吃了許多好的。」

宋老頭便不再吭聲了。

黃氏分配好各人的餅子和稀飯後，宋二叔和大毛、二毛早就餓了，急不可耐地拿了餅子沾著蒜泥吃。

大毛剛咬了一口，立刻吐了出來，大叫道：「鹹死人了！」

宋二叔舔了下餅子上的蒜泥，也呸地一口吐了出來，連吐了好幾口唾沫後，瞪著宋二嬸叫道：「妳咋做的飯？把賣鹽的打死了？」

這句話也是塔溝集的土話，意思是做飯、做菜擱了太多的鹽。

宋二嬸尷尬得想要找個地縫鑽進去，她將近十年沒做過飯，早就把不準該放多少鹽了，看宋榆氣得要命、黃氏臉色難看，她猛然一巴掌拍向了宋招娣的頭，大聲喝斥道：「妳咋弄的？我不是就叫妳放了半勺鹽嗎？」

宋招娣再也忍不住了，嘴裡還含著一口餅子沒嚥下去，委屈得要命，捂著頭嗚嗚地哭了起來。李氏做飯她也燒過火，從來沒出過問題啊！蒜泥裡的鹽也是娘自己加進去的，怎麼都賴到她頭上了？然而看宋二嬸凶巴巴的樣子，她也沒膽嚷嚷出來。

「憋住！哭啥哭？」宋二叔聽見哭就煩，厲聲喝道。

宋二叔完全繼承了黃氏重男輕女的「優良傳統」，從宋招娣的名字上可見一斑。閨女，不就是兩口飯餵大了後，換彩禮回來給他兒子娶媳婦用的嘛！

宋招娣立刻憋住了哭，抽得上氣不接下氣的，拚命地把嘴裡的餅子給嚥下去，噎得她胸口悶得慌。

飯桌上沒人把這事當回事，看著宋招娣，大毛、二毛翻著白眼，學著宋二叔的模樣瞪著宋招娣。

餅子炕得不能吃，蒜泥也鹹得入不了口，黃氏憋悶得很。大兒媳婦雖然是個不下蛋的，可她能幹活、沒脾氣，做了這麼多年飯，從來也沒出過差錯。

想起裝病不出來做飯的李氏，黃氏的臉色更加陰鬱了，用力地掰扯著手裡的餅子，泡到滾燙的稀飯裡頭，狠狠地罵道：「一個兩個吃我的、喝我的，還要我伺候著！心黑手狠，毒得很啊，訓她一下就記恨上了。要不是我心善，早該休了她，我兒也有了後了……」

宋家堂屋裡鬧騰得厲害，冬寶和李氏在東屋隱隱約約聽到了，然而除了宋招娣的哭聲，其餘的聲音都聽不真切。

李氏躺在床上嘆道：「這又是咋了？」

「甭管他們。」冬寶說道。「中午沒妳，他們不也照樣吃熱飯？咱倆不在，他們就拿捏招娣姊了。」

李氏翻了個身，神色中有著憐憫。「招娣也是個可憐的孩子，妳二叔、二嬸顧著兒子，妳奶……又是個那樣的。」

冬寶忍不住翻了個白眼，李氏要可憐宋招娣，也得看看這姑娘招不招人待見啊！懶惰刻薄，輪到她掃豬圈便敷衍了事，都是第二天冬寶掃雙人份的。跟冬寶說話沒個好聲也就罷了，對李氏這個當大娘的長輩也沒點尊敬。

「別管她了，咱們自己還泥菩薩過江呢！」冬寶說道。對於李氏的這種同情，她有些反感，畢竟要不是李氏過於良善，也不至於連宋招娣都不把她放在眼裡。

李氏便不再吭聲。怪她進門多年沒生孩子，一家人對宋二嬸肚子裡的這個抱了太大的期望，最後見招娣是個女孩，自然沒什麼好氣，好好的孩子就養刁了……

等吃完飯，宋二嬸吩咐宋招娣去洗碗後，拉著宋二叔回了西廂房，關了門劈頭就問黃氏找他啥事。

宋楡把事情原原本本地說了一遍，只是隱去了黃氏給了他二十個錢的事。宋二嬸喜得拍了下腿，催道：「那你可得快點去！她成天把單家的親事掛在嘴邊上，擱她眼裡，冬寶就是當大少奶奶的命？也不看看人家要不要她閨女！白賴著咱們替她還她男人的喪葬錢，呸！也不害臊！我前兩天聽李婆子說，她娘家莊上有個閨女生得好，有人出了三十兩銀子的聘禮呢！」

「有恁多錢？」宋榆頗為驚訝，一個丫頭片子而已，居然能值這麼多錢？

宋二嬸伸出三根手指頭比了個三，表情誇張。「實打實的三十兩銀子哪！就是賣給牙子也不定能賣三十兩，一個莊子上的都羨慕他養了個好閨女呢！要是冬寶也能說個這樣的親，還債剩下的還夠給大毛唸書呢！」

「人家能要這麼多，咱可不一定。」宋二叔不以為然。「要說起來，這陳牙子好長時間沒消息了……」有一回宋二叔在村頭碰到了陳牙子，剛上前去準備問問給冬寶薦工薦得如何了，然而那陳牙子就跟有狗在後面追似的，急急忙忙地趕車跑遠了。

宋二嬸聞言剛要開口，宋二叔就不耐煩地擺了擺手。「我瞅著咱娘沒賣冬寶那意思，我跟她掰活（注）了半天，她就是不鬆口，我有啥辦法？妳想送大毛去唸書，咱娘肯定不會答應的。嘖，還有空琢磨這個？妳咋不看看中午妳做的那叫啥飯？」

「那能怪我嗎？還不是大嫂躲懶，我就倒楣了！」宋二嬸自知理虧，只敢小聲嘟囔。

第十六章　不靠譜的親事

晚飯的時候，李氏進了灶房做飯，宋二嬸從西廂房看到了，心裡一喜。要是李氏再不出來，她就愁死了！

黃氏坐在屋簷下，在竹筐裡翻揀著黃豆，準備挑出來好的做豆種，瞧見了李氏去做飯、冬寶燒鍋，黃氏難得的沒有去罵兩聲。

吃晚飯的時候，黃氏給冬寶和李氏都分了窩窩，大醬和醃菜也放得離冬寶稍稍近了點，從頭到尾沒有刁難過冬寶和李氏。

李氏晚上進屋後還猶自不敢相信，她以為自己中午不去做飯，黃氏怎麼著也會逮了機會大罵她一頓出氣，不鬧騰得她賠禮道歉就不甘休呢！

冬寶看李氏從進屋後，表情都是帶著輕鬆愉快的笑意，忍不住問道：「娘，有啥喜事，高興成這樣？」

李氏臉一紅，小聲說道：「我中午沒出去做飯，妳奶啥話都沒說，我就有點……」這個家裡，只有女兒同她最親，這些話她不好意思同別人說，對冬寶倒是沒什麼保留。

如果李氏識字，就會知道此時莫名欣喜的心情可定義為「受寵若驚」了。在黃氏手下討生活，做再好也要成為她撒氣的對象，如今厚著臉皮不出去做飯，黃氏的態度反而好了。

注：掰活，指教之意。

冬寶笑了起來，指著西廂房的方向，對李氏小聲說道：「我剛去給豬拌豬食，瞧見豬食槽裡頭扔了幾個高粱麵餅子，焦黑焦黑的，豬都不吃。」

李氏驚訝了，莊戶人家都珍惜糧食，這種浪費糧食的行為簡直是要遭天譴的！黃氏在吃食上一向把得緊，不可能做出拿高粱麵餅子餵豬的事呀！

「我猜中午二嬸飯做壞了不能吃，奶覺得妳才能指望得住。」冬寶小聲說。從冬寶有記憶起，宋二嬸從沒進灶房做過飯，就算從前是個好廚師，手生了也做不出啥好東西來。

黃氏看上的是自己能幹活，李氏覺得十分驕傲自豪。她勤快麻利，地裡的活兒、家裡的活兒都是好手，論能幹，村裡頭沒幾個媳婦能比她強的。

「明天妳還說自己頭痛，不去做飯。」冬寶出主意。餓他們幾頓，他們才會意識到李氏的重要性，才會對李氏尊重一點。

李氏搖頭道：「那哪行？不說大毛、二毛還小，妳爺、妳奶是長輩，我哪能因為一點怨氣就餓著他們？妳爹不在了，我不能叫村裡人戳我脊梁骨子。再說了，咱倆也得吃飯，妳剛說妳二嬸炕的餅子豬都不吃呢！」

真是愚孝！冬寶在心裡搖頭。秀才爹都不在了，李氏還要替他給宋老頭和黃氏盡孝？要是宋家人真心待她，把李氏當成自家人也就罷了，偏宋家一家都是涼薄之人，掏心掏肺地為他們幹活，只怕他們還嫌妳不是部機器，幹活竟還得吃飯呢！

「娘，中午我奶還打了妳，妳忘了？」冬寶問道。

李氏神色一滯，臉上便帶上了幾分難堪。在女兒面前被打了，她羞愧難當。

「她是妳奶……我做小輩的，哪能……記仇。」李氏艱難地說道，不看冬寶的臉。

「娘，以後我奶再罵人打人，妳就跑遠點。」冬寶拉了李氏的手說道。

李氏雖委屈辛酸，但女兒貼心懂事，剛才那也是小孩的無心之語，她很快就釋然了。

摟著冬寶睡時，她迷迷糊糊地想著，這一天她賺到了錢，給大哥送了禮物，完成了長久以來的心願，然而中午的時候卻被婆婆一個耳光羞辱得全村皆知，世事變化真是無常啊……

第二天一早，宋榆草草地吃了幾口早飯就出去了。

一直到下午，宋榆才回來，背著手，一副怒氣沖沖的模樣，大踏步地進了大門，看到在井邊打水的李氏，忍不住瞪了她一眼，隨後就進了堂屋。

李氏被瞪得莫名其妙，過不了一會兒，就聽到堂屋裡頭黃氏叫她的聲音——

「冬寶她娘，到屋裡來一趟。」

一般說來，堂屋是宋老頭和黃氏的地盤，除非是吃飯和除夕守歲，李氏一般是不會進來的，黃氏也從來沒特地讓李氏進來過。

李氏掀開簾子進屋的時候，就見黃氏坐在靠背椅子上，一旁的矮凳子上坐著宋榆。

看到這架勢，李氏心裡打了個突，問道：「娘，啥事啊？」

因為昨天的事，黃氏不願跟李氏說話，扭頭對宋榆抬了抬下巴。「你說吧！」

宋榆看了眼李氏，立刻說道：「大嫂，今兒我去單強他家了，碰到他家的大管事，人家說了，他家小少爺年紀不小了，單強正在給他兒子尋摸親事，還說以他們家的家世，娶官家小姐也不是難事，單良還小，能慢慢尋摸個各方面都好的。」

聽到宋榆說單強正給單良說親時，李氏就已經傻了，如遭雷擊一般呆立在那裡，宋榆後面的話她都沒有聽到在說什麼，只看到宋榆的嘴巴一張一合，神情看起來像是氣憤嘆息，實際上卻是幸災樂禍。

「這咋可能……」回過神來後，李氏的腿腳都軟了，要不是心裡頭一口氣強撐著，就要栽倒在地上。

宋榆不高興了。「大嫂，我一大早飯都沒吃飽就去鎮上打探消息，妳沒個謝也就罷了，這話是啥意思啊？」

李氏也急了，心裡翻江倒海一般，宋榆的話她一點兒都沒放在心上，只看著黃氏急急地說道：「娘，這咋可能啊？當年單強跪在咱家門口發誓賭咒，您跟爹可都聽到了啊！咋就要給單良尋摸親事了？這不是悔婚嗎？那冬寶咋辦啊？」說著，李氏的眼淚就湧了出來。

「聽到又能咋！」黃氏不鹹不淡地說道。對於單家悔婚，她心裡也是怒氣沖沖。要是秀才兒子還在，還能去單家評評理，即便不能讓冬寶嫁入單家，也能要來些賠償，她兒子是有功名的人，單家再有錢也是商，不敢對她兒子不敬。

可如今不同了啊！單家有錢，他們家卻一窮二白，家裡連個能撐起場面的男人都沒有。這也是黃氏在秀才兒子死後，更加堅定了要供養三兒子考科舉的原因，她很享受宋秀才給她帶來的好處和榮耀。

「妳有本事，去叫單強來聘妳閨女啊！」黃氏哼道。

「許是大毛他爹聽岔了吧？單良跟冬寶一樣大，才十歲哪就說親了？人家估計不是這意思……」李氏囁嚅道，單家是她唯一的希望，只要能嫁入單家，冬寶就能過上好日子。

宋二叔沒好氣，拍著大腿跟黃氏說道：「我跟您說的不錯吧？大嫂咋也不信！人家大管事是顧念咱的面子，沒直接說悔婚。大嫂，妳說冬寶跟單良訂親了，那憑證呢？沒憑沒據的，就想上人家門當大少奶奶啊？」

李氏驚惶了起來，雖然知道宋二叔不大可能在這種大事上騙她，畢竟冬寶嫁到單家去，他也能得到好處，但李氏還是不願意相信。冬寶的婚事代表了她女兒以後舒心寬裕的未來，有這個希望，她再苦再累都能熬下去。

「我……我不信！」李氏哆哆嗦嗦地說著，眼睛通紅。當年瘦得皮包骨頭的單強跪在宋家門口指天賭咒發誓的模樣還歷歷在目，說出去的話她一字一句都還記得清楚。宋家還養了單良一年，她餵奶都是先緊著單良吃，她的女兒餓得哇哇地哭，她也狠心當沒聽到，等單良吃飽了，才輪到冬寶吃幾口。等兩個孩子斷奶的時候，單良長得又白又胖，冬寶卻又瘦又小，哭起來都像是小貓叫，沒點力氣。

她和宋秀才掏心掏肺地對待單家，單強不能這麼忘恩負義啊！

黃氏看李氏那副模樣，哼了一聲。「妳想咋？人家都這麼說了，妳還想咋？妳當妳是知縣太太，說句話，單強就能聘妳閨女了？」

「我明天去鎮上問問。」李氏鼓起勇氣道。她奶過單良，就不信單強不顧這點恩情！

黃氏不知道想了些什麼，半晌才抬起眼皮說道：「行，妳去問問吧。」

李氏連忙感激地「欸」了一聲，從堂屋出去了。
宋二叔不高興了，看著黃氏說道：「娘，您這是不相信兒子了？」
黃氏瞪了他一眼。「良心都被狗吃了！你是我兒子，我不信你信誰？」說完，就轉身撩開簾子進了裡屋，出來時拿了套衣裳，遞給了宋二叔。
「這套新衣裳留給大毛穿吧。」黃氏說道。
宋二叔翻看了下，覺得有點眼熟，褲腿、袖子都有拆過重新縫合的痕跡，藍粗布衣裳，跟新的一樣，看了幾眼，他才想起來，這不是冬寶回家時穿的那身新衣裳嘛！
「這哪是新衣裳？」宋二叔不滿地嘟囔。
黃氏一聽就惱了。「多新的衣裳叫新衣裳？我昨兒給你的二十個錢呢？剩下的給我！」
宋二叔連忙把衣服摟進了懷裡，賠著笑臉說道：「這衣裳真不賴！娘您先忙，我回去給大毛試試衣裳。」說完就連忙起身，快步掀開簾子往外出去了。
黃氏給他的二十個錢被他在小菜館裡換成了酒肉，早就吃乾喝盡了，到村口時他怕黃氏聞到他嘴裡的酒味，下到河岸邊灌了一肚子的涼水才敢進的家。
李氏進了東屋，摟著冬寶，眼淚就開始往下掉，心裡一點底都沒有。要是沒了單家的親事，冬寶該咋辦？
「奶又說什麼了？」冬寶以為黃氏又把她訓了一頓。
李氏一個勁兒地搖頭，半晌才說道：「寶兒，明天跟娘去鎮上辦點事。」

冬寶驚訝不已。「前天不才去過大舅家嗎？咋又去啊？奶同意嗎？」

「不是去妳大舅家。」李氏勉強擠出了個笑臉。「去一個熟人家裡，娘去跟人說說話。」

在李氏看來，婚姻大事是父母作主，當孩子的是不能過問的。

冬寶又不真的是十歲的孩子，李氏在鎮上除了認識大舅一家外，能扯上關係的，就只有單家了。鐵定是她和單家的親事出了問題，這是早晚的事情，單家明擺著不想承認這門親事，一直以來都是李氏一廂情願，要不然洪老頭也不會以報恩的姿態提出讓栓子娶了她的。

「妳是不是去單家？」冬寶眨著眼睛問道。

李氏被冬寶黑亮的大眼睛看得心裡一陣發虛，嘴上說道：「小孩子別管那麼多了，娘自有安排，即便捨了這條命，也不會叫妳吃虧。」

「娘，妳要是沒了命，我怎麼會不吃虧？沒了妳，他們……」冬寶嘆了口氣，指了指堂屋和西廂房。「不定把我賣到哪兒去呢！妳以後別動不動就說捨了這條命了，妳得活著才能護著我。妳看爹，臘月走的，才正月他們就想賣了我。」

李氏連忙點頭。「是娘說錯話了，以後不這麼說了！」

見李氏肯聽進去她的話，冬寶又勸道：「娘，咱不用去單家了，他們家的意思明擺著，去了也是白去。我手腳健全，還愁嫁不出去啊？」

這個時候只有打光棍的漢子，沒有嫁不出去的閨女。一個女孩兒就是長得再醜、家裡再窮、出生時辰再凶，也有的是家境條件不好的男子來求娶。即便是個智力有問題的癡呆兒，只要身子健康、能生孩子，就能嫁得出去。

像冬寶這樣，雖然擔了個命凶的「虎女」名頭，但這也只是人們茶餘飯後的閒話而已，像栓子娘那樣當真的並不多，莊戶人家挑媳婦，主要是看能不能幹活、性子賢慧不賢慧。宋家家境太窮，沒有什麼陪嫁，這才是可能被人挑剔的因素。

在冬寶看來，單家就是嫌宋家窮。要是她爹能考中舉人或者進士，說不定就該輪到宋家悔婚，單家死乞白賴地要求履行婚約了。

「可別亂說！」李氏板起了臉。「妳還小，這事得聽娘的話。等過兩年，妳成了單家的大少奶奶，吃穿不愁，就知道娘的苦心了。」

李氏在別的事情上都肯聽冬寶的安排，唯獨在這件事上執拗得很。她語調是柔和的、勸慰的，手卻緊緊握著冬寶的手，不允許有分辯。冬寶看著提起單家，臉上、眼睛裡都放出異彩的李氏，不知道該說什麼好，想抽出手，卻發現手被李氏攥得緊緊的。「娘……」

「別說了，寶兒，這事不該妳操心。」李氏說道，又傷感起來，摟著冬寶低聲自言自語。「寶兒，妳是秀才閨女啊！咋配不上他們單家？咱一輩子沒沾妳爹啥光，不能在婚事上也委屈了妳啊！」

冬寶低下了頭。去一趟單家也好，叫李氏看明白，死了這份心。她是秀才閨女又怎麼樣？沒了爹，就是失了依仗的窮孤女。單強又不是什麼講仁義禮信的君子，會承認這門親事才怪！

第十七章　丟臉

第二天一早，天才矇矇亮，李氏就叫起了冬寶。

窗外太陽還沒昇起，黎明時分的空氣帶著股清新味，整個村子安安靜靜的，還在沈睡之中。

李氏牽著冬寶的手沈默地往前走，看著低頭不吭聲的冬寶，李氏臉上只有苦笑。她知道女兒心裡對她有氣，冬寶不願意去單家，覺得去單家像是求著人家答應婚事，丟面子。可她相信這是為了冬寶好，為了女兒以後的生活好。忍一時的氣，換來一輩子的安穩日子，有什麼不好？等到冬寶長大了，知道一個女人在世上活著有多艱難，就會理解她的用心良苦。

兩個人走到鎮上時，太陽已經出來了，街上的集市依然熱熱鬧鬧。

李氏沿途一路打聽，才找到了單家。單家一丈高、六尺寬的朱漆大門，門廊下掛著兩只大紅燈籠，頗為氣派。

要是以前，李氏是不敢去敲單家大門的，如今為了女兒的前途，她鼓足了勇氣，上前敲響了門口的銅環。

門上的一個小門洞打開了，一個年輕夥計彎腰從門洞裡上下看了她們兩個一眼後，皺眉問道：「妳們幹啥的？」

李氏還沒想好怎麼回答，門裡頭的夥計就已經不耐煩了，抬高聲音又問了一遍。「妳們是不是想來做漿洗婆子的？往西走有個小門，去那兒敲門去！」

「不……不是。」李氏結結巴巴地說道：「我、我們是來找人的。」

「找人？」夥計又上下打量了下她們，這母女兩個穿得可真是夠寒磣的，應該是來找府裡的下人的，於是便揮手道：「找人去西邊小門！這個門不開的！」說罷，夥計就重重地關上了門洞的小門。

李氏看了眼緊閉的朱漆大門，無奈地嘆了口氣，拉著冬寶往西走。大戶人家的門檻就是高，見個人都還得經過下人的通報。

西邊的小角門像是有些年頭了，漆有些脫落，露出了裡頭發黃的木板。

李氏敲了敲門，過了一會兒，木板門吱呀一聲開了。

一個婆子打量著冬寶和李氏，問道：「妳們幹啥的？」

「我們找人。」李氏連忙說道：「找單強。」

婆子嚇了一跳。「妳找我家老爺？妳是誰啊？」

「我是宋秀才的媳婦，這是我女兒。」李氏拉過冬寶說道。

婆子搖搖頭。「我不認得啥宋秀才，這鎮上的秀才沒有姓宋的。」說著就要關門。

李氏急了。「我們不是鎮上的，我們是塔溝集的，以前和單強是一個村的。」

聽到這話，婆子以為她們是窮親戚上門打秋風的，便想趕了出去，端著架子問道：「那妳們來，有拜帖嗎？」

李氏愣住了。「拜帖？啥拜帖？」

「那就是沒有拜帖了？」婆子搖頭。「沒有拜帖就沒法兒放妳們進去了。」

走了那麼久的路，到頭來連單家的門都進不去，李氏急得眼圈都紅了，拉著婆子的手說道：「大嬸子，求妳跟妳家老爺通報一聲吧，他肯定認得宋秀才一家。單良……單良跟我閨女是打小訂過親的！」

婆子哈的一聲笑了起來，低頭看了眼小女孩。她躲在母親身後，婆子只能看到她瘦小的身材和滿是補丁的衣裳。穿得跟個小叫花子似的，是少爺的未婚妻？笑死人了！

「行了。」婆子抽回了手。「我去幫妳通報一下，至於老爺有沒有空見妳，我一個當下人的可作不了主。」

李氏連忙道謝，道謝的話還沒說完，木板門又啪的一聲關上了。

兩人安靜地等在門外頭，李氏見冬寶不吭聲，心裡有些尷尬，主動笑道：「寶兒，妳小時候妳強叔可稀罕妳了，老說他有妳這麼漂亮的閨女就好了。」

冬寶勉強給了李氏一個笑臉。人家喜歡的是妳給他兒子當免費奶媽，不是喜歡我，麻煩搞清楚！

過了好一會兒，小角門的門才又打開了，先前的婆子站在門口，招呼李氏和冬寶進門。

單家多是青磚紅瓦的瓦房，沒有冬寶想像中那般華麗，想來單家雖然在塔溝集的人看來是「豪門」，其實也只是一般的有錢人家罷了。

婆子領李氏和冬寶到了一處院子門口，吩咐她們兩個在這裡等著，有人會來招待她們，就先走了。

李氏拉著冬寶站在院子門口的大柳樹下，有婆子、丫鬟模樣的人從兩個人面前經過，嬉笑著對兩個人指指點點。

聲音大一點的，冬寶還能聽到她們在說笑些什麼——

「看，那個就是說跟少爺訂過親的！」

「嘻，就她？咋跟個叫花子似的……」

「這麼小就怕嫁不出去？咋賴著咱家少爺不放啊？昨兒個不是說那家的二叔過來了，今兒咋又來了啊？」

「小聲點！妳傻啊？嫁進來不就不用當叫花子了？」

這些嘲諷的聲音，李氏也聽得很清楚，她低著頭，尷尬得滿臉通紅，緊緊地攥著冬寶的手，心中一股難言的憋屈和憤怒。她閨女不是叫花子！她閨女是秀才女兒，咋就配不上做生意的單家了？這門親事可是單強自己跪在她和宋秀才跟前求來的，他要是不認，就是打他自己的臉！

冬寶面無表情地站著，任由丫鬟、婆子們打量。要是單家是好人家，用得著她們主動上門來求、來問嗎？她們這是自己送上門來被人家瞧不起的，怪不得別人。

過了好一會兒，院子門才開了。

一個三十多歲的媳婦從院子裡出來，瞧見門口的李氏和冬寶，笑著上前拉住了李氏的手，親熱地說道：「您可是宋家的秀才娘子？」

李氏瞧她三十來歲，臉色白淨光滑，穿著乾淨整齊，還戴著一支銀釵子，連忙笑道：「我就是。您就是單強的媳婦嗎？」

來人搖頭笑道：「我不是，我是單家的管家娘子。太太今日身子不舒服，沒法兒見妳們了，囑咐我好生招待妳們。」

管家娘子把兩個人帶到了一個耳房裡，又吩咐丫鬟端上來一碟果子擺到了冬寶面前。

管家娘子親熱地笑道：「您和小姐早飯吃了沒？我叫廚房給您端些過來吧？」

李氏連忙擺手。「不用，我們吃過了。今天，就是想見見單……老爺，想問他點事兒。」

管家娘子笑道：「宋太太，如今秀才老爺不在了，您要見我們家老爺實在不妥當。您有什麼困難跟我說，我去跟太太說，都是鄉里鄉親，能幫肯定就幫了。」

李氏搖頭道：「我們不是要妳家老爺幫忙，這其中有些事，妳不知道。孩子也不小了，過了年就十一了，我就是想問問——」

沒等李氏說完，管家娘子就笑著打斷了李氏的話。「可不是！孩子也不小了，我家太太這些日子已經開始著手給良少爺尋摸親事了呢！看了多少個姑娘都覺得不合適，到底是單家的獨苗，這家世、人品都得好好看看，門不當戶不對可不行哪！您家小姐呢？可定下人家了？」管家娘子捂著嘴笑了起來。「看宋小姐這般好相貌，又是秀才閨女，您不愁找不到好女婿。」

李氏的臉漸漸地白了起來。單強不想見她，只派個管家娘子來打發她，告訴她，單家要給單良重新找親事，至於她的女兒，愛嫁誰嫁誰去！

……怎麼能這樣？

「你們怎麼能這樣？」李氏喃喃地把心裡的話說了出來，又無意識地重複了一遍。「你們怎麼能這樣？」

管家娘子看李氏臉色慘白，心裡嚇了一跳，怕李氏在這裡出點什麼毛病，訛上單家，也顧不上嫌棄李氏是鄉下來的，連忙給李氏拍背順氣。

冬寶倒了桌上的茶水，餵李氏喝了下去。

李氏推開了管家娘子的手，眼眶通紅，強忍著怒氣，哆嗦著說道：「單良是我奶大的，有奶緊著他吃，他吃飽了才餵我家冬寶。跟我家冬寶的親事，也是單強自己跪地上求來的，如今他發財了，就翻臉不認人，看不上我們宋家了？」

管家娘子有些尷尬，也有些生氣，口頭上的玩笑話哪能當真？鄉下丫頭也想嫁進來當大少奶奶，到底是誰厚臉皮啊？「我說宋秀才娘子，妳這些話可不中聽啊！我可不敢說這些有的沒的，我們少爺是男孩兒無所謂，妳家姑娘可是閨女，名聲耽誤不起啊！」

見她要逐客，冬寶站起來對李氏小聲說道：「娘，咱們走吧。」

管家娘子的眼角瞥到了桌上的那一盤果子，拿了帕子出來，倒進了帕子裡，包起來遞給冬寶，親切地笑道：「拿著回家吃吧。」

冬寶看了她一眼，搖頭道：「不了，多謝。」

李氏帶來的小女孩從頭到尾安靜自若，不似十歲的稚童，那眼神黑亮清澈，看著她的眼，彷彿能看進她的心裡頭，管家娘子心裡突地跳了一下，趕緊別過臉看向了別處。

管家娘子送李氏和冬寶出了小角門後，硬是把手裡的果子塞到了李氏手裡。

等關了門，管家娘子就急忙去了太太的院子。

單強也正在屋裡跟太太說話。他還不到四十，人到中年已經開始發福，一身上下都是綢緞衣裳，兩隻手上帶了幾只寶石戒指，頗為富貴。

「人打發走了？」單強娶的第二個太太斜靠在榻上問道，神情不耐煩。「真是沒完沒了的！」

管家娘子連忙點頭。「送走了，我把意思跟她們說清楚了，她們也沒說別的，就要走。」

單太太點點頭，眉宇間那點不耐煩消散了大半。「還算是知情識趣的。我先前叫人喊來了衙門的老陳，要是她們敢鬧，就鎖了她們進衙門。」

「妳叫衙門的人來幹啥？」單強不樂意了。「說明白了，打發走就行了，都是鄉里鄉親的，傳出去難聽！」

「我這還不是為了單良好？」單太太叫道：「你那個老鄉一家子連點眼色都沒有，要我就不好意思上門問了，沒見過這麼上竿子（注）的。」

單強知道他這個二婚太太對單良倒是一心一意的。她因為生不出來孩子，被夫家休了回家，單強娶了她後，有幾個鋪子當本錢，生意越做越好，然而始終只有單良一個獨苗。

注：上竿子，主動找上門之意。

「行了。」單強擺手，又問管家娘子。「妳給秀才娘子錢了沒有？」

管家娘子暗叫不好！當時她急著趕人走，把這事給忘了。她尷尬地告罪道：「忘了給了。」又補充道：「估計給了也不要，當時我把桌上的果子包給宋家的那個小姑娘，她不肯要。」

單強沒當回事，給不給都無所謂了，笑道：「沒想到還是個有骨氣的。」

管家娘子賠著笑，想起那雙黑亮澄澈的雙眼，說道：「長得白白淨淨的，等大了肯定是個漂亮人兒。」

「鄉下丫頭，長得再好能好到哪裡去？」單太太沒當回事。

李氏上門這件事在單家沒引起任何的波瀾，就這麼過去了。

從單家出來後，李氏拉著冬寶，腳步沈重，神色木然。

冬寶看著李氏這副魂不守舍的模樣，想來經過今天，李氏總算應該從夢裡頭醒過來了吧？

「寶兒，咱先不回家，去妳大舅家坐坐吧。」李氏對冬寶說道。

冬寶有些驚訝。「前天不才去過嗎？咋又去啊？」去的話也不好空手，兩人手裡統共一百文的私房錢，不好動用了。

「咱找妳大舅，找他去單家說道說道！妳大舅是男人，總比咱們娘兒倆出面方便。」

冬寶拉著李氏在街角坐了下來，勸道：「娘，大舅就是一個開小雜貨鋪的，聽說單家的鋪子都開到安州了。咱回去吧，娘？妳這樣子，我好害怕啊！」

李氏捂住了臉，頭埋在了膝蓋處，好半天才抬起了頭，眼睛通紅，對冬寶笑了笑，柔聲說道：「別怕，以後娘再也不帶妳去了，咱就在家好好過日子。」

她算是明白了，單家是真不打算認這門親了。閨女長得不差，手腳勤快麻利，又是秀才閨女，肯定能嫁個好人家的！之前是她太癡心妄想，累得閨女跟著她丟臉，被單家人瞧不起。

雖然進趟鎮上，沒有得到李氏想要的結果，讓她失望了，可她反而覺得閨女和她的心貼得更近了。

等到了家，黃氏看見她進來，瞟了眼李氏的表情，便知道單家一定沒認親事，暗恨這個媳婦沒用，冷笑著問道：「回來了？問清楚了沒有，單強打算給妳閨女出多少聘禮啊？」

李氏尷尬得臉色通紅，推了推冬寶，讓她進屋去。黃氏是個生起氣來啥都不管不顧的人，只圖自己罵得痛快，可這種話哪能在閨女面前說？

「娘，我今天……沒見著單強和他媳婦。」李氏原本想說單家不同意的，可又怕黃氏遷怒到冬寶頭上，便臨時改了口。「單強媳婦病了。」

黃氏不傻，看李氏這樣也知道咋回事，陰沈著臉罵了一句。「別以為我不知道妳屎爛腸子裡想的啥？作妖（注）也得看看地方！沒用的東西，養條狗都比妳強！」見李氏低著頭抹

注：作妖，鬧騰個沒完。

淚，黃氏把手裡的簸箕一摔。「說妳沒用妳還記恨上了？又想嚷嚷得全村都知道我欺負妳了？我供妳們吃、供妳們喝，到頭來還要被妳們記恨……」

李氏抹了把眼睛，低頭說道：「娘，我去做飯了。」

黃氏這才停了罵，哼了一聲說道：「早該去了，眼裡就沒個活兒！趕緊做飯去，吃完飯去西頭地裡，把地犁開了種豆子。」

「欸。」李氏應了一聲，趕緊進了灶房。

冬寶聽到外頭沒聲響了，便進灶房幫李氏燒火。看著火苗舔著鍋底，冬寶心裡有些沈重。黃氏知道單家沒有結親的意思了，對李氏的態度又恢復到之前想怎麼罵就怎麼罵的狀態。

她來這裡，要是受氣受窮一輩子，真是對不起穿越這一回了。她的目標不說大富大貴，可至少也要有田有地，生活富足，不受別人的挾制！

第十八章 搶水

時間已經四月初，大中午的太陽已經有了熱意，走在外面都覺得曬得慌。麥子已經長高了，油菜馬上就要收割，豆子也要在這個時候播種，地裡的活兒漸漸多了起來，也累了起來。

吃過飯後，黃氏就分配了下午的活兒——宋老頭去東頭地裡鬆土上肥，李氏則是和宋二叔去西頭地裡，把那塊地翻一翻。

西頭的那塊地並不大，只有八、九分左右的樣子，靠著山地，地裡頭的石塊多，還是宋秀才在的時候，和李氏兩個人開出來的，談不上肥沃，種不了麥子和包穀（注），只能種大豆這種不大挑的作物。

下午大太陽照著，正是熱的時候。

冬寶跟黃氏申請了下，說去地裡給爺爺、二叔送水喝。

黃氏斜著眼看了眼冬寶，小丫頭片子精得很，嘴皮子上說得好聽，是給爺爺、二叔送水，還不是記掛著她那個不生蛋的娘！

「去吧。」黃氏說道。不管冬寶想給誰送，黃氏的丈夫和兒子總歸能喝到水，這點上黃氏不會跟自己重要的人過不去。

注：包穀，即玉米的別名。

冬寶連忙「欸」了一聲，去灶房裡找了個陶罐，陶罐口小肚大，估摸著能裝個兩、三升的水。冬寶從井裡提了水上來，洗乾淨了陶罐後，裝滿了水放在背簍裡，揹著去了地裡。她如今身板瘦小，不用揹的，怕是提不動這一罐子水。

天上的大太陽這會兒曬得厲害，冬寶揹著沈重的背簍走了一會兒，頭上就冒了汗。她儘量揀路邊陰涼的地裡走，只不過田邊地頭很少有樹，即便有小樹苗長起來了，農民怕樹苗和莊稼爭養料，也會把小樹苗拔了去。

地裡頭綠油油的麥子已經開始出穗，嫩青色的麥穗中露出了尖尖的麥芒，微風吹過，大片綠色的麥浪翻滾，美不勝收。

待到四月底、五月初收割麥子的時候是最累人的，家裡一家老小不管是誰，都要下地勞動，即便是自認高貴的宋二嬸也不例外。糧食關係到莊戶人家的生計，黃氏是絕不允許有人在這個節骨眼上犯懶的。

宋老頭鬆土的那塊地離得近，冬寶遠遠地就看到宋老頭扛著鋤頭到旁邊的小樹下歇氣。

「爺，我給您送水來了！」冬寶喊道。

宋老頭連忙擺手招呼冬寶過來。

冬寶快走了幾步，到樹蔭下倒了一碗水給宋老頭，宋老頭端著水一飲而盡。冬寶又給宋老頭倒了一碗，宋老頭又是一口喝了。冬寶再要倒水時，宋老頭攔住了。

「留給妳娘和妳二叔喝吧。」宋老頭說道。

冬寶的印象中，她這個爺爺一直都是沈默寡言的，一切大小事務都是黃氏作主，這與大部分男人當家作主的家庭是不同的。

「沒事，爺您儘管喝，您喝完了我再回家打水。」冬寶說道。

宋老頭笑著搖搖頭，摸了摸冬寶的頭，說道：「妳是個好孩子，比招娣、大毛他們強。」這麼熱的天，老二的幾個孩子可沒一個想著來給他們送水的。

冬寶看著臉被太陽曬得通紅的宋老頭，有些驚訝。在她的印象裡，這個爺爺幾乎沒跟他們這些當孫子、孫女的說過什麼話。

宋老頭雖然不愛說話、不管事，但他是幹活的好手，會編竹筐，會做簡單的木工，農具壞了也會修理。就在說話的這會子工夫，宋老頭扯了幾根長葉子的野草，粗糙的手指上下來回翻轉著，不一會兒，一隻綠色的螞蚱就在他手中編成形了，放到了冬寶的手裡。

「拿著玩吧，別叫大毛、二毛看到了。」宋老頭笑道，黑瘦的臉上一笑起來，便是滿臉的橫紋。

「爺，您手真巧！」冬寶真心實意地誇獎道。

宋老頭呵呵笑了起來，拍著手上的草屑說道：「老嘍，眼睛不中使了。妳爹妳叔他們小時候，我還給他們編過城裡十五晚上展出來的宮燈呢！」

看著宋老頭的笑容，冬寶心中一動，問道：「爺，您還去過安州啊？」

宋老頭點點頭。「我小時候在城裡當過一段時間的夥計，過年的時候，城裡晚上到處都掛著燈，照得跟白天似的。」

「爺，您是見過大世面的人啊！」冬寶笑嘻嘻地恭維道。

宋老頭的臉有些紅，搖了搖頭。

「那您咋啥事都聽我奶的啊？她可沒您見識大。」冬寶接著說道。

剛剛宋老頭還是高興的、開心的，這會子臉上的笑容就淡了下去，沒吭聲。

「爺，咱村裡頭人都說您呢，我聽到好幾次了，說您被我奶一個娘兒們管著，丟人！」冬寶半真半假地說道。

宋老頭臉上已經沒了笑容，摸了摸冬寶的頭，說道：「都是一家人，誰當這個家不都一樣？」

見宋老頭一點想「奪權」的意思都沒有，完全的甩手掌櫃，絕對聽從黃氏的話，冬寶不禁有點失望。好歹這個爺爺對她友善，要是他的性格能再強硬一點，能對黃氏形成一定的影響，她和李氏的日子也會好過一些。如今看來，她編排出來刺激宋老頭的話，一點用都沒有。

「爺，我走了，還得給我娘和我二叔送水。」冬寶把草編的螞蚱收到了懷裡，站起來對宋老頭說道。

宋老頭欸了一聲，點點頭，最後對冬寶說道：「妳奶一輩子就那脾氣，刀子嘴豆腐心，她操心咱這一家人過日子不容易，妳當小輩的，別記恨妳奶。」看冬寶茫然的表情，宋老頭嘆了口氣。唉，跟個十歲的小女娃兒講這些，她哪聽得懂。

冬寶愣了愣，嗯了一聲後，揹著簍子往西邊走。她迷茫的是宋老頭說黃氏是刀子嘴豆腐心，她只看到黃氏刀子嘴，沒看出來哪裡有豆腐心了。

兩塊地離得比較遠，冬寶走了好一會兒才到，只見李氏用力地拉著犁在前面走，因為過於用力，身體幾乎要貼到了地上，臉上滿是汗水，一顆顆滴到了土地裡。

宋二叔在後面懶洋洋地扶著犁架，不停地催促道：「大嫂，妳使點勁啊！這犁半天走不動，照這架勢，咱犁到晚上也犁不完啊！」

冬寶看了，氣得要命！家裡寬裕點的人家會買牲口犁地，差一點的人家也會借別人家的牲口，多少給些錢。像宋家這樣雇不起牲口的，只能用人力來拉犁翻地，這是個最累人的體力活，一般都是男人幹的，即便家裡男勞力少的，也是男人在前頭拉犁，承擔最重的體力活，女人在後頭扶著犁架子，只需要掌握犁架子的平衡就好，輕鬆很多。只有在宋家，攤上宋二叔這種又懶又無賴，二流子一般的人，才會出現讓寡嫂拉犁的事情！

從自私不顧人的程度上說，宋家老二和黃氏最相像。

「娘！」冬寶高聲喊道：「妳過來喝水，我給妳送水來了！」

話音剛落，扶著犁的宋二叔就趕緊奔了過來，嘴裡不停地抱怨道：「這都幹了老大一會兒活了，咋才送水過來？」說著，就從冬寶背簍裡抱出了陶罐，也不用碗，直接抱著陶罐，對著陶罐的口就往嘴裡倒水，不少水都灑了出來，順著宋二叔的下巴淌到了地上。

「二叔，你省著點喝，我娘還沒喝哩。」冬寶小聲說道。

冬寶沒想到，她這一句話，捅了馬蜂窩。

宋二叔放下了陶罐，對著冬寶抬腿就是一腳！

冬寶趕忙躲開了。

宋二叔插腰破口大罵了起來。「老子喝口水都要唧唧歪歪的！老子幹活還不是為了養活妳個兔崽子！良心都叫狗吃了！」

李氏慌忙卸了身上揹著的犁繩，跑到了這邊，把冬寶摟進了懷裡，擋到了宋二叔跟前，神色中帶上了哀求。「她二叔，冬寶一個小孩子不懂事，你咋跟她一般見識哩！」

宋二叔哼了一聲，嘴裡依然罵罵咧咧。「我替大哥教訓這個小兔崽子！沒良心得很，親叔叔喝口水都不讓，心眼真毒啊！」

「你都說你是我親叔叔了，我是小兔崽子，那你是啥啊？」冬寶撇著嘴問道。老兔崽子！

宋二叔沒想到冬寶還敢還嘴，立刻揚起了手，作勢要打，瞪著眼、橫著眉毛罵道：「還敢強嘴？信不信我揍妳？」

「她二叔，冬寶不懂事，你別搭理她！」李氏連忙勸道，回身罵起了冬寶，神色極為嚴厲。「妳咋回事？趕快給妳叔賠不是！小孩子家，咋恁不懂事啊？」

冬寶低下了頭，看著自己破得露出了腳趾頭的黑布鞋，輕聲對宋二叔說道：「二叔，我錯了。」錯在一時糊塗，把你當個人看了！

宋二叔面子上過去了，心裡頭便得意洋洋。大哥死了，現在他才是宋家的老大，大嫂和冬寶還不是得任他拿捏？

「這點水夠誰喝啊？還不趕緊再送過來一罐！」宋二叔背著手，揚著下巴吩咐，十足一家之主的架勢。

「知道了。」冬寶答了一句，把罐子放進了背簍裡。李氏還沒喝上口水，不管怎麼樣，她都得再跑來一趟的。不能因為宋二叔渾，就累得李氏喝不上水。

冬寶來回又跑了兩趟，送了兩回水。

只聽宋二叔端著碗，插著腰站在樹蔭下，一邊喝水，一邊唧唧歪歪。「跟娘兒們幹活就是累人，半天了連這點地都沒犁完，耽誤工夫……」

李氏抿著嘴不吭聲，站在那裡，臉一陣紅、一陣白。

冬寶拉著她的手，悄聲說道：「娘，別聽他胡咧咧！」

李氏朝冬寶笑了笑，一張黃瘦的臉在太陽下幹了那麼久的重活，曬得通紅，汗水沿著鬢邊的頭髮往下淌，鬢邊已經有了幾根白髮夾雜在黑髮當中，格外地刺眼。

不會吧？李氏也就三十一歲，前幾天她還沒發現李氏有白頭髮，怎麼彷彿是一夜間，李氏就蒼老了這麼多？

看著李氏鬢邊的白髮，冬寶心中一陣陣的心驚。想起這幾天李氏因為單家不認這門親事，擔驚受怕犯愁，一夜之間竟然愁出了白髮！

冬寶的心抽疼了起來。因為這件事，她先前還同李氏生了好大一場子氣……

對李氏執意去單家問個清楚的做法她是厭惡的，單家的下人怠慢、羞辱了她們，冬寶也不生氣，心中甚至有一種「終於讓李氏看清楚事實了」的暗喜。

冬寶一直以一個現代來的成人眼光看問題，卻忘了，李氏只是一個愛女如命、沒什麼見識的農村婦人。她當然也有尊嚴，但只要能讓冬寶過上好日子，不再像她一樣當牛做馬，在土坷垃裡刨食，她受再大的屈辱也不會當回事。

李氏和宋二叔扛著犁到家的時候，天已經完全暗下來了。莊稼人幹農活，能一天幹完的絕不拖到第二天，即便是天色晚了，不吃飯、不睡覺，也得把活兒給幹完了。

黃氏知道李氏不可能趕回來做飯，便叫冬寶燒火，自己下灶房炕了高粱餅子。想想自己兒子下地幹活，勞累得不輕，黃氏猶豫了半天，終於從地裡拔了一把蒜薹，又去堂屋踩著凳子，從梁上吊下來的竹籃子裡拿出來一個瓦罐，從裡面舀出來一勺白花花的東西，放到了炒菜的大鍋裡。

冬寶認得這種東西，是凝固了的豬油。現代人幾乎沒有人吃豬油的，然而這東西在缺油少肉的古代，可是好東西。宋家炒菜極少放油，吃的油也是黑乎乎的菜籽油，比不得豬油香。

炒菜的時候豬油的香氣傳得老遠，大毛、二毛饞得口水直滴答。

看見兩個心頭肉的饞相，黃氏忍不住笑罵：「滾一邊去，等你們爹回來了再吃。」

等李氏和宋二叔回來後，冬寶已經將飯菜都端到了屋裡。宋二叔一進院子就扔下了東西，嚷嚷著「肚子都餓扁了！」，李氏便低著頭，悶不吭聲地來回搬了兩趟，把農具都搬進了西屋裡頭。

黃氏站在堂屋門口，說道：「趕緊進屋吃飯。」看了眼默不作聲的李氏，黃氏心裡哼了一聲，像是犯癮一般，忍不住開口刺兩句。「我就是個沒福氣的，累死累活一輩子，老了還得伺候你們一個個的！」

冬寶琢磨著，最適合黃氏的職業應該是宮裡的太后娘娘了，因為不管她做了啥，一群宮女、太監、妃嬪、皇子、皇孫……還連同皇上，都要畢恭畢敬地叩謝她的大恩大德。只可惜黃氏命不大好，生在了莊戶人家。

吃飯的時候，黃氏將那碗豬油炒蒜薹先撥了兩筷子到宋老頭碗裡後，就把碗放到了宋二叔和大毛、二毛跟前。其實不用她這個特意的舉動，李氏和冬寶都不會去挾那碗裡的菜的。吃口豬油要被黃氏吐沫星子伺候半天，實在划不來。

晚上睡覺前，李氏坐在床沿上，臉色疲憊，強撐著對冬寶說道：「寶兒，給娘打盆溫水過來，娘出了身汗，想擦擦身子。」

冬寶應聲而去，舀了一瓢大鍋裡的熱水，兌了井水後端了進來。

李氏脫了衣裳，用帕子沾了水在身上擦了擦，冬寶要上前去幫李氏擦身時，被李氏推開了。「不用妳，趕快上床去吧。」

李氏擦身子的時候，冬寶藉著星光瞧見了李氏肩膀上左右兩道紫紅色、深深的勒痕，是今天下午拉犁留下的。怪不得李氏要溫水擦身子，想來是疼得受不住了。

冬寶心疼得眼圈都紅了。「娘，妳身上得上藥啊！」

「又沒得病，上啥藥啊？莊戶人家種地幹活，哪那麼嬌貴的？」李氏笑了起來，見冬寶一臉的擔心，李氏便安慰道：「這算多大的事？過兩天自己就下去了。」

「娘，妳下這麼大勁幹啥？」冬寶低聲說道：「妳越這麼實誠，他們就越欺負人。」

李氏笑了起來。「寶兒，多幹點活不吃虧，一家人計較這麼多，還咋過日子？娘身上有的是力氣，掙得夠咱娘兒倆吃的，咱娘兒倆也挺得直腰桿。」

「不能再這麼幹下去了，會累出病的……」冬寶拉著李氏粗糙的手說道。李氏的手今天拉犁都磨出血泡了，李氏這麼不要命地幹，遲早要被榨乾最後一滴血！

李氏摸了摸冬寶的頭。「娘身體好，幹點活哪就會累病了？那整天不幹活、不動彈的懶人，才一身的病。」

冬寶躺下後，半夜卻被李氏嘆息的聲音給驚醒。聽到李氏在床上輾轉反側，愁苦嘆息，她想安慰也無從談起。好端端的一樁親事就這麼黃了，李氏心裡的全部希望都粉碎了，一時半會兒恐怕都難以釋懷吧。

沒過兩天就是清明節了，黃氏雖然是個吝嗇的，但對死去的大兒子還算大方，去村頭老成家的雜貨鋪花了三文錢買了一刀黃紙，叫過冬寶摺成了紙錢。

摺紙錢是很簡單的，將四四方方的薄黃麻紙對摺一下就成了，但要注意，不能沿著對角線摺成三角形，一邊要留出兩指寬的間隙。

李氏看著一刀黃紙，覺得祭品有些少，便帶著冬寶摘了幾顆野桃子，準備供奉到宋秀才的墳前，多少好看一些。

來這裡這麼久，冬寶頭一次來了宋秀才的墳前。墳前立著一塊石碑，上面用陰刻紅漆寫著「愛子宋楊之墓」，一旁有兩行小字，「父宋茅立」，旁邊是立碑的時間。

冬寶是女兒，沒有資格給父親立碑的，立碑人就成了宋老頭。

李氏將野桃子放到了宋秀才碑前，黃氏找了根木棍，在宋秀才墳前的土地上畫了個沒封口的圈，用火摺子引燃了紙錢，一張接一張地拿進來燒。

燒紙錢最重要的步驟就是哭墳，要是誰家女眷燒紙錢不哭，那就是不賢慧、不重情，要被人戳脊梁骨的。

一邊燒，黃氏一邊抹起了眼淚。「楊兒，娘給你送錢來啦……」話未說完，就已經泣不成聲。

李氏更是跪在墳前，趴在碑上嚎啕大哭起來，似是要將多日來壓在心頭的辛酸和委屈，一股腦兒地發洩出來。

天陰沈沈的，似要下雨，三三兩兩的鄉親提著籃子到崗子處燒紙，聽見李氏悲痛的嚎啕，不少人駐足看了一會兒，又搖著頭漸漸遠去。

黃麻紙燒成的黑灰隨著風飄了起來，像是一隻隻飛舞的黑色蝴蝶，冬寶跪在李氏的旁邊，臉上掛著兩行淚珠。倒不是她對這個只在記憶裡出現的秀才爹有什麼深厚感情，眼淚似乎是這個身體的自發反應。

宋二叔抄著手站在墳前，裝模作樣地說道：「大哥，你放心，家裡有我，還有你兩姪子在，咱們老宋家倒不了。」說完，為了顯示自己的悲傷，還用力地擤了下鼻涕，抹了把眼睛。

他表演得很賣力，可他的兩個兒子就沒有這麼懂事了，折了幾根柳枝，開始你追我打，最後還跑到旁邊的墳頭上玩鬧。

黃氏嚇得也顧不上哭了，橫眉瞪眼地罵道：「快下來！你們這兩個小兔崽子，當心晚上鬼來找你們！」

兩個小孩吐了吐舌頭，做了個鬼臉後，從墳包上跑了下來。

等大毛、二毛下來後，她趕緊走到大毛、二毛踩過的墳包上，給死者作揖賠禮，嘴裡唸唸有詞，讓老長輩莫要和小孩子一般見識，晚上別去找她的兩個孫子。

被大毛、二毛這麼一鬧，冬寶原本僅有的一點點悲傷情緒全跑沒了。宋秀才生前最疼的就是這兩個姪子，好吃的也都留給他們，不知道宋秀才地下有知，看自己視為命根子一般的姪子們這麼給自己上墳，會是個什麼感想？

看著冰冷的墓碑和隆起的墳包，冬寶都不知道秀才爹這一走，對李氏和冬寶是好還是壞了。他走了，撇下孤兒寡母任宋家人欺負，可就算他在，也沒盡到做父親、做丈夫的責任。

宋榆用鐵鍬挖了一鍬土，將這鍬土放到了宋楊的墳頭上，算是給宋楊添了墳，接著又把墳上長的野草胡亂拔了幾把。墳都是黃土堆起來的，若是家中連個燒紙添墳的人都沒有，最多三、四年工夫，就會被雨水沖淋得找不到了。

黃氏哭了半天早累了，抹了把臉上的眼淚、鼻涕，見籃子裡有幾張剩下的黃麻紙，李氏還在嗚咽，這會子在兒子的墳頭前，倒不好再催她快些了，便對李氏說道：「我們先去給妳爺、妳奶燒紙，妳給秀才哭完墳後，回家把中飯做上。」

黃氏口中的「妳爺、妳奶」是宋老頭的父親、母親，按塔溝集的規矩，冬寶要喊他們「太爺爺、太奶奶」。

他們在李氏嫁過來前就離世了，聽說和潑辣的黃氏處不來，乾脆分開過了，給兒子另起了院子，蓋了房子；而他們的房子在村子最西頭，十來年沒住人，原本的幾間土坯房子就更加破敗了。

等她們回到家時，天空下起了淅淅瀝瀝的小雨，雨越下越大，氣溫彷彿一下子降低了好幾度，又回到了初春的時候。

宋老頭站在屋簷下，皺著眉抽著旱煙，青煙繚繞中，他那張黑瘦的、布滿皺紋的臉上滿是擔憂。

「爺，您老看天幹啥？」冬寶問道。

宋老頭嘆了口氣。「這會兒倒春寒（注一）了，今年的麥子怕是收成不如以往了。」

宋老頭是種田老把式（注二），他都這樣說了，恐怕今年的糧食收成真不怎麼樣。

注一：倒春寒，乃民間俗語，一般而言，是指在早稻春播後，約二到四月期間，由於北方冷空氣的頻繁南下，造成氣溫起伏較大，給人畜和農作物帶來較大傷害的現象。

注二：老把式，指熟練於某種技藝之人。

第十九章　撿菇子

入了夜，冬寶又聽到了李氏輾轉反側的嘆氣聲音。

第二天一早，冬寶迷迷糊糊中聽到了李氏壓低了的咳嗽聲，睜開眼一看，就見李氏把被子角捂在嘴上，咳得滿臉通紅。

「娘，妳咋咳得這麼厲害啊？」冬寶趕緊起了身。

李氏擺擺手，咳得說不出話，半天才平了氣息，說道：「沒啥事，就是嗆口水嗆住……」然而話沒說完，又咳了幾聲。

「是不是昨天下雨涼到了？」冬寶有點擔心，給李氏拍著背順氣。

「不是。」李氏搖搖頭。「就是嗆住了，喝口水嚥下去就好了。」

「那我給妳燒熱水喝。」冬寶穿了鞋出去。

東方已經亮起了魚肚白，冬寶提了一桶水，舀了一瓢倒進了大鍋裡。這幾日連著陰雨，柴火都潮了，潮濕的包穀稈子填進灶膛後，不一會兒，灶膛口就湧出了大量的白煙。

水燒好後，冬寶舀了一碗出來，端到了李氏跟前。

李氏忍著咳嗽，憋得臉發紅，喝完了一大碗熱水，出了一頭的熱汗，臉色才漸漸好了起來。

「沒事。」李氏笑著摸摸冬寶的頭。「娘喝碗熱水就好了。」

冬寶這才放下心。李氏的身體一向很好，幾乎沒生過病，莊戶人家過日子儉省，除非是病痛得厲害了，才會去鎮上醫館裡看看大夫、拿幾服藥。

吃過早飯後，下了一天的雨慢慢地停了。

冬寶提了灶房的洗鍋水，給豬拌豬食。

這會兒上，全子跑了進來，對冬寶笑道：「冬寶姊，我哥要帶我去溝子裡撿菇子，妳去不去？」下過雨，空氣濕潤溫暖，菇子一夜之間就從土壤裡鑽了出來，打開了肥美的傘蓋，這會兒正是撿菇子的好時候。

冬寶想著前世自己常做的平菇肉片湯、小雞燉香菇……光是想想，冬寶就饞得差點沒滴出口水來，連忙點頭。「我去！」

「你們去哪兒啊？」宋招娣撩開西廂房的簾子問道。

一時間，冬寶和全子都愣在了那裡，兩個人都不想讓她知道，也沒人回答宋招娣的話。

宋招娣乾脆朝他們兩個走了過來，笑得親切和善，朝全子問道：「全子，你和你哥要去哪兒啊？」

全子在地上來回磨了磨腳，不情不願地說道：「我哥要帶我去溝子裡撿菇子。」

「那好啊！」宋招娣驚喜地叫道。「咱一起去唄！我也正好想去撿菇子哩！」

全子撇了撇嘴。誰跟妳「咱們」啊！「我去問我哥，他只讓我叫冬寶姊。」

宋招娣心裡有點不高興，當她看不出來全子心裡想的啥啊？等她當了這小子的嫂子，看她怎麼收拾他！「這有啥好問的？咋，只許冬寶去，不許我去啊？」

「那倒不是。」全子連忙說道。

「那就這麼說定了。」宋招娣生怕全子反悔似的，飛奔去了西屋，撿了兩個背簍出來，遞給了冬寶一個。「走吧！」

大實揹著背簍站在林家門口，看到全子領了冬寶和招娣兩個女孩過來，有些詫異。

「大實哥！」招娣三兩步地走到了大實旁邊，和他並肩一起往前走。「我和冬寶跟你們一塊兒去撿菇子。」

「好啊。」大實笑著點點頭，往旁邊走了一步，拉開了同招娣的距離，回頭朝冬寶笑了笑，又「看」了全子一眼。

接到大哥笑裡帶「刀」的目光，全子嘟著嘴，不高興地朝招娣努了努嘴。都是招娣姊厚著臉皮要跟過來的，不關他的事啊！

林家和宋家是多年的鄰居，彼此知根知底，大實對招娣的印象並不好，更不可能有什麼想法，現在招娣年紀大了，更得避嫌了。

看著俊秀的大實，招娣整個臉都是紅撲撲的，她有些緊張地扯了扯上身穿的碎花布褂子，褂子是宋二嬸的舊衣裳改的，肯定不好看，然而宋招娣轉念一想，自己的衣裳雖然是舊的，但總比冬寶穿的那身補丁摞補丁的衣裳強。

冬寶拉著全子走在後面，兩個人聽著招娣興奮得有些變調的聲音，纏著林實問東問西，嘰嘰喳喳聒噪了一路。

全子不高興地嘟著嘴，踢著腳下的石頭，嘟囔道：「吵死了！」

一行人走到了溝子裡，地面泥濘潮濕，林實叮囑大家小心腳下，自己一馬當先走到了前面。

溝子裡的濕氣重，地面的枯木上、樹根旁，不少地方都長滿了菇。

冬寶對菇類的認識不多，她只敢摘她認得的平菇和香菇，摘滿了一背簍，夠家裡吃好幾頓的，還撕了一大把黑木耳。

幾個人找到了幾棵野桃樹，全子脫了鞋子，蹭蹭幾下就爬到了樹杈上，摘下來桃子，笑嘻嘻地作勢要丟給冬寶。

冬寶趕忙放下了背簍，撐著褂子的前襟，接著全子丟下來的桃子。

全子採完下樹後，拿起一個桃子，啃得只剩一個光溜溜的桃核後，噗地一口吐掉了。看冬寶小口咬著桃子，便拉著冬寶，熱情地說道：「等過兩天我姥姥家的桃子就熟了，可好吃了。冬寶姊，到時候妳到我家來吃桃子。」

「有多好吃？」冬寶笑咪咪地逗他。

全子眨著眼睛想了半天，也想不出來該怎麼形容姥姥家好吃的桃子，便說道：「反正就是可好吃了，到時候妳嚐了就知道。」

冬寶笑著點頭。什麼時候她和李氏能脫離宋家，自己有個單獨的院子就好了，能在院子裡種果樹。現在種果樹，只怕還不夠大毛、二毛兩個被慣壞了的混世魔王糟蹋。

快中午的時候，四個人從溝子裡出來了，剛走到村口，就看到前面有一頂兩人抬的青布小轎，轎子旁邊跟著一個挑著擔子的年輕漢子。

塔溝集是一個安靜得有些閉塞的村子，很少有生面孔出現，況且轎子可是稀罕東西，只有城裡有錢的大老爺才坐的。青布小轎一進村，就引得不少人駐足圍觀。

「這是誰啊？」宋招娣一臉的羨慕。

小轎子穩穩當當地走在他們跟前。

抬轎子的一個漢子朝大實問道：「小哥兒，咱們這兒的宋秀才家在哪兒啊？」

林實指著前頭的宋家說道：「這裡就是。」

轎夫告了謝，將轎子穩穩當當地停在了宋家的大門口，對轎子裡的人說道：「客官，到了。」

冬寶站在大實身後，好奇地看著，她可不記得宋家有哪號有錢親戚啊！

轎夫說完後，一個年輕男子從轎子裡走了出來，穿著細棉布長袍，頭髮用塊青布包著束在頭頂，正是時下裡書生最流行的裝扮，腳上的一雙黑布鞋乾乾淨淨，半點灰塵都不見。

看著腳下泥濘的路面，書生嫌惡不已，眉頭皺得能夾死一隻蟲子。

「三叔！」宋招娣離他最近，認出了來人，喊了一聲。「你咋回來了？」

宋家老三宋柏背著手，回頭看了眼幾個孩子，撣了撣身上並不存在的塵土，愛答不理地嗯了一聲，轉身吩咐挑夫道：「把我的東西挑進屋裡去吧。」

說著，繼續背著手，皺著眉，低頭揀著稍微乾淨的地方走，怕弄髒了腳下的鞋子。

宋家人早聽到聲音迎了出來，宋二叔掀開西廂房的簾子出來，瞧見了宋柏，驚訝地笑道：「老三，你咋回來了？」

宋三叔嗯了一聲。

黃氏瞧見小兒子回來，更是喜得嘴都合不攏了，看著宋柏的眼神慈愛無比，拉著宋柏就往堂屋走，臉上的皺紋笑成了一朵菊花。「這孩子，咋不聲不響地就回來了？想家了是不？叫村裡去鎮上趕集的人回來捎個信，叫你二哥去鎮上接你啊！」

「客官，別走啊！」門口的轎夫急了，伸手喊道：「我們哥兒幾個的工錢還沒給呢！」

宋柏聞言，回頭對黃氏說道：「娘，妳去把他們的工錢結了吧。」

冬寶驚嘆地看著宋柏，怎麼這小青年從頭到尾都是一副別人欠了他八百兩銀子的態度啊？見了自己的親娘都是這副口氣，真是一樣米養百樣人啊！

黃氏聽到兒子的話，愣了下，回頭看了眼門口的轎夫，冷著臉走到了門口，問道：「多少錢？」

「我們兄弟兩個是三十五文，這位大哥……」轎夫指了指挑夫。「是十五文。」

黃氏驚了一跳，立刻瞪起了眼睛。「這麼貴?!坑誰啊？」

轎夫也不是個好脾氣的，當即捋起了袖子，大聲說道：「這位老嫂子，這工錢是您兒子當初雇我們的時候說好的價錢，我一文錢沒問您多要！咋？想賴帳啊？」

兩個人嚷嚷的聲音太大，宋柏不耐煩地回頭叫道：「娘，妳囉嗦恁多幹啥啊？給錢打發他們走就是了，吵得我頭都疼了！」

冬寶和大寶四個半大孩子在一旁默默看著，村裡人也有不少跟著轎子走過來看熱鬧的，每個人都在心裡咂舌。宋柏回來一趟就花了五十個錢，夠一戶中等人家一個月的開銷了！村裡人每天去鎮上的那麼多，從來沒聽說過有誰坐轎子的。到底是讀書人不一樣，比他們莊稼漢金貴多了。

小兒子發話了，黃氏心裡再不情願，也只得回屋數了銅板出來，臭著臉給了轎夫。五十個錢，夠家裡半年買鹽、買醬油的。黃氏肉痛得不行，忍不住嘟囔道：「訛人！欺負我們鄉下人實誠！」

轎夫接了錢，粗略數了下後，抬起轎子就走，幾個人沒好氣地一路走一路說：「給個轎子錢都摳成這樣，沒錢裝什麼有錢大少爺啊！」

黃氏氣得朝轎夫遠去的方向呸了一口唾沫。「什麼東西！不就是扛轎子伺候人的下賤命嗎？給我兒子抬轎子是你們八輩子修來的福分！等我兒子當大官，砍了你們這幫龜孫的腦袋！」

林實等幾個人在一旁看得默默無語。

黃氏本想再罵幾句，突然想起來小兒子還在堂屋裡等著，便趕緊往家裡走。進了堂屋後，就看到兒子蹺著二郎腿坐在凳子上，瞇著眼，一臉的不爽快。

「柏兒！」黃氏看著小兒子就滿臉的疼愛，然而想起剛拿出去的五十文錢，她就又肉痛了起來。「咋雇轎子回來啊？」

宋柏不耐煩地說道：「路那麼難走，我不坐轎子咋回來？」他又不是鄉下泥腿子！

見兒子火氣大，黃氏也不敢再多問了，便笑道：「那咋這時候回來了？學院裡的課業不緊啊？」

宋柏更生氣了，放下二郎腿，坐直了身子，瞪著黃氏，氣得要命。「我不回來咋辦？都要餓死在外頭了！身上一文錢都沒有，叫我喝西北風啊？」

黃氏吃了一驚，隔著簾子朝外看了一眼，小聲問道：「正月十五的時候給了你三兩多銀子，這才兩個多月咋就沒了？」

宋柏哼了一聲，氣不打一處來。「三兩多銀子夠幹啥？我過得夠儉省了！要不是我那些……同窗幫忙，三不五時地接濟我，我連這兩個多月都撐不下來。」

「小聲點兒！」黃氏急急忙忙地低聲喝道：「別吵得人家都知道了。」

宋柏的火氣上來了，一點都不給黃氏面子，瞪著眼睛發火的模樣和黃氏如出一轍。「這有啥怕人知道的？沒錢我還唸啥書？我不唸了！」

黃氏急了，捉住了兒子的手，連聲說道：「別說氣話了。你放心，娘委屈了誰都不會委屈了你的。你專心唸你的書就是了，錢的事不用你操心。」

見黃氏願意給錢，宋柏不情不願地坐回到了椅子上，忍不住嘟囔道：「我那些同窗中，就咱家最窮。人家家裡不是做大買賣的，就是在縣衙裡頭當差的，吃的好、穿的好，啥都不用操心，就我要啥啥沒有。」

黃氏嘆道：「我跟你爹都沒本事，叫你受委屈了。只要你好好唸書，將來考上功名，我跟你爹再苦再累也願意。」

宋柏見母親眼圈紅了，聲音也哽咽了，心裡到底還是有幾絲不忍的，便略帶了幾分得意的口氣說道：「我那些同窗雖然出身比我好，可個個都看得起我，真心把我當朋友待，平日裡下館子吃酒，或家裡來了貴客，像是縣衙裡的師爺、縣丞之類的，都要叫上我作陪的。」

「我兒面子恁大？」黃氏喜不自勝，她小兒子居然被請去作陪縣丞，可真是有面子，將來必定有大出息啊！想到這裡，她又想起了大兒子，忍不住嘆道：「你大哥在的時候，誰家辦酒席也都是要請他坐主位的。」語氣中難掩驕傲自得。

提起落魄的秀才大哥，宋柏不禁從鼻孔裡哼了一聲，他在心裡是萬般瞧不起這個窩囊大哥的。「娘，妳咋拿我跟大哥比？」

「是娘嘴說岔了。」黃氏立刻意識到自己說錯話了，輕輕往自己的嘴巴上打了一下，笑道：「你肯定比你大哥強多了。至少是個……」黃氏想了半天，她只知道最厲害的是狀元，連忙說道：「至少是個狀元！」

宋柏哼了一聲，不自然地說道：「妳說得輕巧，哪那麼容易考中。」話裡已經沒了先前的惱怒。

黃氏慈愛地看著宋柏，自信滿滿。「別人不容易，我兒那麼厲害，還不容易？」

宋柏摳著指甲，沒有接黃氏的話，他才懶得跟黃氏囉嗦那麼多。

過了一會兒，黃氏又問道：「柏兒，這回預備啥時候回學院啊？」

宋柏想了想，反正錢要到了，他也不耐煩在家裡多待，鄉下地方到處都是黏糊糊的泥地，下個腳都沒地方踩，便說道：「課業緊，我只跟山長告了一天的假，明天一早就回去。」

黃氏一聽兒子明天就走，有些捨不得，然而兒子的前途比什麼都重要，便笑道：「好，我兒是個上進的。今天娘出去割塊肉，給你好好補一補。」說著，進裡屋數了幾個錢出來，像是踩著春風一樣，笑容滿面地出去買肉了。

第二十章　割油菜

宋柏這次回家，黃氏是高興了，可有人就不高興了。

西廂房裡，宋二孀氣得扯著宋二叔發起了火。「回來一趟還坐轎子？他以為他是城裡的大少爺啊？五十個錢哪，夠給咱大毛、二毛買多少東西了？他當叔的從牙縫裡漏出來點兒，就夠咱吃喝不盡的了。他命貴，咱們就命賤嗎？」

宋二叔也滿心的火氣，一把拍掉了宋二孀扯著他衣襟的手。「吵啥？有本事跟娘吵吵去！」誰敢去黃氏跟前說老三花錢多？黃氏非把他骨頭都罵碎了不可！

宋二孀氣得點著宋二叔的腦門，罵道：「你就是個沒用的孬種！看見你娘你就慫！我好好的一個閨女嫁進你們老宋家，真是上輩子作孽啊！你娘天天說把老三供出來，咱當哥、當嫂子的就跟著享福，都是放屁！剛他進家門的時候都不搭理你，我都看見了。就這種貨色，還指望沾他的光、享他的福？」

宋榆的臉色越發地難看了，宋二孀的話戳到了他的心窩子裡。「妳說咋辦吧？」宋榆悶聲問道。

宋二孀憤憤地說：「咱不供養他！有那錢，咱為啥不能供大毛、二毛？弟弟哪有親兒子靠得住？也不能白養著冬寶和大嫂，那債該她們背。分家！咱家有仨男丁，再加上我肚子裡這個，總共四個，占了大頭，怎麼也得分七、八畝地給咱們吧？」

「作妳的夢去吧！」宋榆呿了一聲。「娘寶貝老三，不會願意分家的。」黃氏是不可能答應分家的，還指望著他們供養老三唸書呢！

宋二嬸笑了起來。「這事不能急，得一步步來。」

宋榆見媳婦這模樣，便猜她肯定有主意了，立刻說道：「妳有主意了？說來聽聽。」

「咱娘最緊張的是啥？」宋二嬸賣了個關子。

宋二叔有點不耐煩。「這還用問？不就老三唸書那事。」

「那咱就不能拿這事說事，不然咋說娘都不會答應的。老婆子不是偏疼老三嗎？誰的話她都不聽，老三的話她總該聽的。」宋二嬸摸著隆起的肚子，笑得頗得意。

二房馬上就要有四個男丁了，要是分家出去，他們怎麼也能分個大頭。沒了大房的孤兒寡母和老三一個燒錢的書生，日子咋也比現在強啊！

宋二嬸叫來了宋招娣，三個人關上門，湊在一起，嘰嘰咕咕了好半天，才笑著推著招娣到了西廂房的門口，小聲說道：「快去吧，跟妳三叔好好敘敘。」

宋招娣手扒著門框，有些猶豫。「娘，三叔是唸書的人，那麼精明，他要是跟奶說我跟他說了啥……」

宋二嬸心裡又急又氣，這些話她和宋榆不好去跟宋柏說，大毛、二毛還小，宋招娣是最合適的，當下只得擺出一副慈愛的臉，說道：「招娣，這也是為了妳啊！辦成了這事，將來妳出嫁，娘也能給妳攢幾個嫁妝錢。」

一聽到嫁妝，宋招娣偷偷抬頭看了眼宋二嬸，又飛快地低下了頭。

宋二嬸意味深長地說道：「娘知道妳稀罕大實，可娘瞧著大實對冬寶可好了，要是冬寶不走，可輪不到妳。」

這句話說到了招娣的心坎裡，想到上午和俊秀溫厚的大實哥並肩走在路上時，村裡的女娃兒們不知道得多羨慕她，招娣臉上便飛起了兩朵紅雲，咬著唇小聲地說道：「我……我去跟三叔說說。」

宋二嬸笑了起來。「快去吧，說完就趕緊回來，妳奶估摸著快回來了。」

招娣應了一聲，轉身推開門就往堂屋走。

宋柏一個人坐在堂屋裡，脫了鞋，蹺著二郎腿坐著，一隻鞋子要掉不掉地掛在腳趾頭上晃來晃去，閉著眼睛哼著小曲。

「三叔。」宋招娣親熱地喊了一聲。

宋柏抬了抬眼皮，看到是宋招娣，不冷不熱地嗯了一聲。在他眼裡，大姪女宋招娣是鄉下丫頭一個，沒啥話好說的。

「三叔，這不年不節的，你今天咋回來了？」宋招娣臉上堆著笑，問道。

宋柏一向不耐煩搭理家裡的小孩子。「妳一個小孩管那麼多幹啥？」

宋招娣心裡戰戰兢兢的，宋柏發起脾氣來跟奶有得一拚。她壯著膽子搬了個凳子坐到宋柏旁邊，小聲說道：「三叔，這段時間家裡出了好些事你都不知道。」

「啥事啊？」宋柏斜著眼問道。

「冬寶那事你知道不？」宋招娣神秘兮兮地說道。「過完年，我奶託陳牙子送她去城裡做工掙錢，結果沒一天工夫，陳牙子又把她送回來了，一文錢都沒掙著呢！」

宋柏原本漫不經心的臉色逐漸變得鄭重了起來。「咋回事？」

招娣嚥了嚥唾沫，攤手說道：「誰知道咋回事？問她又不說，肯定不是啥光彩的事。三叔，你給評評理，她咋好意思在家裡白吃白喝啊？也不想想，給她爹辦事，咱家欠了一屁股債呢！你知道外頭人都咋說？都說三叔將來要當大官的，靠著三叔，不愁還不起債。」

宋柏的臉色此時有些難看，卻也沒說什麼。

招娣接著對宋柏說道：「前兩天，要債的人都罵到家門口了，奶都快愁死了，大娘還死活不讓冬寶去上工。我爹還去鎮上找過單家人，可人家單家根本不認咱們這門親啊！」

宋柏的臉色陰得能滴出水來了。

她娘叮囑她的話她都說完了，見宋柏不吭聲，宋招娣也不敢再多說什麼。剩下的，就看三叔咋想了。

這會兒上，黃氏的腳步聲在門口響了起來，往堂屋的方向走了過來，宋招娣嚇得騰地一下站了起來。要是黃氏發現她一個丫頭片子跑到堂屋來，不定咋罵她呢！

然而，黃氏並沒有直接去堂屋，半路上拐進了灶房，把買回來的肉放到了灶房裡，又去了東屋，見東屋只有冬寶一個人在翻揀著菇子，便問道：「妳娘咧？」

冬寶抬頭，聽黃氏語氣有些不善，連忙說道：「奶，我娘一大早就跟著我爺下地去了。我爺說油菜熟了，再不割回來就炸地裡了。」

黃氏轉頭看了眼烏沈沈的天色，不怎麼高興地哼了一聲。「這老天，偏這時候下雨，菜籽都得少收不少。」聽見李氏是下地幹活去了，她也不好再說什麼，便對冬寶丟下了一句話。「妳過來灶房燒火。」

趁黃氏在東屋裡說話，宋招娣趕緊踮著腳從堂屋裡跑了出來，大氣都不敢出一聲，躲進了西廂房，生怕黃氏回頭看見她。

冬寶進灶房就看到了案板上有一條肉，細細的一條，最多只有三兩，肯定是給宋柏一個人準備的。整個宋家也就宋柏有這種待遇了，就是大毛、二毛，這麼長時間來黃氏都沒給他們買過肉吃。

就在這時候，宋老頭和李氏一人挑了一擔油菜回來了，兩個人都是滿腿的泥。

「咋這會兒上就收油菜了？地裡也不好走。」黃氏從灶房出來問道，讓冬寶打水給兩人沖腳。

宋老頭是個悶嘴葫蘆，只說道：「不割不行了。」

黃氏扯著割下來的油菜看了一眼，果然不少是裂開的，頓時臉色就陰沈了下來。

宋柏在堂屋裡聽到了響動，走了出來，背著手看著李氏和宋老頭。

「他三叔回來了啊！」李氏連忙打招呼。

宋柏嗯了一聲，又回了堂屋。

宋老頭看了眼兒子，也沒說什麼，就著冬寶打上來的水，脫了鞋沖了沖腳。

李氏也想脫了鞋用井水沖腳，卻被冬寶攔住了，讓她去東屋等著。

冬寶去東屋端了盆子去灶房，揭開鍋蓋舀了大鍋裡正在燒煮的熱水。黃氏正在切肉，看到冬寶舀水，瞪著眼問道：「妳幹啥？」

「舀水。」冬寶說道。

黃氏一把將菜刀剁到了案板上，指著冬寶氣道：「舀水幹啥？」這死丫頭片子越來越不聽話了，一天到晚地作妖。

「給我娘洗腳。」冬寶不緊不慢地說道。

黃氏哼了一聲，尖酸不已，指著冬寶罵道：「妳娘多金貴的人啊？沖個腳都要熱水，老宋家養不起這麼金貴的媳婦了！」

冬寶端著盆子眨了眨眼睛，嚇得聲音都帶上了哭腔。「奶，要不，我把水倒回去？」

黃氏徹底怒了，水都舀進腳盆裡了，還咋倒回鍋裡去啊？

「滾滾滾！」黃氏沒好氣地攆人，等冬寶端著盆子出了灶房，又大聲叫道：「趕緊過來燒鍋！」

「欸，知道了！奶！」冬寶高聲應道。

冬寶端著盆子進了東屋，放到了李氏腳邊。「娘，洗腳吧！」

李氏抹了抹眼睛。「妳這孩子，費這事幹啥？我用井水沖沖腳就行了，用這點子熱水，還得挨妳奶的罵……」

冬寶笑了笑，小聲說道：「她也就會罵兩句，當成是豬哼哼，聽不見就行了。」

別人不知道，和李氏夜夜睡在一個被窩的冬寶卻清楚，李氏的小日子來了。累了一上午，哪能用冰涼的井水沖腳啊？

冬寶進灶房的時候，黃氏正在和麵，盆裡頭只有黃氏拳頭大小的一團白麵，應該也是給宋柏一個人吃的。

黃氏揉完了白麵後，在陶盆上扣了一個碗，讓麵醒一醒，隨後又去西屋舀了一大盆高粱麵，端進了灶房，扯著嗓子朝東屋喊道：「老大媳婦，趕緊過來和麵！」

李氏忙欸了一聲，小跑著出來洗了洗手，就進了灶房揉麵。

黃氏又朝堂屋喊道：「他爹，把籮筐裡的豬油拿出來，老三回家了，咱一家人中午都吃頓好的！」

燒火的冬寶實在忍不住了，低頭撇了撇嘴。吃點豬油炒的菜還是沾了宋柏的光，不然連豬油都吃不到。

黃氏嗓門大，西廂房裡的宋二嬸對宋二叔嘖嘖說道：「瞧瞧，咱吃口豬油都得看在老三的面子上。咱家十五畝地，就是供養了這些吃白飯的，才過得連口豬油都吃不上。整個塔溝集就數你們老宋家過得最差！」

宋老頭拿了盛豬油的小罐子，送到了灶房裡。

黃氏小心地揭開蓋子，看看裡頭沒多少豬油了，心裡就有些不高興，再看了看燒火的冬寶及和麵的李氏，不禁越想越生氣，都是一群吃白食的！

黃氏虎著臉，把切好的肥肉放進去燒熱的鐵鍋裡，肥肉很快就嗞啦作響，漸漸地縮小融化成了清亮的油。

新炸出來的油又舀進了陶罐後，黃氏喊來宋老頭讓放回原處。肥肉炸油後剩下來的油渣子，黃氏也一塊塊地挾進了碗裡，嘴裡還唸著數，數了一遍。等炒菜的時候，黃氏把油渣子拿出來，又數了一遍，確認沒有少，才倒進了鍋裡，和菜一起炒。

冬寶忍了很久才忍住，沒有跳起來跟黃氏說：奶，妳一直在這裡站著，我和我娘沒偷吃妳的油渣子，別數了！防自己的孫女和兒媳婦防成這樣，黃氏算是奇葩中的奇葩了。

宋家今日的午飯相對於以往來說，可以用「豐盛」來形容了，有一個辣椒炒肉，一個油渣炒蒜薹。

白麵餅子有三個，全放到了宋柏跟前，其他人吃黃氏分配的高粱餅子。

宋柏似乎是早習慣了這種差別待遇，自然而然地就拿起了白麵餅子吃。

大毛、二毛在一旁看著宋柏咬白麵餅子，饞得口水滴答流。

那一碗辣椒炒肉也是擺在宋柏前面的，宋家人都知道，那是宋柏才能吃的，都極有眼色地沒去碰那個菜。

好在大毛、二毛有油渣子可以吃，兩個人搶得不可開交。

冬寶低頭喝著稀飯。前世的她幾乎都忘了還有油渣子這種東西，小時候家裡生活困難，饞這個東西饞得很。

如今的她……也饞得很，只不過她寧願不吃，也不願意被黃氏罵上半天，什麼「好吃嘴」、「不主貴」、「飯桶」……什麼難聽罵什麼。

就在冬寶低頭吃飯的時候，一塊油渣子被挾到了冬寶碗裡，掉進了稀飯裡頭，油花瞬間就浮在了水面上。

冬寶詫異地抬起頭，就看到宋老頭衝她微微笑了笑。

「嚐嚐吧。」

原來是宋老頭挾給她的……冬寶驚訝得不知道該說什麼好。

一桌上的人除了宋柏，都慢下了吃飯的速度，黃氏更是不可思議地看著宋老頭，嘴巴張了幾次，不知道該說什麼好。

宋老頭又挾了塊油渣，放到了招娣的碗裡頭，沒再吭聲，低頭吃起了飯。

黃氏撇嘴哼了一聲，卻沒說什麼，繼續吃飯。黃氏都沒發話，剩下的人自然更沒有發話的資格了，飯桌上便又只剩下吃飯的聲音了。

油渣子被稀飯泡了之後，油香味就淡了不少，然而冬寶還是覺得很香，畢竟她來這裡三個月了，還是頭一次吃到肉。沈默寡言的宋老頭在用他的方式關心著她這個沒了爹的小孫女，冬寶心裡頭一次對爺爺的印象有了改觀。

宋柏是個書生，吃的並不多，三個餅子沒吃完，剩下了半個，隨手扔給了大毛、二毛，被大毛、二毛搶著吃光了，連手上的麵餅屑子都舔得一乾二淨。

吃飽喝足後，宋柏就一個勁兒地盯著冬寶瞧，臉上的臉色一會兒陰、一會兒晴的。

冬寶被他盯得心裡頭直發毛，等她看過去，宋柏卻又移開了視線。

吃完了飯後，宋老頭就招呼全家人跟他一塊兒下地收油菜。油菜已經熟了，再不收，一場雨下來，一年的收成就全泡湯了。

宋二叔的屁股像釘到了凳子上，就是不肯挪動。「爹，地裡盡是泥，咋下地啊？」

宋老頭擰起了眉頭，抽著旱煙不吭聲，過了一會兒才說道：「昨天下著雨，人家老林家一家老小都下地割油菜了，一天工夫，五、六畝地的油菜都割完了。」

黃氏惱了，一巴掌拍到了宋二叔的頭上。「懶不死你！還不趕緊去！招娣和冬寶也去！」搶收是大事，收成關係著一家人的生計，黃氏不會在這點上犯渾。

宋二叔不情不願地起身，跟著宋老頭出去了。

李氏早就被宋家人當成男勞力用了，招娣和冬寶也已經可以當半個勞力使喚。大毛、二毛是宋家人的心尖子，自然不用下地幹活；宋二嬸挺著肚子沒辦法下地，就算是她沒懷毛毛，也會有各種不舒坦的藉口待在家裡；老三宋柏更不用說了，估計都不知道宋家的地在哪裡。

這個時候收油菜，和收麥子一樣，都是用鐮刀割的。宋老頭去林家借了平板車，推到了地頭。三個大人拿著鐮刀在泥濘的地裡割油菜，冬寶和招娣把割下來的油菜抱到平板車上，等一車裝滿了，宋老頭就拉著一車的油菜往家裡送，再把空車拉回來。

倘若天沒下雨，還能在場子裡打油菜籽，如今這天氣，只能在堂屋裡鋪一塊布，放在布上打油菜了。

用棒槌使勁地敲，已經成熟了的油菜籽就能從莢裡脫落，掉到布上。這些油菜籽是一家人一年到頭的菜油，像宋家這樣過得儉省的、炒菜都極少放油的人家，還能賣掉一大部分的油菜籽。

割油菜也不是一項輕鬆的活計，彎著腰一個勁兒地往前割，半天不得空站起來歇口氣。站在地頭，冬寶一眼看到，宋老頭一馬當先，割得最快；其次是李氏，雖然趕不上宋老頭的速度，也差得不遠；只有宋二叔，割兩刀就站起來哼唧兩聲、捶捶腰。

宋老頭割完自己那一隴後，回頭看了看兒子，不禁搖頭嘆氣。「眼高手低，自以為是啊！」

第二十一章 心狠

一行人剛出去一會兒，全子就跑進了宋家，想找冬寶出去玩。莊戶人家都是幾輩子的鄉親，沒有進門前敲門的習慣。

宋家的東屋靜悄悄的，全子跑過去一看，屋裡一個人都沒有，只有堂屋那兒有人說話的聲音傳來。他躡手躡腳地跑過去，就聽到宋柏氣憤難當的聲音響起——

「娘，我咋聽招娣說，冬寶在城裡沒做上活兒就回來了？她不出去掙錢，拿啥還大哥欠的債？妳知不知道我唸書都沒錢，飯都吃不飽？我還是不是妳親兒子？我不唸了！」宋柏最後一句，帶上了極大的怨氣。

黃氏急了。「上午說得好好的，明日就回去唸書，咋又不唸了？家裡不用你操心，你甭管家裡的事。」

「妳說得輕巧。」宋柏憤憤地，還拍了幾下桌子。「我手裡頭緊巴巴的，吃個飯都要算計著來，既然家裡沒錢，又欠外債，我還讀什麼書啊？」

黃氏嘆了口氣。「這不是你大哥沒了，日子過得不能跟以前比了嗎？等你考中了功名，就熬出頭了。」

「我連飯都吃不飽了，拿啥考功名啊？」宋柏嚷道。「這回走妳給我多少銀子？要是跟上回一樣那點錢，我就不去了。不勝我去給人擺個攤子代寫書信，每天還能掙個仨核桃倆棗的，省得一家人看我就是吃白飯的。」

「給人寫信能掙幾個錢！」黃氏也惱了，辛辛苦苦，一家人勒緊褲腰帶，就供出來一個給人代寫書信的？靠這個，宋老三連他自己都養不活。

宋柏見黃氏真惱了，悻悻地哼了一聲，放低了聲音，不滿地嘟囔道：「妳就由著大嫂那糊塗娘兒們？她哭幾聲，妳就不賣她閨女了？給她男人辦事欠的錢，她們不還誰還啊？指望我嗎？就眼下這光景，咱家能供我到考中的時候？」

看見最疼愛的小兒子委屈，黃氏心疼不已，嘆道：「你別急，娘心裡有數，委屈了誰都不能委屈了你。前段時間你大哥剛走，那會兒上賣了冬寶不好看。娘早就想好了，下個月就要收麥子了，今年收成怕是不咋樣，到時候叫個牙子過來領了冬寶走……」黃氏嘆了口氣。「怨不得我心狠，麥子長得不好，老天爺都不讓我留孫女了……咱家窮，到時候冬寶進了大戶人家，就是當個丫鬟也比在咱家過得好，她是秀才閨女，身價肯定也會高一些……」

全子聽得又慌又害怕，黑心老婆娘要賣了冬寶姊！他頭一個念頭就是回家找哥哥、找爹娘拿主意，他們肯定有辦法救冬寶姊的！

跑出宋家大門的時候，慌裡慌張中，全子腳下一滑，正好撞到了拉著油菜板車進來的宋老頭身上。宋老頭身強力壯沒事，全子卻撞得跌到了地上，弄了一身的泥。然而全子這會兒顧不上別的，爬起來轉身就往外跑。

宋老頭想問問他有沒有摔到哪兒，回頭就發現全子已經跑不見了，只得搖了搖頭，拉著車子進了家門。

黃氏聽到響動，掀開簾子出來幫宋老頭往下卸油菜。兩個人幾十年的夫妻了，宋老頭又是沈默寡言的性子，黃氏早習慣了他這種性格，兩人從頭到尾也沒說上一句話，等卸完了油菜，宋老頭又默不作聲地拉著板車去地裡了。

天陰沈得越發厲害了，遠處有雷聲隱隱地響起，宋老頭心中暗道不好，加快了速度拉著板車，幾乎是一路小跑地往地頭趕，到了地頭就看到老二坐在樹下歇氣，而李氏還彎著腰在地裡割著油菜。

宋老頭是個寡言的人，可不代表他是沒脾氣的軟蛋，當下氣不打一處來，抬腿往宋榆的屁股上就是一腳。「油菜還沒割完，你歇啥？」

意識到自己親爹是真生氣了，宋榆趕緊拿著鐮刀站起來，笑道：「不是有大嫂在割嘛……」瞧見了空板車，宋榆眼珠子一轉，笑嘻嘻地跟宋老頭商量。「爹，要不我拉車吧？您年紀大了，我來幹這活好了。」

宋老頭擺手道：「不用你拉車，你去割油菜！天馬上要下雨了，割不完地裡的油菜，誰也不准回家！」要是讓宋榆拉車回家送油菜，就不知道他什麼時候能拉車回來了，指不定又跑去哪裡閒轉偷懶了。

天上已經開始下起了濛濛的細雨，宋榆無法，只得下地割了起來。

等到雨淅淅瀝瀝地下起來時，宋家的油菜已經割得差不多了，宋老頭拉著最後一車油菜往家裡趕，冬寶和李氏在後面幫忙推著。

宋二叔累得哼哼唧唧，說自己走不動了，讓招娣扶著他走了回去。

宋老頭把油菜卸到了堂屋，看黃氏已經敲了一部分油菜籽出來，感嘆道：「還好咱家來得及，我瞧著那些地多的人家，怕是得冒雨搶收油菜了。」大雨一下，已經成熟的油菜籽就會被雨水沖刷到地裡，即便是搶收，也挽回不了損失了。

李氏帶著冬寶回了東屋，兩個人的頭髮、衣裳都被雨水打濕了，李氏解了冬寶的辮子，給她擦乾頭髮。這會兒，就聽到門口有人說道——

「嫂子，剛下地回來啊？」說話的人是戴了斗笠過來的秋霞嬸子，外頭的雨下得越發大了，雨水順著她的斗笠往下滴。

李氏招呼道：「妳咋過來了？」

秋霞嬸子看了眼散了頭髮的冬寶，小女孩本來就白淨瘦弱，濕漉漉的黑髮貼在頭上，顯得一雙黑葡萄似的眼睛更大了。秋霞嬸子勉強朝李氏笑了笑，說道：「紅珍，妳等會兒來我家一趟，有件事……」

出來上茅房的黃氏瞅見了秋霞嬸子站在東屋門口，順口問了一句。「啥事啊？」

「沒啥事。」秋霞嬸子笑道：「去年我買了幾張花樣子，剛剛打開來看，發現紙竟被老鼠啃掉了一大塊。嫂子手巧，便想找嫂子過去，看看能不能幫我描補描補。」

「人家賣花樣子的就靠這個吃飯，那哪是容易描補好的？去吧去吧，趕緊回來就是，馬上要做飯了。」黃氏說道。

李氏連忙應了一聲，讓秋霞先回去，她收拾好了就過去。

「妳在家等著娘啊！」李氏說道。外頭雨大，她怕冬寶淋了雨會生病。

冬寶聞言，立刻把頭髮紮了起來。「娘，我跟妳一起去。」

描花樣子什麼時候都能描，秋霞嬸子又不是自私的人，這會子還下著雨呢，要是沒要緊事，秋霞嬸子肯定不會這個時候硬讓李氏冒雨過去的。

兩人到的時候，林家一家老小都在堂屋裡坐著。見李氏帶著冬寶過來了，林實便站起來，搬了兩個板凳過來，招呼道：「大娘、冬寶，妳們坐。」

見林家人一個個神色凝重，李氏心頭有種不妙的預感，強撐著笑臉問秋霞嬸子。「秋霞，妳不是叫我過來描補花樣子的嗎？」

秋霞嬸子搖了搖頭，看了看站在李氏身邊的冬寶，嘆了口氣，說道：「全子下午去找冬寶玩，你們都不在家，他聽到堂屋裡大嬸子跟冬寶她三叔說，今年收成不好，等下個月收麥子的時候，就賣了冬寶，賣的錢留給她三叔唸書用。」

李氏腿一軟，就要往地上倒，林實眼疾手快，站過去扶住了李氏。

「全子，你……你真聽到了？」李氏手腳發軟，牙齒打顫，哆嗦著問道。

全子鄭重地點點頭，氣得臉蛋鼓鼓的。「聽到了！宋三叔說他在學堂吃不飽飯，宋奶奶就說等收麥的時候賣掉冬寶，還說冬寶是秀才閨女，身價能賣得高。」

李氏摟著冬寶，臉色煞白，半天才哭出聲來。「她咋就那麼心狠啊？這段日子，她沒為難過我們娘兒倆，我還以為她變好了……」

秋霞嬸子勸道：「現在得趕緊想個法子，咋把冬寶留下來？到月底可就得開始收糧食了。」

李氏止住了哭，摟著冬寶摟得緊緊的，彷彿下一刻鐘黃氏就會衝進來把她女兒搶走賣掉，然而李氏只是一個沒什麼見識，平日裡又被婆婆壓制得喘不過氣來的農婦，想來想去她也想不到什麼好招，絕望之下，眼淚又往下掉。

冬寶抬手擦掉了李氏的眼淚，輕聲說道：「娘別急，不還有一個月左右的時間嗎？總有法子的。」她真是無比懷念前世那個地溝油、毒奶粉橫著走的世界啊！至少在那個世界裡，兒媳被無理的婆婆打了是可以還手的，而奶奶要是敢賣掉孫女，是要蹲監獄吃牢飯的。

「我去找村長、去找冬寶她姑奶奶！」李氏發狠一般地說道。「總有人能說句公道話！」

林實給李氏端了一碗紅糖水，搖頭道：「大娘，這法子怕是沒什麼用。宋奶奶要賣冬寶是宋家的家務事，村長和宋家姑奶奶是外人，管不了，宋奶奶也不會聽的。」

李氏摟著冬寶嗚咽了起來，雙眼通紅。「她敢賣了冬寶，我就吊死在她家門口！我就──」

冬寶心裡一陣抽疼，反手摟住了李氏。「娘別胡說。」

李氏本來就是一個本性良善到懦弱的人，逆來順受慣了，壓根兒不知道怎麼去報復噁心一個人，她所能想到的最惡毒、最激烈的辦法，也不過是拿自己的命去抗爭，既悲哀又可憐。

林福和林老頭也動容了，紛紛勸道：「秀才娘子千萬要想開些，冬寶丫頭可就只剩妳一個娘了，妳要是有個什麼，冬寶怎麼辦？誰還能護著她啊？妳看她奶、她叔，一個個跟豺狼虎豹似的，還不撕吃了她？」

話雖然難聽，但形容得很貼切。要是李氏不在了，冬寶一個十歲的丫頭，絕對會立刻被賣掉的。不要跟黃氏談人權、談親情，她只知道她生養了宋楊，又養了冬寶和李氏這麼多年，冬寶身為宋楊的唯一後代，就算是賣身，也不夠償還她對冬寶一家的恩情的。

冬寶有些心酸，同時也覺得暖洋洋的，雖然她的奶奶和叔叔都要賣了她，可至少這裡還有這麼多關心她、疼愛她的人。

她可能很快就要被親奶奶賣掉了，不知道賣到哪裡去，從此為奴為婢，生死全在主人一念之間。她長得還算不錯，所以很有可能被風月場所買去，迎來送往的……

到底怎麼樣才能脫離宋家呢？

冬寶默默地想著，神情有些恍惚，她反而成了這群關心她的人當中最鎮定的一個。

秋霞嬸子拿了條帕子給李氏擦臉，她心裡也是急得不行。「唉，這事老林家也插不了手，到底冬寶是宋家的孫女……真是氣死人了！哎，要不……」

李氏聞言，抬起朦朧的淚眼，看著秋霞嬸子，帶著希冀地問道：「要不啥？」

秋霞嬸子拉著李氏，就往她和林福的房間裡走去，對李氏說道：「我剛想到了個主意，妳先聽聽，要是妳覺得不好，就當我沒說過。」

「啥主意？妳快說啊！」李氏急了，只要能救她女兒，要她的命她也願意雙手奉上。

秋霞嬸子不好意思地笑了笑，拉著李氏的手坐到了床沿上。

「秀才在的時候，不是給冬寶定過一門親事嗎？如今出了這事，咱們去找單強，行不行？」秋霞嬸子試探地問道。

李氏聞言，難過地搖了搖頭，抹了把眼淚說道：「事到如今，我也不瞞著妳了。不怕妳笑話，我……我帶著冬寶去找過單強了。他如今發達了，壓根兒就不見我們，只讓他們家裡伺候的下人跟我們說，他現在正在給單良尋摸媳婦，要找個門當戶對的。妳說，他當初窮得連單良都養不活，求著跟我們訂親的時候，咋不去找門當戶對的？」說到氣憤處，李氏話都顫抖了。

秋霞嬸子沒料到單強事情做這麼絕，憤憤地罵道：「真不是個東西，忘恩負義也不怕遭報應！當初秀才對他多好，把單良當親兒子養……真是喪良心！」

「從那天我們回來後，我這心裡就七上八下的。我知道她奶是啥樣的人，我怕她奶看單家沒了心思，就又想把冬寶賣了，愁得我這些天都沒睡好過。我就想著，到底是骨肉血親，她奶應該不至於這麼心狠，誰知道……」李氏抹著眼淚道。

秋霞嬸子也跟著嘆氣。「妳咋這麼見外啊？出了啥事不能跟我說？妳自己發愁頂什麼用？還不勝過來跟我說說，我們這麼一大家子人，也能幫妳想想辦法啊！」

李氏有些赧然。「秋霞，不是我見外，你們家也不是財主，平日裡你們一家對我們母女照顧得夠多了，像大實，天天帶著冬寶打豬草，我都看在眼裡。我心裡愁的事不過是我瞎想的，沒個影兒，咋能就麻煩你們呢？」

秋霞嬸子笑了笑，拍了拍李氏說道：「妳如今跟我交了單家這事的底，我心裡就有譜了。冬寶是宋家的丫頭，我們老林家想幫忙也沒地方使勁。我沒個閨女，就稀罕你們家冬寶。」說著，秋霞嬸子還有些不好意思。這會兒正是李氏母女走投無路的時候，提出這事來，好像是逼著人家，趁火打劫似的。「要不……趁著還沒麥收，把冬寶的親事給定下來？」秋霞嬸子最後說道。

李氏有些驚訝地看著秋霞，表情又驚又喜，不敢置信地問道：「妳是說……」

秋霞點點頭。「我家全子也就只比冬寶小了幾個月，兩個孩子的親事定下來後，冬寶就是老林家未過門的媳婦了，她奶咋也不能賣了冬寶，宋家有啥事，我們老林家也能說得上嘴。況且咱兩家就隔道院牆，妳天天都能見著閨女，比嫁給不知道底細的外村人強多了。」

「這……」李氏激動欣喜，又有些遲疑。為了救冬寶，就要搭上全子的終身大事，好像太對不住林家了。冬寶除了有個秀才閨女的名頭外，其他什麼都沒有，以林家的條件，完全可以找一個娘家家境殷實的媳婦。李氏生性厚道，不願意占秋霞的便宜，可她也想不到別的好法子了，剛要開口，就看到林福站在門口說道——

「這不好。」

李氏不禁難過地低下了頭，強擠出一個笑容，說道：「林大兄弟說的對，這……不好。」看來這是秋霞自己的想法，林家的當家人根本看不上宋家。

秋霞嬸子氣得騰地一聲從床上站了起來，臉脹得通紅。她沒想到一向通情達理的丈夫居然會不同意，即便不同意，也可以換個說法呀！人家當命根子看的閨女就要保不住了，你一進來就直接生硬地拒絕了，多傷人啊！

林福也是情急之下便脫口而出，這會兒見到秋霞臉色也難看，便知道她肯定是誤會自己的意思了，連忙解釋道：「嫂子，全子和冬寶還小，才十歲，這會兒訂親太早了，人家問起來，咱們不好說。」

而且，黃氏不一定會答應這門親事。賣個孫女能多賺錢，要是嫁出去，收聘禮的話，莊戶人家能出幾個錢的聘禮？何況她還得養冬寶到冬寶出嫁，陪嫁也得多少出一些呢！哪樣賺得多，她心裡門兒清，乾脆一次把孫女賣了省事，得的錢還比較多呢！

李氏只當這話是林福安慰她的話，她知道全子是人家的寶貝兒子，事關人家兒子的終身大事，人家不願意也是在情理之中。

「大兄弟說的是，是我們婦道人家欠考慮了。」李氏點頭說道。

秋霞嬸子氣得暗中使勁地擰著林福的胳膊。「有啥不好說的？嘴長在別人身上，他們愛咋說就咋說，管他們那麼多幹啥？只要能保住冬寶就行。」

林福被擰得倒抽涼氣，對秋霞眨眼睛苦笑。要是真讓冬寶和全子訂親了，某人心裡不定咋怨恨他們這對糊塗爹娘呢！

第二十二章 解脫的法子

林實帶著冬寶和全子坐在堂屋陪著林老頭，林老頭看著白淨可愛的冬寶，忍不住搖頭嘆氣，說道：「老宋窩囊了一輩子，也不管管他那個敗家娘兒們！哎，災星進門啊！當年宋大叔和宋大嬸是走了眼，聘回來老黃家的閨女後，可後悔死了。」

全子最愛聽爺爺講過去的故事，因此纏著林老頭問道：「爺，宋大叔和宋大嬸是誰啊？是冬寶的太爺爺和太奶奶嗎？」

林老頭摸了摸全子的頭，點頭道：「就是冬寶的太爺爺和太奶奶。」

「那他們咋走了眼啊？」全子問道。

林老頭嘆了口氣，回憶起了往事。「你宋爺爺啊，從小就是個悶嘴葫蘆，別人咋說他都不吭聲，幹活挺勤快的，被人欺負了也不吭聲，就那麼忍著。冬寶的太爺爺和太奶奶就這麼一個兒子，所以就想給他尋摸個厲害點的媳婦。結果聘回來的媳婦厲害過頭了，冬寶她奶奶那張嘴啊，十個人都罵不過她一個。冬寶她姑奶奶也是個嘴皮子利索的，哎喲，那個時候，全村天天都聽姑嫂兩個對著罵，把人的耳朵都能震聾了。」

「後來呢？」全子忍不住問道。

林老頭繼續說道：「後來冬寶她太爺爺、太奶奶受不了了，在咱們家隔壁蓋了新房子分開住，咱們兩家才處了鄰居。」

全子喃喃道：「真是太壞了！」

冬寶撇了撇嘴。黃氏自己不孝順，卻總拿「孝道」來壓服自己的兒媳和孫女，宋家的子孫，除了她那個極品鳳凰男的老爹，個個都深得黃氏自私的真傳。

「將來我娶媳婦，一定要娶個對我爹我娘好的，還要對我爺好，對我哥也好。」全子憤憤地，一臉的認真。

正在憂愁自己命運的冬寶一個沒忍住，噗哧地笑出聲來。才九歲多的小嫩娃兒，知道啥叫娶媳婦嗎？

林實坐到了冬寶面前，摸了摸冬寶的頭，笑著說道：「冬寶別怕，我們都想想辦法，不會讓宋奶奶把妳賣出去的。實在不行——」林實剛準備說下去，就看到秋霞嬸子、李氏還有林福進來了。

看三個大人的表情都不輕鬆，顯然是沒商量出來什麼好法子。

趁林福在，冬寶從凳子上站了起來，口齒清楚地問道：「林叔，我想問問你們的意見，要是我和我娘願意背著債，啥也不問我奶要，就這麼從宋家分出來，我奶能願意嗎？」

林福沈吟了下，搖頭道：「這……怕是不一定。」

秋霞嬸子是個直性子的，直接就說道：「妳奶肯定不願意！你們家除了妳娘，還有誰能幹活？妳娘走了，她還能指望誰？指望妳二嬸嗎？油瓶子倒了都不扶，嫌瓶子髒了她的手呢！」

「又要賣冬寶換錢，又要把著秀才娘子給她幹活，心真是狠啊！」林老頭嘆道。

幾個人又商量了一會兒，也沒有個萬全的好主意。即便還清了外債，黃氏還要想辦法湊銀子給宋柏讀書，到時候只怕還是要打冬寶的主意。

臨走時，秋霞嬸子叮囑李氏。「紅珍，回去後注意點，莫叫冬寶她奶看出來啥了。」「萬一冬寶她奶知道了，要提前把冬寶賣了，他們可真是束手無策了。

李氏連忙點頭，用涼井水浸了帕子擦了擦眼睛，才拉著冬寶走。

出門時，全子拉著李氏的衣袖說道：「大娘，妳們以後別理宋招娣了。她忒壞了，冬寶姊的事就是她跟宋三叔說的！」

李氏愣住了，好半天才嘆了口氣。

秋霞嬸子冷哼了一聲。「上梁不正下梁歪！」宋家二房兩個大人都不是什麼好貨，養出來的閨女能良善到哪裡去？小小年紀就這麼狠、這麼奸，長大還了得？

「冬寶姊，我幫妳出氣！」全子小大人似的拍著胸脯跟冬寶保證。

這會兒，天又下起了雨。大實從家裡找了一個斗笠給李氏，自己披了塊油布，撐在自己和冬寶頭頂上，送李氏和冬寶回了宋家。

冬寶心裡頭亂糟糟的，她有些茫然，什麼路都走不通。封建社會的「孝道」像一座大山一樣壓在她和李氏頭上，黃氏要賣掉她，李氏就算能抗爭一次兩次，還能抗爭多少次？

只要不脫離宋家，她和李氏永遠是免費的苦力。區別只是，李氏有勞動能力，留在宋家供養宋家人；她沒有勞動能力，賣身出去供養宋家人。

做飯的時候，李氏的精神有些恍惚，手腳不如往常麻利，黃氏又是尖酸刻薄地一通罵。晚飯做得自然沒有午飯豐盛，給宋柏單獨的小灶裡也沒了肉，宋柏皺眉嫌惡地看著面前的豬油炒菇子，筷子在菜碗裡撥拉來、撥拉去，不願意吃。

看兒子吃不下飯，黃氏心裡有點酸，覺得實在委屈了兒子。她給宋柏挾了一筷子菇子，慈愛地說道：「多少吃點，省得半夜睡醒了餓。」

宋二嬸撇著嘴，小聲嘟囔道：「俺們都是下賤人，俺們吃不到嘴裡的都是別人不願意吃的。」

黃氏耳朵尖，立刻瞪著宋二嬸罵道：「妳叨咕啥？說大聲點給我聽聽！」

宋二嬸心裡氣得不行，卻不敢在黃氏跟前說出來，立刻低頭喝稀粥，不敢再吭聲。要不是宋柏也在場，黃氏是絕不會這麼簡單地放過宋二嬸的。

李氏嘆了口氣，摸了摸身旁冬寶瘦弱的脊背。她奶真是偏心到家了，擱別人家，好吃的都是緊著孩子吃；擱老宋家，好東西都是留給宋柏，要是宋柏不吃了，才留給大毛、二毛，至於冬寶和招娣，啥好的都沒兩個丫頭的分。

宋柏就著豬油炒出來的菇子，吃了兩個高粱餅子，喝了一碗稀粥，桌上供其他人吃的醃菜，他連看都沒看一眼，坐在他旁邊、盯著他面前的菜流口水的大毛和二毛，他更是沒看到。

在冬寶看來，宋柏並未對晚飯發作不滿，是因為他明天一早就要走了，晚飯湊合一頓也就算了。至於宋家二房的不滿，他是裝不知道，因為他是讀書人，自然是宋家最高貴的人，理應享受最好的待遇，這已經是公理般的存在了，一群泥腿子有什麼資格不滿？

收拾完碗筷後，冬寶看李氏身上的衣服還濕答答的，便催著李氏趕緊脫了衣裳到床上躺著，她去燒一家人晚上要用的熱水。

冬寶剛把兩桶水提進灶房倒進鍋裡，就聽到堂屋門口宋柏不耐煩的聲音響起——

「水燒好了沒有？」

「三叔，水一會兒就燒好了。」冬寶好聲好氣地應道。不是她想巴結宋柏，而是宋柏旁邊肯定站著黃氏，她要是語氣不夠恭敬，黃氏能立刻罵得她狗血淋頭。

話音剛落，宋柏就撩開簾子出來了，背手在灶房門口站著，不滿地嘟囔道：「用做飯鍋燒水，還不味兒死了！」

冬寶只覺得眼前三道雷劈了下來，她實在對宋柏無語了。這位嬌貴的三叔就不該托生到農家來，哪個莊戶人家不是用做飯的大鍋燒水的啊？他還嫌水味兒……

「多燒些水，我晚上要沐浴。」宋三叔吩咐道。

在農家待久了，冬寶一時沒反應過來。「啥木魚？」

宋三叔一副鄙視又無可奈何的表情，瞪了冬寶一眼，說道：「就是洗澡！連這都不懂？哼！」

好吧，您是高級人士。冬寶低著頭出了灶房的門，又提了兩桶水過來，憋不住因為嘲諷而上揚的嘴角。

水燒好後，冬寶先提了兩桶去堂屋，接著趕在宋招娣過來提水前，提了一桶熱水去了她和李氏住的東屋。要是讓宋招娣先去提水，頂多只會給她們倆剩下鍋底的一瓢水而已。

入了夜，冬寶聽到李氏翻來覆去的嘆氣，便小聲說道：「娘，別愁了，要不妳帶著我跑吧，再不回來了。」

李氏勉強笑了笑。「傻孩子，咱到外頭，連個認識的人都沒有，外鄉人難立足……」古人安土重遷，若不是活不下去了，是絕不會背井離鄉的。她們孤兒寡母脫離了家庭，很難活得下去。

「娘，咱們要趁早打算了。」冬寶低聲說道。「實在不行，就只能跑了。咱們倆有手有腳，怎麼都能活得下去的。」

睡著前，冬寶還聽到李氏輾轉嘆息的聲音……

秋霞很生林福的氣，一晚上都沒搭理他。

林福實在無奈，小聲地對秋霞說道：「我都跟妳賠了幾個不是了，再大的氣也消了吧？」

秋霞嬸子氣得抹眼淚。「我咋消氣？你都對紅珍那麼說了，一點面子都不留，我沒臉見她啊！」

「我這也是為了孩子好啊！」林福無奈地說道，伸手要給秋霞抹眼淚。

秋霞一把拍掉了他的手，憤憤地罵道：「說得好聽！除了家裡窮，攤上了那樣的奶和叔，冬寶哪兒不好了？你不就是嫌棄人家窮嘛！」

「咱倆夫妻這麼多年，我是啥樣的人妳還不知道？咱家又不只一個兒子，妳非得把冬寶和全子湊一堆幹啥？」林福笑道。

秋霞想起俊秀溫厚的大兒子，頓時又驚又喜。「這孩子啥時候有這想法的？咋不跟我說說啊！」

林福笑道：「我也是猜的。村裡頭這麼多姑娘，平日裡也不見他跟誰說話，咋就天天幫著冬寶割豬草啊？不過也不一定，咱家大實良善，可能就是可憐冬寶。等過個兩年孩子們大了，確定了心意，咱們才好幫孩子定下來。」

「就是大實比冬寶大了四歲，怕紅珍不樂意。」秋霞說道。和丈夫的誤會解開後，心裡一下子就敞亮了起來。

「咱家大實多好的孩子，她能有啥不樂意的？」林福對於自己優秀的兒子相當有信心。

「咋，不生我氣了？」

秋霞嬸子喜孜孜地笑道：「生啥氣啊？我是那小心眼的人嗎？」不管冬寶嫁哪個，都是她兒媳婦啊！

第二天一早，冬寶醒來的時候，天已經矇矇亮了，但依舊是陰沈沈的，不見有轉晴的跡象。

通常李氏都是整個宋家起得最早的，可今天李氏卻到現在還沒醒。冬寶推了推李氏，喊道：「娘？」

李氏依舊緊閉著眼睛，皺著眉頭，似乎在睡夢中也是愁腸百結的樣子。

冬寶喊了好幾聲，李氏才微弱地應了一聲。

冬寶覺察到不對，伸手往李氏額頭上一摸，有些燙，心裡一慌，連忙起床穿衣裳，扶著李氏坐了起來，擔心不已。「娘，妳病了，我去給妳燒熱水喝。」冬寶說道。

李氏睜開了眼睛，強撐著坐起了身子，眼前一陣金星亂冒，拉住了冬寶，搖頭道：「不用……」

聲音一出，兩人都嚇了一跳，沙啞虛弱得可怕！

「不用……」李氏清了清嗓子。「天不早了，該做飯了。」

冬寶按住了李氏。「那哪行啊？妳都病了，咋也得好好歇一歇。」昨天李氏下地幹活都淋濕了衣裳，這些天又天天發愁，睡不好覺，不病才怪。

「妳奶會說的，今天早上妳三叔要走，娘得把飯做好。」李氏說道，臉上毫無血色，白得嚇人。

冬寶覺得黃氏實在可憎，倘若真是宋家日子過不下去了，不賣掉她，一家人就要餓死，黃氏要賣了自己，冬寶無話可說。可如今僅僅是為了供宋柏讀書，宋柏回趟家都要雇轎子，花錢大手大腳的，黃氏卻一句話都沒有！

泥人都有三分土性，何況冬寶身體裡裝著的是個現代靈魂。

「隨便她罵吧……」說著，冬寶心裡驀地湧出了一個大膽的想法，越想越激動，爬到床上按下了要起身的李氏，說道：「娘，妳千萬別起來，我去跟我奶說。」

天剛亮，宋家人還沒一個人起床。冬寶先去灶房引燃了火，燒了一瓢熱水，端給了李氏，叮囑李氏不管發生什麼事，只管躺在床上。

然後，冬寶從院子裡撿了幾塊石頭，丟進了灶膛裡。灶膛裡的火燒得正旺，石頭很快就變得滾燙起來。

冬寶從東屋裡翻出來幾塊破布，用柴火棍把石頭從灶灰裡扒拉出來，再用破布把石頭包起來，趁黃氏還沒出來，把石頭揣進了懷裡，跑回了東屋。雖然包上了幾層布，冬寶還是覺得懷裡的石頭燙得厲害。

黃氏這會兒已經起了身，喊道：「老大媳婦起來了沒有？早上熬菜湯喝，趕緊起來做飯去，別耽誤了老三趕路！」

黃氏口中的菜湯，是在小米湯裡放上青菜和粉條，因為湯裡頭要放油，在宋家也算是高檔飯菜了。

冬寶連忙應了一聲。「知道了，奶！」說完就跑進了東屋，把懷裡的石頭放到了李氏的被窩裡。

「娘，妳拿這個放額頭上、臉上，等會兒奶要是過來了，我就提前喊一聲，妳把石頭藏被窩裡。奶要是問起來，妳就說妳發熱了，起不來床。」冬寶小聲說道。

李氏遲疑了，掙扎著要起身。「寶兒，別鬧了，妳奶是長輩，這哪行啊？」她一輩子孝順良善慣了，從來沒對長輩撒過謊。

「娘！我奶要賣掉我，妳還給她掏命地幹活？」冬寶匆匆忙忙地丟下這麼一句，就跑去灶房了。

李氏躺在床上回味著冬寶的話，心裡苦澀得不行。她沒生兒子，黃氏怎麼對待她，她都覺得是應該的，因為她對不住宋楊。可冬寶沒做錯什麼，她是宋楊唯一的孩子啊！

她不敢奢求黃氏不再供養宋柏唸書，她只想宋柏要是能儉省一點，別回趟家都要雇轎子、雇挑夫，宋家興許就不用賣孫女了。以前都是宋楊掙錢供他唸書，宋柏他咋就不念著宋楊的一點好？宋家的人，一個個的咋都這麼狠心呢？

心酸委屈到了最後，就積攢成了憤怒，李氏下定了決心，抽泣著拿起了冬寶塞到被子裡的石頭，貼到了自己的額頭上。

黃氏進灶房後，看到只有冬寶一個人在燒火，揭開鍋蓋一看，鍋裡滾的是白水，不見李氏的影子，黃氏頓時大怒，衝冬寶喝道：「妳娘呢？死哪裡去了？」

「我娘病了，額頭好熱，我喊她，都沒反應……」冬寶從灶膛前抬起頭，怯生生地看著黃氏說道。

黃氏惱了，怒氣沖沖地往外跑，一邊跑一邊惡狠狠地罵道：「懶不死這熊婆娘！以為我制不住妳了是不是？昨兒下地割了幾刀油菜，就當自己是嬌客了……」

冬寶被她那猙獰的臉色嚇到了，慌忙高聲喊道：「奶，我娘病著哩！奶，妳給我娘請個大夫吧！」冬寶對自己的法子也沒有十足的信心，倘若被黃氏發現李氏在裝病，那後果可就嚴重了。

「請個屁！」黃氏回頭瞪著眼罵道：「把妳娘論斤賣了，都不值請大夫的錢！」說罷，黃氏就踢開了東屋的門，徑直走了進去。

李氏緊閉著眼睛躺著，身體打著哆嗦，臉紅紅的，黃氏虎著臉看了一眼，心下一驚。看樣子病得不輕啊！伸手往李氏的額頭上探了過去。

冬寶的心立刻提到了嗓子眼。

幾乎是放上去的瞬間，黃氏就立刻縮回了手。真是燙手！

「奶，我娘咋樣了啊？」冬寶拉著黃氏不放手，帶著哭腔問道：「我娘要不要緊啊？奶，求妳了，給我娘請個大夫看看吧！」

李氏病了，這讓黃氏極為不爽，又聽冬寶在耳朵邊哭嚷著，她就來氣，一把推開了冬寶，喝道：「妳瞎咋胡啥！」又放緩了語氣說道：「妳娘沒事，早上不讓妳娘做飯了，叫她躺著多睡會兒吧！妳過來燒鍋，等飯做好了，妳給妳娘端過來。」

這語氣，好似她是個慈善的婆婆，多麼體恤關愛兒媳婦般。

冬寶乖乖地喔了一聲。以黃氏的個性，若不是確定李氏真病得厲害，肯定會直接揪了李氏起床，再言詞激烈地罵上一頓的。

黃氏沒有懷疑李氏，還有一個原因——李氏從來都是老實人，窩囊軟弱，這樣的人哪裡敢裝病？

宋家老小早就聽到了黃氏在東屋鬧的那一場，極有默契地什麼都沒說，等吃過了早飯，宋柏就要走，黃氏吩咐宋二叔挑著宋柏的行李送他去書院。

兩人走的時候，宋二嬸在西廂房和宋招娣嘀咕道：「看看，昨天回來，今天就走，花了五十文錢回趟家。擱妳奶和妳三叔眼裡，妳爹就只配給妳三叔挑行李！老婆子不知道私底下給了他多少錢呢！」

第二十三章 出氣

吃完了飯，冬寶就揹了簍子出去，林實在門口等著她，冬寶問道：「全子呢？」

林實笑咪咪地拉著冬寶往前走。「誰知道？一大早就跑出去了，說要幹一場大事呢！」

宋老頭是個閒不住的人，吃過早飯後就在堂屋鋪了塊布，開始用棒槌敲打油菜。

「等明兒再弄吧！」黃氏坐在凳子上納鞋底子，沒好氣地說道。「明兒冬寶她娘就該好了。一個個金貴得不行，我老婆子一把年紀了，伺候完這個還得伺候那個。」

宋老頭手裡的棒槌停頓了一下，並未說什麼，又繼續敲打了起來。

宋招娣坐在院子裡做針線時，瞧見村裡頭一個叫樹根兒的小孩站在門口朝她招手。

「招娣姊，妳過來一下。」小男孩小聲喊道。

宋招娣走了過去。「啥事啊？」

樹根兒指著宋家後面，小聲地說道：「我剛在妳家後面的樹上看到一隻猴子，金毛的。」

「真的?!」宋招娣驚訝不已。「沒準兒是山上跑下來的。」

「妳快來看看，我過來的時候猴子還在那兒哩！」樹根兒拉著宋招娣就往外走。

宋招娣猶豫地回頭看了眼西廂房，要是她娘發現她跑出去玩了，不定咋罵她呢！

「妳再不去，猴子就跑了！」樹根兒催促道。

宋招娣內心掙扎了一下，終究是好奇心占了上風。

「我去看看，要是沒猴子我就擰你！」宋招娣朝樹根兒威脅道。

樹根兒嘻嘻笑道：「妳再不去就真沒了。」說罷，自己先往後跑了過去。

宋招娣連忙拔腿跟了過去，跑到宋家後面的院牆處時，卻找不到樹根兒了。別說猴子，連個鳥影子都不見。

「好你個兔崽子！」宋招娣氣得要捋袖子。「敢哄我，擰爛你的——」

話音未落，咬牙切齒的宋招娣就被一股大力從背後推倒在了地上。還未等她反應過來，背上就挨了一棍子！

宋招娣又驚又怕，尖著嗓子叫了起來。「誰打我?!」

洪栓子和全子兩人像小老大一樣站在那裡，小手一揮，身後的七、八個男孩子立即一擁而上，按著宋招娣就是一頓揍，用手、用腳、用牙齒，十分的勇猛。

昨天下了雨，宋招娣瞬間就滾了一身的泥水，臉上也糊了一臉的泥，睜不開眼，被揍得哭爹喊娘的，聲音十分淒厲。

宋二嬸正坐在床上打盹，被宋招娣的求救聲嚇得一個哆嗦醒了過來，氣得她高聲罵道：「死妮子作啥妖？趕快滾回來！」

宋招娣哭得更厲害了。「娘，我要被人打死了——」

宋二嬸聽著聲音不對，有些不安。宋家出了個秀才，在塔溝集一向是受人尊重的，除了她那婆婆的嘴臭不饒人，得罪了村裡的幾個老太太。她想去後頭看看，可自己挺著肚子，又怕真是黃氏的仇家報復他們，便去了堂屋，央求黃氏去後頭看看招娣到底咋樣了？

黃氏十分不耐煩，她早聽到了宋招娣在後頭鬼哭狼嚎，但壓根兒沒放在心上，此刻宋二嬸求上門了，只得放下了手裡的鞋底子，怒氣沖沖地出了門，罵道：「我老婆子一把年紀了，福沒享到，還要伺候你們這群鱉孫！」

黃氏出了院門，剛拐過彎到了後院牆，就看到一群小男孩圍著招娣揍。

「幹啥啊?!」黃氏一聲暴喝，捋著袖子走上前。

小孩子們立刻一哄而散，還有幾個調皮的，臨走前朝她吐舌頭做鬼臉。

黃氏氣得兩眼發直，罵道：「爛手爛腳的龜孫王八蛋！回頭就叫狼撕吃了你們！」

小孩子才不理會她，嗷嗷笑著跑光了。

宋招娣從泥地裡坐了起來，眼淚、鼻涕混著泥巴糊在臉上，哭得一抽一抽的。「奶，他們打我！」

黃氏嫌惡地看了宋招娣一眼，在她看來，這不過是小孩子間掐架而已，挨打的又不是她的寶貝孫子大毛、二毛，她懶得去管這麼多。

「他們為啥打妳啊？」黃氏沒好氣地問道。

宋招娣也很茫然，壓根兒不知道哪裡得罪了他們，想了半天，便說道：「奶，肯定是他們生冬寶的氣，才打我的。上回栓子他娘還到咱家鬧——」

「行了行了！」黃氏不耐煩地擺了擺手，罵道：「妳就不是個省心的東西！哪家閨女跟半大小子掐架的？還嫌不夠丟人啊！人家跟冬寶有仇，咋不打冬寶非得打妳啊？」

宋招娣莫名其妙地挨了一頓打，親奶奶還一個勁兒地罵她，當下又是委屈、又是難受，坐在泥地裡嗚嗚地哭。

黃氏瞪了她一眼，轉身就走。

宋招娣哭了幾聲，怕黃氏走後，那群野蠻小子又出現揍她，便趕緊從地上站了起來，低頭跟在黃氏後頭，回了宋家。

看到一身泥水的宋招娣，宋二嬸又驚又怒，扯著宋招娣的耳朵就開始罵。「死丫頭！咋弄成這樣了？我一會兒看不見妳，妳就跑出去瘋！」

整個宋家院子上空，頓時就迴響著宋二嬸尖利的罵聲和宋招娣嗷嗷的哭聲。

李氏躺在床上，聽見宋招娣哭得揪心，習慣性地就想起身出去勸勸。然而李氏剛從被窩裡支起了身子，就想到了昨天全子告訴她，就是宋招娣在宋柏跟前說冬寶是吃閒飯的，慫恿宋柏賣了冬寶。於是，她支起的身子又慢慢躺下了。不是她沒愛心，實在是招娣這孩子的所作所為太傷人心了。

冬寶壓根兒不知道宋招娣被人收拾了個雞飛狗跳，割完豬草後，冬寶沒急著回家，拉著林實說了好一會兒的話。

「……我就是這樣打算的。把我奶他們都騙過去，這事就能成七、八分——」冬寶話沒說完，林實就握了握她的手，示意她有人過來了。

冬寶一驚，轉身就看到滿堂嬸子往這邊走，像是剛從鎮上趕集回來，手上挎的籃子裡裝得滿滿的。

滿堂嬸子這會兒也看到了冬寶和大實，猶豫了一下後，便往冬寶這邊走，笑道：「冬寶，妳娘呢？」

冬寶低頭說道：「我娘病了，起不來床。」

滿堂嬸子啊了一聲，趕緊問道：「那咋不去請個大夫啊？」

冬寶搖了搖頭，垂著眼睛說道：「我奶說我娘沒事，說躺一會兒就好了。」

滿堂嬸子清楚，肯定是宋老太太捨不得花錢給兒媳婦看病。萬一秀才娘子有個什麼好歹，只可憐了冬寶這孩子。

滿堂嬸子憐憫地看著冬寶，想了想，從籃子裡掏出了一個紙包，塞到了冬寶手裡，帶著不容拒絕的口吻，說道：「冬寶，這包紅糖拿給妳娘吃，多喝點紅糖水，病好得快些。」

冬寶驚訝地瞪大了眼睛，因為滿堂嬸子到宋家鬧了一場，害得李氏挨了黃氏一個耳光，冬寶心裡對滿堂嬸子的印象很差，沒想到滿堂嬸子會如此大方。

「我不能要。」冬寶慌忙拒絕，把紅糖又塞給了滿堂嬸子。一包紅糖得有一斤，在鄉下也是值錢東西。

「拿著吧！」滿堂嬸子又把紅糖放到了冬寶的豬草筐子裡，按住了冬寶的手，不讓她往回推。「上回那事……」滿堂嬸子的臉紅了起來。「是栓子他娘到嬸子家裡說妳和妳娘賣東西掙了大錢，在外頭偷買零嘴吃。有了錢不還，擱誰心裡頭都不痛快，所以嬸子一氣，就去妳家找妳奶，問這是咋回事？誰知道，妳奶咋就打人了……」

滿堂嬸子是有些感激冬寶的，那兩吊錢要是讓冬寶她奶收著，肯定不會立刻還給他們的。冬寶提議讓村長把錢直接給他們時，黃氏是什麼臉色她可看得一清二楚。

「嬸子當時是昏了頭，現在想想，妳娘可不是那樣的人。我聽說，妳奶跟村裡人說是我上妳家罵，她才那麼生氣的，嬸子對天發誓，根本沒這事兒！」滿堂嬸子說起這事來就生氣。「我就是問問『聽說妳孫女、媳婦掙到錢了，啥時候能還俺們家的錢？』，一句重話都沒有，妳奶咋亂給人扣帽子啊？」

冬寶無語了，她一點都不奇怪黃氏能幹出來這種事。擱黃氏眼裡，她從來都是對的，有錯的全是別人。「我奶她脾氣不好，嬸子別生氣。」

滿堂嬸子誇道：「冬寶真是聰明懂事，到底是秀才閨女。紅糖就留給妳娘喝，別跟嬸子客氣。」

冬寶搖頭，堅決不要滿堂嬸子的紅糖。「這紅糖我不要，留給翠葉妹子喝吧！」翠葉是滿堂嬸子的小女兒。

兩個人推來推去，林實在一邊看著笑道：「嬸子，冬寶最聽她娘的話了，今天大娘不在這兒，她肯定不能收的。」

「是啊，我收了，我娘會罵我的。」冬寶連忙說道。還好林實提醒了她，要不然還真是難以推卻滿堂嬸子的熱情。

滿堂嬸子只得把紅糖放回了籃子裡，叮囑冬寶，要是有事就來找她和滿堂叔幫忙，這才回去了。秀才閨女就是不一樣，要是那些眼皮子淺的，哪會把別人送上門的東西推回去？

冬寶和林實揹著豬草回家，冬寶跟林實又叮囑了一遍，她想要林家人的幫忙。其實冬寶是個戒心很重的人，但她在第一時間就找了林實。這個溫厚俊秀的農家少年，讓她感到安心和信任。

冬寶進家後，放下了背簍就直奔東屋。李氏連忙要起身，冬寶又把她按了下去。

「歇了這麼長時間，好多了，能起床了。」李氏小聲說道。

冬寶笑咪咪地搖頭，低聲說道：「妳還不能好，得繼續病著。」

李氏嚇了一跳。「啥？」

「不僅病著，還得病得再厲害點。」冬寶說道。「等會兒妳就開始咳嗽，咳得說不出來話最好。」

李氏有些慌了。「寶兒，妳想幹啥啊？娘的病好得差不多了，再裝病，妳奶肯定得……」她良善柔順了一輩子，哪裡幹過這種事啊！

「娘，妳照我說的做，咱就能分家出去過。」冬寶在李氏耳邊小聲說道。

李氏再孝順，面對著婆婆要賣掉自己親骨肉的威脅，也盼著能分家出去單過，就算日子艱難些，也總比骨肉分離、生死不知的好。

橫豎都是一死，不如奮力一搏，興許還有逃出生天的機會！

冬寶去灶房扒出了她早上埋進灶灰裡的石頭，灶灰的保溫效果很好，石頭熱得燙手。冬寶把石頭包進破布裡，準備「偷渡」回東屋，然而剛把布包塞到懷裡，黃氏就進來了！

黃氏瞪著眼罵道：「妳擱這兒幹啥？」

冬寶嚇了一跳，立刻鎮定了下來，往灶膛裡添柴禾，作勢要點火，小聲說道：「奶，我娘還發著熱，我想給她燒點熱水喝。」

「燒啥水？淨浪費柴禾！等會兒做飯就有熱水了。先去餵豬，豬餓得嗷嗷叫，妳都聽不見啊？眼裡沒點活兒，白養妳個丫頭片子了！」黃氏罵道。

冬寶怯生生地低下了頭，抽泣了一聲。「知道了，奶，我這就去拌豬食。」

黃氏很滿意冬寶這種低眉順眼的態度，這表明她拿捏住了不聽話的冬寶，宋家的所有人都在她的掌握之中。

等黃氏出去了，冬寶才從灶房出來，跑進了東屋，把石頭急急塞給了李氏。

吃過了午飯，冬寶端著飯回了東屋後，又哭著跑回了堂屋，拉著黃氏哭道：「奶，我娘頭很燙，妳給我娘請個大夫吧！」

黃氏惱火了。「蹬鼻子上臉！讓妳娘歇著還不行？妳娘命硬得很，死不了。」

宋老頭看冬寶哭得可憐，便和黃氏商量道：「要不……去鎮上請個大夫瞧瞧吧？」

黃氏瞪了宋老頭一眼。「你有錢你去請！你當你是有錢的地主老爺啊？」

宋家的錢向來都是在黃氏手裡的，宋老頭當然沒錢，因此被黃氏噎得低下頭，繼續抽旱煙。

「啥有錢沒錢的？」宋二叔掀開簾子進了堂屋，哎喲一聲，癱倒在凳子上。「鎮上來回兩趟，腳不沾地的，可累死我了。」宋二叔嚷嚷道。

黃氏趕緊給宋二叔端上了中午給他留的飯菜。

宋二叔拿著筷子就狼吞虎嚥地吃了起來，吃到一半，想起自己進門前聽到的話，便又問道：「你們剛說啥有錢沒錢的？」只要牽扯到錢，宋二叔就變得異常敏感。

「沒啥。」黃氏擺手，瞪了冬寶一眼。「你大嫂有點不爽利，屁大點的事，這丫頭一天到晚地聒噪。」

秋霞聽說李氏病了，挎著籃子過來一趟，在黃氏的注視下，拿出了一包果子放在李氏的床頭。

果子十文錢一包，是鄉下人常用來送人的禮品。

「嬸子，我聽人說冬寶她娘病了，過來看看。」秋霞對黃氏笑道。「您去忙吧！」

黃氏的目光在果子上打了個轉，嘴裡說道：「過來就過來，還帶啥東西啊？」她想把那包果子拿走，可這會兒上秋霞還在她就把果子拿走，實在不好看，只得先出去了。

等黃氏出了門，冬寶立刻跑到門口坐著，看著黃氏進了堂屋，才回頭衝秋霞嬸子點了點頭。

秋霞嬸子從籃子裡掏出了幾個布包起來的石頭，還有一個水囊，灌滿了熱水，摸上去頗燙手。

「這是全子他爺爺年輕的時候給人趕大車用的。」秋霞嬸子小聲說道，麻利地把石頭連同水囊一起塞進了李氏的被窩裡。

李氏熱得臉上紅彤彤的，汗水沿著她的額頭往下落，擔心地問道：「冬寶這法子行不行啊？」

秋霞嬸子說道：「我看行，就是別讓那老婆子看出來啥。妳只管躺著裝病，林福他們把事兒都安排好了。」

等秋霞嬸子走了後，黃氏立即進了門，徑直走到李氏的床頭。冬寶還以為她是要去看李氏怎麼樣了，誰知道黃氏只是看了眼李氏，伸手就拿走了床頭的那包果子。

「奶先替妳們收著，妳們這屋裡老鼠多，好東西被老鼠糟踐了可惜。」見冬寶直愣愣地看著她，饒是黃氏臉皮厚，這會兒臉也有些發燙了，便又說道：「等妳娘病好了，奶就給妳們拿過來。」

這還真是……她想起了自己穿回家的那件藍布衣裳，如今改小了穿在大毛身上，大毛還跑到她跟前炫耀過好幾次。

強拿了東西還肯哄兩句，是不是說明她這個奶奶還是有點廉恥心的？冬寶默默想著，自己都被自己逗樂了。

第二天一早，天還黑著的時候，冬寶就起床了，藉著燒水的名頭暗地裡烤石頭。

黃氏睡得迷迷糊糊的，聽到了灶房裡的響動，嚇得她一個激靈醒了過來，還以為是家裡進賊了。儘管黃氏罵兒媳、孫女的時候慓悍得很，可面對偷摸進來的小賊，黃氏卻嚇得要死。躺在她旁邊的宋老頭呼嚕打得震天響，任她怎麼推都沒用。

「誰啊？」黃氏沒辦法，只得鼓足了勇氣對外喊了一聲，聲音都顫抖了。

冬寶連忙應了一聲。「奶，是我！我給我娘燒點水。」

黃氏那叫一個氣啊！這死丫頭片子差點把她一把老骨頭嚇死，於是她張嘴就罵道：「燒啥水？作不死妳！柴禾是天上白掉下來的嗎？井水不能喝啊？」

冬寶從灶房裡跑了出來，站到黃氏窗沿下說道：「奶，秋霞嬸子說了，我娘得喝熱水，得用熱水擦身子……」

「她說啥妳就信啥，我說啥妳咋不聽？」黃氏一聽就惱，罵開了。

冬寶立刻大聲哭喊道：「奶，妳別攆我走！奶，我啥都聽妳的！奶，我以後少吃點啊！」十歲小丫頭的聲音響亮清脆，能當全村人的起床鬧鐘。

黃氏氣得幾乎要栽到床上了，忙喝道：「再叫就滾出去！妳不是要燒水，咋還不去？」這丫頭不能留了，絕對不能留了！

第二十四章 看病

中午的時候，林福和秋霞領了一個男子進了宋家，男子並不是塔溝集人，四十歲上下，穿著灰布直裰，揹著一個小木箱。

「嬸子，這是我們去鎮上請來的大夫。」秋霞嬸子對黃氏說道。「讓他給冬寶她娘瞧瞧病吧，這都病了兩天了。」

黃氏不樂意了，請大夫得花錢，林家媳婦不聲不響地把大夫帶來了，這不是逼著她給李氏瞧病嗎？

「不用。」黃氏抄著手站在那兒不動，又嘟囔道：「咱窮人就是窮命，歇兩天就好了，哪用得著看大夫！」

秋霞嬸子的臉色便不好看了，剛要開口，就被一旁的林福拉了一把。

林福對黃氏笑道：「嬸子跟我們外道（注）啥？大夫的診費我們出。」

冬寶連忙說道：「奶，求妳了！林叔都把錢出了，妳就讓大夫給我娘瞧瞧吧！」

「哎喲，這多不好意思……」黃氏搓了搓手，嘿嘿笑了兩聲，挪了一步，讓出了門口的位置。「那就去看看吧！」

林福和秋霞嬸子便恭敬地請大夫進屋診治。

注：外道，即見外之意。

大夫給李氏把了半天的脈，半晌不作聲。

黃氏在一旁站著，看著大夫臉上凝重的表情，心裡如同吊了十五個水桶般，七上八下的。

大夫把完了脈，就起身出了東屋，一行人連忙跟了出去。

冬寶搶先問道：「大夫，我娘她咋樣啊？」

大夫捋了捋鬍子，嘆了口氣，欲言又止。

黃氏的心幾乎提到了嗓子眼，這老大媳婦要是有個三長兩短，宋家的損失可就大了！「大夫，我那兒媳婦，她到底咋樣了啊？」

「哎，積勞成疾啊！」大夫搖頭嘆道：「我先開一個方子，吃三天試試，一服藥也就三百來個錢，要是有好轉，以後也要注意養著些，重活是再不能幹了。」

黃氏聽得兩眼發直。「啥叫重活啊？下地算不算重活？」

大夫嗤笑了一聲，搖了搖頭。「莫說下地了，要是不好，下床都是問題。」

被大夫的話震驚到的黃氏這會兒上著急了。「我那兒媳婦一向皮糙肉厚的，你再診診，別是弄錯了啊！」

大夫冷冷地哼了一聲，斜著眼看著黃氏。「妳若嫌我醫術不好，自去請高明的大夫看去！」說罷，怒氣沖沖地就要拂袖而去。

林福慌忙上前賠著笑臉說好話。「您別跟婦道人家一般見識。您大人大量，給她開個方子，救人一命啊！」

秋霞嬸子拉著黃氏走到了一邊，小聲說道：「嬸子，那大夫是鎮上最有名的，可難請了。」

黃氏心裡不高興，可她是個沒見過多少世面的最底層的農村婦人，對大夫有種天然的敬畏感，儘管大夫給她臉色，還站在她家的地盤上，她也不敢開口罵人。

林福說了半天好話，大夫才臭著臉，開了一張方子。

送走了大夫後，林福把方子給了黃氏，讓黃氏去鎮上抓藥給李氏。黃氏嘴皮子上答應得好好的，等林福和秋霞嬸子一走，就把方子隨手扔到了桌子上。

冬寶跟在黃氏身後，纏著她問道：「奶，咱啥時候去鎮上抓藥啊？」

黃氏撇著嘴說道：「過兩天就去。別擱這兒杵著了，回去看看妳娘好些了沒有？」

一服藥就要三、四百個錢，還不知道吃幾服藥能好，黃氏怎麼都不願意出這個錢。李氏皮糙肉厚的，躺兩天自己就能好了，吃啥藥？淨花冤枉錢！

到了夜裡，李氏咳得厲害，冬寶哭爹喊娘叫得更厲害了，吵得宋家上下沒一個能睡得著覺……

第二天中午的時候，冬寶催了黃氏幾次，要黃氏去鎮上給李氏抓藥，黃氏終於坐不住了。

憑良心說，李氏除了沒生出兒子來，沒有任何一點讓黃氏不滿意的，尤其是幹活上，人勤快老實，又任勞任怨，是宋家最能幹的人。李氏病了這兩天，黃氏表面上不說，心裡早就急了。

老二媳婦仗著自己肚子裡有崽，啥事都不幹，現如今啥都得她幹，黃氏想來便一肚子火氣。

她想讓李氏快點好起來幹活，又捨不得藥錢，那大夫的話她記得清清楚楚，人家說了，幾服藥吃下去都不一定能好，好不了就得躺床上養著……黃氏突然心驚肉跳了起來，萬一大兒媳婦就這麼病了，可咋辦？賣了冬寶都解決不了宋家的困境啊！

這個時候林實過來了，站在東屋門口，問冬寶。「冬寶，大娘咋樣了？」

冬寶搖了搖頭，帶著哭腔，大聲說道：「大實哥，我娘還沒吃藥，咋能好啊！」

林實回頭看向了黃氏，語氣還算客氣，說道：「宋奶奶，您咋不給大娘抓藥？這病耽誤不得，越拖越重啊！」

被鄰居少年這麼說，黃氏老臉上有些過不去，含糊地說道：「這兩天忙，沒顧上……」黃氏的眼珠子在林實身上打了個轉後，說道：「大實啊，這兩天我們家忙，你要是沒事的話，幫奶奶跑趟鎮上，抓幾服藥回來給你大娘吃可行？」

「行啊！」林實答應得很爽快。「我這就去。」

黃氏笑得合不攏嘴，她就知道，林實是個厚道的後生。

眼看林實拿了方子轉身就要走，冬寶連忙說道：「奶，妳還沒給大實哥藥錢呢！」

黃氏氣得眼皮子直抽抽，這沒點眼色的死妮子，跟她娘一樣，蠢得一塌糊塗。

正往外走的大實聞言停下了腳步，回頭看向了黃氏。

「大實啊，要是你手頭不緊的話，你先去抓藥。」黃氏朝林實擺了擺手，臉上的皺紋笑成了一朵盛開的菊花。「等你宋爺爺回來，我問他要鑰匙開箱子，給你拿錢。」

屁啦！冬寶撇嘴。宋老頭啥時候有資格掌管家裡的鑰匙了？全家的銀錢不都在黃氏手裡頭捏著的嗎？

林實笑了笑，悄悄衝冬寶眨眼睛，便又轉身對黃氏說道：「錢不急，我手頭夠。宋奶奶，我先去了。冬寶，妳好好照顧大娘啊！」

冬寶連忙欸了一聲，感激地說道：「麻煩大實哥了。」

這會兒，西廂房的簾子被人掀開了，宋招娣換了一身水紅色的花布衣裳，紅著臉扭扭捏捏地說道：「大實哥，我……我跟你一起去鎮上給大娘抓藥吧！」

林實立刻擺手笑道：「不用了，路上滑不好走，我一個人去就行了。」

宋招娣喔了一聲，尷尬地站在那裡，想走又捨不得走，但又不知道該說什麼。

宋二嬸站在簾子後，看自家閨女這麼不爭氣，氣得直跺腳。

林實走後，黃氏上前揪著宋招娣的耳朵，咬牙切齒地罵道：「妳想幹啥？我可告訴妳，我們老宋家可沒不要臉的騷蹄子！」罵完，黃氏便進了堂屋。

宋招娣捂著耳朵，流著眼淚，瞥見冬寶還在一旁站著，一時間羞憤難當，狠狠地瞪了她一眼，丟了一句「妳等著！」，便哭著跑進了西廂房。

這關她什麼事啊？宋招娣欺軟怕硬的本事又見長進了，叫人哭笑不得。冬寶吐了吐舌頭，朝宋招娣的背影做了個鬼臉。

過了半個時辰，冬寶跑去灶房扒拉出了埋在灶灰裡的石頭，打包好後偷偷運進了東屋。弄完了石頭，冬寶便抱著柴禾去了灶房，開始燒水。

連著幾天下雨，柴火有些潮，煙囪裡白煙滾滾地往外冒。

「妳燒火幹啥啊？又不做飯。」宋招娣堵在灶房門口，插著腰叫道。

冬寶看這丫頭一副「我來找碴」的表情，本來是不想搭理宋招娣的，然而想了想，還是回頭說道：「大姊，我給我娘燒水。」

「一天到晚地燒水，柴禾是天上颳大風颳下來的嗎？」宋招娣陰著臉，那表情活脫脫的就是黃氏和宋二嬸的集合體。「別燒了，少喝口水又不咋地，煙氣這麼大，我娘懷著毛毛，她受不了！」

冬寶抿著唇忍了半天，說道：「馬上就燒好了。」等大鍋裡的水沸騰了後，冬寶用瓢舀了一碗水，雙手端著，特意繞過了宋招娣往外走。

宋招娣看著冬寶，她這個堂妹瘦瘦小小的，身上的衣裳也是大姑的舊衣裳，然而臉長得白淨周正，尤其是一雙又黑又亮的眼睛，水靈靈的，十分好看。

想到林實對冬寶的態度，再想想林實對她的態度，宋招娣怒不可遏，怎麼也按捺不住了，兩步跑過去，用力地推了一把低頭慢慢走路的冬寶。

冬寶沒來得及躲開，被宋招娣從背後推了一把，摔了一跤不說，手裡的碗也飛出去老遠，開水都潑到了地上，粗陶碗也摔爛了。

林實正好帶人走到了門口，見狀，驚得他立刻飛奔過來，扶起了冬寶，饒是他一向好脾氣，此刻也忍不下去了，強壓著火氣說道：「妳咋這麼欺負冬寶呢?!」

宋招娣沒想到會讓林實瞧見，往後退了一步，不敢去看林實，小聲說道：「我……我不是故意的。」

林實沒搭理她，小心地扶起了冬寶，看冬寶膝蓋上和胳膊肘上都蹭了泥，心裡說不上來是心疼還是憤怒，問道：「摔到哪兒了沒有？」

冬寶搖了搖頭，拍了拍身上的泥，笑道：「沒事。大實哥，那是誰啊？」

林實忙去門口迎了人進來。

這會兒上，黃氏也聽到響動出來了。

林實指著來人說道：「宋奶奶，這是我從鎮上請來的大夫。我抓藥的時候大夫說，這病拖了一天，前次開的藥方子可能不管用了，得再診治，重新開藥。」

黃氏抄著手站在屋簷下，她不懂診病，聽林實這麼說，像是有幾分道理，再請大夫來看看是保險一些，可請大夫這錢……

「不看了。」黃氏說道。「昨個兒不是才瞧過大夫嗎？不費這事了。」

林實為難地看了眼大夫，走到黃氏身邊，對黃氏小聲說道：「宋奶奶，大夫都請過來了，就這樣讓人走了，不好吧？這可是鎮上有名的大夫，要是得罪了人家，只怕人家以後都不給咱塔溝集的人看病了。」

黃氏便有些慌了，她暴躁不講理，那是對那些不敢把她怎麼樣的人，如果是對外、對鎮上的大夫這些地位明顯比她高的人，黃氏就十分膽小卑怯，就連秋霞嬸子，她都不敢招惹。

「咋也不關我的事啊，又不是我請他來的。」黃氏心裡慌，嘴上依然硬。

林實嘆了口氣，說道：「宋奶奶，這大夫的診費我們家出，就讓他給大娘看看吧？」

黃氏等的就是他這句話！「那就看看吧！」

林實帶了大夫往東屋走，在門外時大夫就聽到了李氏的咳嗽，皺眉對林實說道：「咳得這麼厲害，咋不早些請大夫來看看啊？」

「大夫老爺，我家裡這幾天忙，我娘天天洗衣裳、做飯，生病前一天還在地裡割了一天的油菜。」冬寶搶先說道。

黃氏斥道：「有妳一個黃毛丫頭說話的分兒嗎?!哪個莊戶人家的媳婦不下地幹活啊？」罵完了冬寶，黃氏又笑著對大夫賠禮。「大夫，您別跟小丫頭片子一般見識。」

大夫皺了皺眉頭，跟著林實進了東屋，冬寶連忙也跟了進去。

黃氏還沒走到東屋門口，就看到原本在屋裡把脈的大夫像是被針扎一樣，從凳子上跳了起來，逃命一般地跑出了東屋，指著東屋驚惶地叫道——

「這、這是……癆病啊！」

林實和冬寶從東屋裡追了出來，拉著大夫問道：「大夫，這癆病是啥病啊？您給開個方子吧！」

大夫一個勁兒地擺手。「我治不了，你們還是另請高明吧！」

連著兩個大夫都這樣，李氏的病真凶險到了這地步？黃氏嚇得不行，趕緊求道：「大夫，求您給她治治吧！家裡老老小小，可都指望著她一個能幹活的啊！」

「我行醫這麼多年，就沒聽說過肺癆能治好的！要是大戶人家的小姐、太太得了肺癆，拿人參、鹿茸吊著，還能拖個一年半載的。」大夫說著，四下打量了宋家的院子和房舍後，搖頭道：「你們家這光景……算了吧，方子也不用開了，吃了也不頂用。」

黃氏的眼珠子都瞪直了。「咋就這樣了？前兩天還好著——」

大夫打斷了黃氏的話，看了冬寶一眼後，小聲說道：「這兩天她想吃啥就給她做點啥吧，別挨她太近，肺癆可是會過人的。那個小閨女兒，別讓她老窩在病人跟前，染上這病，後悔可就晚了。」

黃氏顫抖著聲音問道：「大夫，離得近了也會染上肺癆？」

大夫點頭。「家裡一個人得了，最後全家死光的多得是。」說罷，便揹著小藥箱，快步跑了，連診費都沒問大實要，像是有惡狗在後面追著他咬似的。

林實忙拉著冬寶，不讓她再進東屋。

冬寶嚇得哭都忘了哭，對黃氏說道：「奶，這大夫不行，咱再去請個大夫，請個好的！奶，求妳了，咱是一家人啊，咋能眼睜睜地看著我娘不行了呢？」

「哭啥哭！」黃氏驚怕之下，連訓人的氣勢都減弱了幾分。「人家大夫不都說了，妳娘這病沒人治得了！這是命！」說罷，黃氏又往後退了兩步，離東屋遠了點，心裡後悔極了這兩天往東屋來了幾趟，萬一染上了肺癆，可咋辦？她還不想死啊！

冬寶急了，一改這段日子來老實溫順的模樣，瞪著眼跟黃氏嚷道：「人家大夫也說了，用人參、鹿茸吊著，能多活一年半載的，這段時間夠咱們去找好大夫了！」

黃氏跺腳喝道：「人參、鹿茸是妳娘能吃得起的？」

「咱不是一家人嗎？妳捨得給三叔拿錢雇轎子，咋就捨不得拿錢給我娘治病？」冬寶憤怒地叫道。

到了性命攸關的時候，黃氏想的是李氏不能幹活了，沒有利用價值了，便一點都不肯在她身上投入了。自私冷血成這樣，也無怪乎能培養出來宋榆和宋柏這兩個極品兄弟。

冬寶前世看多了老人被不肖子孫當成皮球踢，不願意贍養的事，不知道等黃氏老了，這皮球宋榆和宋柏會是咋個踢法？

黃氏接連被冬寶頂嘴，揚手就想往冬寶頭上打，被林實半道上擋住了。

「宋奶奶，有話好好說，咋動不動就打人？」林實沈聲說道，護到了冬寶前面，一雙溫潤的眼睛裡全是怒火。「哪個做兒女的不心疼娘？冬寶也是急著救大娘啊！」

宋二嬸和宋二叔一直站在簾子邊偷偷地看著，大夫的話他們聽得一清二楚，兩人對視了一眼，同時看到了對方嚇得發白的臉和眼中流露出來的恐懼。

老大媳婦那病居然會過人?!

「這可咋辦啊？」宋二叔喃喃道：「我之前聽我大哥說過，有個地方鬧啥疫癘的，一個州府的人都死得沒剩幾個了。」

宋二嬸也怕得要命，好像馬上就到了性命攸關的時刻般，拉著宋榆顫聲說道：「不能叫她擱家裡了！我可還懷著你們老宋家的孫子，咱家還有大毛、二毛啊！」

「不叫她擱家裡，能叫她去哪兒啊？」宋二叔急了。「人還活著，總不能就這麼扔出去啊！」又壓低了聲音說道：「咋也得等死了才能扔，要不村裡人不定得咋戳咱的脊梁骨呢！」

「命重要還是名聲重要？等死了再扔就晚了！咱住對門，這麼近……」宋二嬸越說越怕。「不行，不能等！分家，現在就分！把冬寶和大嫂分出去，現在就讓她們搬！」

黃氏要教訓她認為不聽話的冬寶，卻被林實攔下了，黃氏氣得指著林實說道：「你閃開！」

林實依舊擋在冬寶跟前，好聲好氣地說道：「宋奶奶，冬寶也是為了大娘才著急了。您看看，現在到底是按原來的方子抓藥，還是再找個大夫看看？」

「不看了！」宋二叔衝出來嚷道。「兩個大夫都這麼說了，還有啥好看的？再請大夫也是花冤枉錢。娘，咱分家吧，把大嫂和冬寶分出去過！」

這話一出，不光是黃氏，連冬寶和林實都愣住了。

第二十五章　分家

黃氏驚訝得嘴張得老大，半晌才回過神來，看了眼冬寶，說道：「把她們倆分到哪裡去？」

宋二叔一聽，心裡就樂了。黃氏這麼問，說明她也想把得了癆病的李氏扔出去，只要黃氏同意，那這事就是板上釘釘的了。

躲在簾子後面的宋二嬸叫道：「我爺、我奶他們在村西頭不是留了個院子嗎？那處房子就給大嫂和冬寶吧，我們不和她們爭。」最後一句說得情義十足，不知道的還以為宋二嬸多麼大方似的。

冬寶急了。「咋這個時候分家？現在我娘病得那麼厲害，不能分！」

「大人說話有妳插嘴的分兒嗎？」宋二叔虎著臉罵道。「咋不能分？早該分了！妳太爺、太奶奶的那處大房子歸妳們了，便宜都叫妳們娘兒倆占了，還不知足？」

「那房子十幾年沒用，根本住不了人啊！」冬寶扯著嗓子叫道。「二叔你欺負人！我爹活著的時候，頓頓給大毛和二毛吃大米、白麵的時候，你咋不叫著分家？我娘身體好能幹活的時候，你咋不叫著分家？現在我娘病了，你就要把我和我娘扔出去了？你還有點良心不？」

「小兔崽子！」宋二叔被罵得惱羞成怒，伸手就想打人，被林實攔了下來。林實個頭高，身體壯實，握住宋二叔的胳膊不放，宋二叔掙了幾次沒能掙開，氣得指著林實叫道：「我告訴你別多管閒事啊，否則我對你不客氣了！」

「二叔，分家是大事，咋也要村長過來才能分吧？」林實抿了抿唇，慢慢地放下了宋二叔的胳膊。他原來只知道宋二叔懶惰，沒想到心思還這麼狠毒。

早就有一堆看熱鬧的村民圍在門口指指點點，都在指責宋老二和黃氏喪良心，平日裡使喚李氏跟使喚牲口似的，如今見人病得不行了，不給治病就罷了，還要把人扔出去。

看熱鬧的人叫來了村長。

林福和秋霞嬸子也得了消息從地裡趕了過來，撥開人群擠了進去，拉著林實問道：「大實，這咋回事？」

林實看了眼臉紅脖子粗的宋二叔，輕聲說道：「二叔要分家，讓冬寶和大娘分出去。」

「那不行！」秋霞嬸子皺眉，好聲好氣地跟宋楡商量。「招娣她爹，哪有你和你家老三不分家，只把她們孤兒寡母分出去單過的規矩呢？你叫她們咋活啊？」

宋二叔鼻孔朝天，耍起了無賴。「我們老宋家就這規矩。」

門口有人忍不住了，高聲問道：「宋老二，秀才娘子和冬寶分出去了，那你們家給秀才辦後事欠的債，咋還啊？」

沒等宋二叔開口，圍觀的人裡頭便有人笑道：「荷花媳婦妳怕啥？那肯定是宋老二和宋老三還啊！哪有叫孤兒寡母背債的道理？」

宋楡急紅了眼，叫道：「你瞎胡咧咧啥？那是給她男人辦事欠的債，當然是她們娘兒倆還，咋也輪不到我頭上！」

荷花是個潑辣的小媳婦，聽宋二叔這麼說，立刻就不願意了。「那不行！你們咋分家我們管不著，但分之前得把欠我們的債先還了，否則大家伙兒誰都不能答應！」

開什麼玩笑，聽說秀才娘子病得厲害，連請了兩個大夫都說沒救了，宋家人不厚道，把快死的秀才娘子扔出去不算，還想賴他們的帳？想得美！說得好聽是秀才娘子和冬寶還錢，到時候大人沒了，只剩下一個十歲小孩，拿什麼還啊？他們還能把人家秀才閨女賣了嗎？

村長沈默地站在一旁抽旱煙，村裡頭分家的人多了去，有心平氣和早就商量好了咋分的，也有吵吵鬧鬧甚至打起來的，他當村長這些年，見得多了。

怎麼分家是人家的家務事，他沒有干涉的權力，但今天宋家的情況不一樣，秀才娘子是個可憐人，說得好聽是分家，說得難聽些，就是人還沒死呢，就要把人扔出去等死了。再者，他也是宋家的債主，宋家欠了他二兩銀子，這債要是跟著李氏走，他絕對要不回來。二兩銀子不是小數目，他損失不起。

一時間，宋家的院子吵得人聲鼎沸，宋二叔和黃氏火力全開，和宋家的債主們吵得是臉紅脖子粗，各說各的理。

冬寶覺得火候差不多了，黃氏和宋二叔不占理，再吵下去，只怕分家分不成，李氏的病再裝也裝不了多久了。

「你們先別吵了，我娘還病著呢！」冬寶叫了一聲，然而眾人只顧著吵，沒人注意她。

林實連忙高聲喊了一聲。「大家先靜一靜，冬寶有話要說！」

冬寶感激地拉了拉林實的手，對黃氏和宋二叔問道：「是不是我和我娘背債走，咱們就分家，從此各過各的，再沒關係了？」

「那是！」宋二叔昂著下巴說道。「分了家就各過各家的，誰過得好、誰過得不好，全憑各人本事！」

冬寶點點頭，有他這句話她就放心了。「那好，我願意分家。不過家裡的地得分給我們，我要賣了地給我娘治病。」

最後一句話，是她靈機一動加上去的。從眾人的態度中就可以看出，一個十歲的丫頭是沒什麼影響力的，要不然債主們不會只跟黃氏和宋楡吵，沒人來問她的意思。

一無所有地被家裡人趕出去，連口吃的都沒有，十歲的小女孩應該是不願意的，但她要是從一個幼稚的觀點出發，那她的所作所為就變得合情合理了。

李氏的病大家心裡都清楚，所有人都能放棄她，只有冬寶是不會放棄她的。冬寶身上沒有錢，想給母親治病，十歲的小姑娘，也只能想到賣地賺錢了。

「放屁！」宋二叔插著腰大罵，手指頭差點指到冬寶臉上。「妳一個丫頭片子也配要地？宋家的地姓宋，是大毛、二毛的，一把土都沒妳的分！」

沒等宋二叔把話說完，宋二嬸尖利急切的聲音就從西廂房傳了過來，在安靜的宋家院子裡顯得格外高亢——

「地不給她們！」

宋二嬸是個聰明人，她雖然不識字、沒文化，可她緊緊把握住了這個社會的規則——她生了兒子，就可以凌駕於沒生兒子的大嫂頭上；她對黃氏不滿，可表面上對婆婆還是恭敬的；她瞧不起丈夫宋榆，私底下沒少罵他，可到了外面，她從來沒越過宋榆說一句話。

就像剛才鬧分家的時候，明顯她的嘴皮子比宋榆利索多了，但她也沒出來和眾人爭吵。

但，冬寶剛才提到了莊戶人家的根本——土地。宋二嬸急了，頭腦一熱就冒出了剛才那句話。

宋招娣也跑了出來，指著冬寶罵道：「妳要臉不要臉？一個丫頭片子也敢要地？」

「妳罵誰？再罵我們明天還揍妳，天天揍妳！」全子站在冬寶和林實旁邊，衝宋招娣齜牙咧嘴。

想起昨天早上那頓打，宋招娣就是一陣哆嗦，看全子的眼光又恨又怕。

「別搭理她。」林實扯了把全子，看都沒看宋招娣一眼。

這比當面罵她還讓她無地自容！宋招娣又羞又怒，扭頭哭著跑回了西廂房。

「地是肯定不給的。」面對著這麼多人的指指點點，黃氏的老臉有些發紅，然而在土地問題上絕不鬆口。宋家的地只能留給宋家的男丁，給了冬寶就等於是打了水漂。

冬寶叫了起來。「奶，妳啥都不給我們，叫我和我娘咋活啊？」

黃氏瞪了冬寶一眼。「沒地的人家多了去，人家咋就活得了，妳們就活不了了？」

這簡直就是耍無賴，沒地的農民是佃戶，佃別人的土地種，除了地租，拿到手的糧食只夠一家人餓不死，前提還是這家有足夠的青壯年男勞力種地。

這會兒上，宋老頭出來了，開口說道：「冬寶她奶，鍋和炊具分給老大媳婦一套，高粱麵分給她們一百斤，錢給她們兩吊，拿去……治病吧。」

黃氏沒想到這個節骨眼上宋老頭會發話，而且居然是幫著李氏和冬寶說話！她愣了半天才回過神來，隨後便破口大罵。「給她們個屁！都要死的人了，還敢問我要東西？吃老娘的、喝老娘的，生了一個白虎精來禍害我們，快死了還不忘作妖！」

聽著黃氏惡毒的咒罵，宋老頭的手都在顫抖，只覺得自己的顏面蕩然無存。

在眾人帶著同情眼神的注視下，宋老頭滿臉脹紅，突然跑進了灶房，舉著一摞碗跑了出來，狠狠地摔到了地上，摔了個粉碎。

「我說給就給！」宋老頭喘著粗氣說道。「妳要是不給，連我一塊兒攆走，這個家都是妳跟妳兒子的，沒人跟你們搶！」

黃氏半晌不作聲，驚得愣在了當場。宋老頭今天是真生氣了，那架勢絕對是「妳要是敢說一個不，我就上去揍妳這個混帳婆娘」一般。

看熱鬧的村裡人也都愣住了，所有人都驚訝地看著宋老頭，沒想到一向窩囊、被人瞧不起的宋老頭還有這麼血性的一面。

冬寶說不清心裡的感受，宋老頭能出面主持公道，多少分了她和李氏一些口糧，讓她和李氏不至於出了宋家就餓死，這份善心，冬寶心中默默記下了。

「分！」冬寶振奮了，按宋老頭的分法，她有糧食、有兩吊錢，這比她預期的結果好太多了。「我帶我娘走，不拖累你們！」

黃氏雖然對宋老頭的分法不滿意，也沒有吭聲了，只沈著臉站在那裡。她是個欺善怕惡的，看著鬥雞一樣凶的宋老頭，從心底湧上來的都是畏懼，一向悶不吭聲的人發火，著實嚇人。

黃氏都不吭聲，宋二叔就是不滿，也只能按捺下了。

宋家達成了一致，可債主們不幹了，有幾個能說會道的，吵得黃氏和宋老二毫無招架之力，他們要不回來債，就堅決不同意宋家分家，連村長也不願意。

這節骨眼上，站在冬寶旁邊的秋霞嬸子和林福發話了。「是不是分了家，以後秀才娘子和冬寶咋樣都不關你們的事了？你們咋樣也不關她們兩個的事？」

「那是當然！」宋二叔說道，怕眾人說他不厚道、喪良心，又趕緊加了一句。「分了家她們還是宋家人，要是真有個啥事，我這當親叔叔的，也不能啥都不管。」這就是場面話了，等分了家，誰還管她們是死的還是活的？

黃氏也點頭，就是覺得有些虧，要是李氏不生病，等收夏糧的時候賣了冬寶，地裡的出產能慢慢還家裡的債，賣冬寶的錢至少能供小兒子考中個秀才。

秋霞嬸子和林福對看了一眼後，林福上前一步，對村長說道：「我們家給秀才娘子和冬寶做擔保，她們分出去，將來要是還不了債，這債我們扛！」

三十來歲的漢子，面容嚴肅，說話擲地有聲，吵嚷中的人們都驚愕了。四兩多銀子的外債，光靠土坷垃裡刨食，勒緊了褲腰帶，得幹上好幾年才能還上，對誰都不是小數目，林家居然願意為秀才娘子和冬寶做擔保？

秋霞嬸子和李氏姊妹感情好，這是塔溝集人人都知道的，卻沒想到居然好到願意替人背債，一時間，眾人看向林福和秋霞的眼光很是複雜。

這法子從頭到尾都是冬寶一手策劃出來的，她以為最難的地方就是說服林福和秋霞嬸子，讓他們做擔保人，畢竟大家都不是富得流油的有錢人。只是她沒想到，林福和秋霞嬸子竟會一口答應。

看著擋在她前面的秋霞嬸子和林福，冬寶的眼有些發紅。滴水之恩當湧泉相報，這些恩情她都會一一記在心裡的。

「我！」洪老頭舉著手擠了過來，走到了村長跟前，說道：「我老洪也願意給秀才娘子做擔保！」

滿堂叔也喊了一聲。「秀才娘子和冬寶都是實誠人，人家上次剛得了兩吊錢，沒經手就還給我們了。只要熬過去，不愁人家還不上錢的。」

村長沒想到洪老頭也願意來給秀才娘子做擔保，既然有兩家人都願意來做擔保，這債務不愁會跑空，之前吵得最凶的幾家，也都對此表示滿意了。

「口說無憑，那得立個字據！」荷花嫂子叫道。

林實看了看黃氏和宋二叔，說道：「是得立個字據，不光是擔保要立字據，大娘和冬寶分家出去，也得立個字據。」

宋家的院子滿滿當當地擠了這麼多人，也就只有唸過一年私塾的林實會寫字，這立字據的任務就交給了林實。

全子立刻跑回家拿來了哥哥的筆墨紙硯，林實蹲在地上，用小板凳當桌子，攤開了紙，蘸了墨，就要落筆。

從來到這個世上，冬寶心心念念的都是脫離宋家，如今期盼了這麼久的事情終於要實現了，冬寶心中反而有種不真實的感覺，心裡也咚咚咚跳得厲害。她實在是怕了宋家人了，根本恨不得把她和李氏榨得只剩下骨頭渣子。

冬寶握緊了拳頭，盯著林實要落下去的筆尖。只要過了明路，她和李氏就是自由的人了！

林實雖然只讀過一年私塾，可字寫得有模有樣，端正大方，顯然是離開了私塾後也沒有放棄寫字，常常練習的結果。

然而，林實才剛將開頭的「分家文書」四個字寫上去，眾人就聽到門口傳來一聲大喝——

「等等！」

一男一女擠開了人群，匆匆進了宋家的院子。

冬寶的心倏地提到了嗓子眼，臉色慘白地往門口看去。都到這個地步了，不能再出現什麼變故了，否則日後要再找這麼好的機會，怕是難了！

第二十六章 文書

看清楚來人，冬寶說不清自己是該鬆口氣還是該繼續提心吊膽？來人她認得，是她的大舅李立風和大姨李紅琴。

李紅琴一進門就凶狠地揪住了黃氏的衣襟，咬牙切齒地罵道：「妳個喪良心的死老婆子！我妹子要是有個三長兩短，老娘拉妳同歸於盡！」因為太過於憤怒，李紅琴臉上的表情猙獰無比，像是隨時都能撲上去咬掉黃氏臉上一塊肉。

黃氏雖然嘴皮子厲害，可她的厲害僅限於把她當回事的人，譬如李氏。這一點，黃氏心知肚明，所以她打罵的，從來都是宋家內部不敢反抗她的人。李紅琴凶名在外，黃氏是早有耳聞的，碰到李紅琴這樣狠起來敢跟人拚命的凶悍女人，黃氏只有歇菜（注）的分兒。

被李紅琴揪著衣裳領子罵，黃氏一聲都不敢吭。

李紅琴凶完了黃氏後，一路哭著跑進了李氏所在的東屋。「妹子，姊來看妳了！」

「真是沒規矩的媳婦！」黃氏跺腳罵道，覺得在眾人面前丟了臉，便造謠道：「她男人就是被她活活打死的！天殺的掃把星轉世，這種人擱我們老宋家，早就攆出去了！」

大舅陰著臉看了眼黃氏，衝院子裡的眾人拱手作了個揖，懇切地說道：「諸位，這分家文書不忙著寫，容我先去看看妹子。」

注：歇菜，網路用語，本意是打住、停住，引申為沒戲唱、下臺、沒辦法。

冬寶急了，卻不敢在眾人面前表現出來，忙跟了過去。大舅和大姨估計是聽說了宋家的事，跑來給她和李氏撐腰了。

李紅琴夫家姓張，丈夫是獨子，家境殷實。然而張家二老去世後沒多久，張姨父給人趕車的時候也生急病沒了，留下大姨和一雙兒女。

李紅琴的凶狠之名在張家姨父沒了之後，漸漸地傳了開來。

冬寶卻覺得，女人之所以強悍，那是因為沒了依靠。大姨要保護她的兒女、保護她的財產，就只能凶悍，只能任由別人給她安上惡名，趕跑那些圖謀不軌的人。就連一向怯弱溫順的李氏，在面臨女兒要被賣掉的時候，也會挺起柔弱的胸膛跟婆婆抗爭到底。

倘若自己的親娘能有大姨一半的凶惡就好了，也不至於被黃氏欺負成這樣。

東屋裡，李氏躺在床上，眼神焦慮，又不好開口說話，只能拚命地給大姨使眼色。

大舅愣住了，這哪像是快不行的人？

「大舅！大姨！」冬寶立刻大聲哭了起來，教外頭的人聽得清清楚楚。「要是分了家，我們還能拿兩吊錢給我娘治病，要是不分家，我奶就不給我娘治病了，要等我娘不行了扔出去……」

院子裡，黃氏趕忙跟眾人說理。「這死妮子胡說八道！我啥時候不給她娘看病了？那先前來的兩個大夫算啥啊？大家伙兒也都看到了……」

全子咦了一聲，好奇地問道：「宋奶奶，那兩個大夫一個是我爹請的，一個是我哥請的，您另外請了大夫嗎？」

童言無忌，圍觀的人不少都在低著頭偷笑。

黃氏滿臉通紅，硬邦邦地罵道：「小孩子亂放屁！再胡說八道，我就替你爹娘揍你！」

林實拉著全子站到他身後，對黃氏沈聲說道：「剛才全子說的都是實話，宋奶奶做甚要打要罵的？」

黃氏又羞又惱，她今天接二連三地丟臉，先是被宋老頭罵，接著被李紅琴揪著衣裳罵，最後還要被林實和全子兩個小娃娃落臉子！「你——」

「行了！」宋老頭比她還氣。「消停會兒吧，還嫌不夠丟人嗎？」

外頭的吵鬧聲，東屋裡聽得清楚，大舅摸了摸冬寶的頭，溫聲說道：「寶兒真是長大了，妳放心，大舅會給妳娘治病的。」

李紅琴握住了李氏的手，眼淚滾滾而下，說道：「還有大姨，大姨也幫妳娘治病，治不好咱就換個大夫治。」

再換大夫就露餡兒了！冬寶在心中咆哮，拉了大舅和大姨，小聲說道：「我娘沒病。」說完，不顧兩人驚詫的神情，又大聲說道：「大舅，分了家我娘還有錢治病，不分家就只能等死了。要是我娘沒了，我就沒爹也沒娘了！」

聽冬寶說得要哭起來，李紅琴心裡難受，想起自己和妹子的遭遇，都是歷經了喪夫之痛，坎坷度日，忍不住就和躺在床上的李氏抱頭痛哭了起來。

大舅握緊了拳頭，冬寶和李氏的意思他看明白了，既然妹子想要分家，那他該做什麼一目了然了。「走，冬寶，咱們去寫分家文書。」

等李立風出來後，宋榆縮著脖子喊了一聲。「她大舅，我們老宋家要分家，你有啥話要說的？」

言外之意，李立風是李家人，管不了宋家的事。

李立風強按捺住要上前揍宋榆兩拳的衝動，沈聲說道：「你們打算咋個分法？」

宋二叔不大敢招惹李立風，立刻說道：「就按我爹說的，鍋碗給冬寶她們一套，高粱麵一百斤。」

「二叔，我爺還說給我們兩吊錢，你忘了？」冬寶大聲說道。

滿堂嬸子罵了一聲。「宋老二，你還是個人嗎？連秀才娘子的救命錢都要扣！」

「滾！」宋二叔罵道。「我們老宋家的事，輪得到妳一個外姓娘兒們說話？」

滿堂叔立刻捋起了袖子。「宋老二，我看你就是欠揍！」

碰上人高馬大的滿堂叔，宋榆往後退了兩步，眼神四處瞄，就是不敢和滿堂叔對上，嘴裡含含糊糊地說了幾句，誰也聽不清他說些啥。

眼看越扯越遠，冬寶心裡開始急了。她實在等不及要拿到那張分家文書了，不拿到那張文書，她一刻也安不下心。

一直注意著冬寶的林實微微一笑，扯了扯身旁村長的衣袖，小聲道：「大伯，您看這文書……」

「好了，今兒叫大家來有正事。」村長衝滿堂叔擺了擺手，宋家老二是個渾人，沒必要跟他較真，接著又轉身對林實和藹地說道：「大實，你是識文斷字的人，這分家文書你看著寫吧。」

林實等的就是村長這句話！

他就著小板凳寫好了一式五份的分家文書，並當著所有人的面唸了一遍。宋家在村西頭的老房子歸李氏母女所有，分給李氏母女一套鍋碗炊具、一百斤高粱麵，還有兩吊錢。給宋秀才辦後事欠下的債由李氏母女還，擔保人是林福和洪老頭，倘若李氏母女無力歸還，由擔保人償還。

唸完後，林實看向了宋老頭和黃氏，笑著問道：「您二位有沒有什麼意見？」

黃氏虎著臉站在那裡，一想到要分李氏和冬寶一百斤高粱麵和兩吊錢，黃氏就心痛得像被刀割掉一大塊肉似的。

「沒啥不同意的。」宋老頭開口了，尷尬地對村長說道：「叫鄉親們看笑話了。」

村長看了他一眼，宋老頭今日鎮住了黃氏這黑心婆娘，他對宋老頭的印象也改觀了，真心實意地說道：「宋大叔家多子多孫，以後的奔頭大了去。」

「欸！」宋老頭慌忙應道。

「憑啥啊！」人群中，栓子娘一臉的憤怒，還沒等她喊出第二聲，就被栓子爹從背後捂住嘴拖出去了。

栓子爹一路捂著栓子娘的嘴，直拖到家裡才鬆開手，罵道：「妳要幹啥？爹的家妳也敢當？」

栓子娘氣得大罵：「爹老糊塗了，你也跟著糊塗！做啥擔保？林家那是有錢人，不把十兩八兩的當回事，我們跟那林家一樣有錢啊？」

「那不是人家秀才閨女救了栓子嗎？爹是講究人，厚道。」栓子爹說道，心裡也有些悶悶的，埋怨栓子娘道：「還不是妳，好端端的非得去人家裡鬧、去欺負人！要不是妳鬧這一場，爹能心裡對人家愧疚？至於上桿子去當人家的擔保人嗎？」

栓子娘被罵得啞口無言，然而她向來是好強不認錯的個性，當即便哭道：「我還不是為了栓子、為了你們老洪家的獨苗！冬寶她命不好，生辰八字硬，我不能叫她害了我兒子！」

和媳婦說不通道理，栓子爹跺腳嘆了口氣，先走了。

栓子爹走後，栓子跑了進來，給他娘遞上了擦臉的帕子，說道：「娘，擦擦臉吧。」

栓子娘覺得只有兒子才貼心懂事，拉著栓子恨恨地說道：「你爺、你爹都是老糊塗，你長大後可不許跟他們學成一樣。」

「娘，妳看不上冬寶不是因為她屬虎命凶。」栓子沒順著她的話說。

「啥？」栓子娘愣住了。

栓子一板一眼地認真說道：「妳看不上冬寶是因為嫌冬寶家裡窮，將來還有一個老娘要供養，負擔重。」

「你瞎說啥！」栓子娘罵了一句，看著兒子澄明黑亮的眼睛，彷彿被戳穿了心中那點見不得人的小心思般，不禁又慌又急。

栓子說道：「娘妳平常也不信這些的，咋就突然信得厲害了？就是嫌冬寶家裡窮，將來要奉養老娘，又怕別人說妳啥不好聽的。」

她就是嫌冬寶家裡窮，拿不出什麼陪嫁，以宋老太太的貪勁，到時還不可著勁地要聘禮？冬寶日後肯定還要養著李氏的，攤上這媳婦，虧大了！可又不能跟人這麼說，否則大家肯定對她有看法，等到真給栓子尋摸媳婦的時候，就壞事了。

心裡那點小心思被十歲大的兒子說了個清楚，栓子娘面紅耳赤。

雖然鄉親們從來沒聽說過只把寡嫂、姪女分出去過的缺德事，但架不住宋家人都願意這麼分，村長也沒辦法，和幾位年紀大、有頭臉的長輩便做了見證人，同擔保人還有宋老頭在文書各自的名字處按下了手印，等所有人都按好了，林實又拿著文書進了東屋，讓李氏和冬寶按下了手印。

五份文書，冬寶拿一份，宋家留一份，林家和洪家各拿了一份，村長還要拿一份到鎮上的衛所報備，以後李氏和冬寶就是自立門戶了。

冬寶拿著那張薄薄的分家文書，心中激動不已。她忍氣吞聲、任勞任怨地幹了幾個月的活兒，終於等到了這一天！

與其說這是一份分家文書，不如說這是李氏和冬寶兩個人的自由文書。從此以後，她們不用再受黃氏的刻薄和刁難，她再也沒有隨時被強行賣掉的風險了。

村長對宋老頭和黃氏說道：「雖然是分了家，可你們還是骨肉至親，她們孤兒寡母的日後肯定難，你們不能就這麼丟了人家不管。」

宋二叔連忙答應，拍著胸脯，豪氣萬千地說道：「那肯定的！我哥沒了，我這個當親弟弟的能不管他媳婦閨女？我們老宋家雖然分開了，我也不能看著她們挨餓受凍。」

「呸！」人群中有人說道。

村長被宋榆一副假仁假義的模樣噁心得回不出話來，轉身對宋老頭說道：「大叔，你們這家分完了，我家裡還有事，先走了。」

「欸。」激動過後，宋老頭又恢復了原來有些木訥的模樣。

李立風、李紅琴還有秋霞嬸子、林實他們都在東屋裡頭。

宋二叔顧忌著大夫說的李氏的病會傳染，不敢過去，只站在外頭喊道：「大嫂，趁這會兒日頭還高著，你們趕緊搬了吧！」

「嚎啥啊！」李紅琴冷著臉出來罵道。「當我們稀罕在這兒？不用你催，我們這就走！」

宋二嬸按捺不住了，挺著肚子走了出來，冷哼了一聲，譏諷道：「這誰啊？癩蝦蟆打哈欠，口氣真大，擱我們老宋家的地盤上喊打喊殺的！哎喲喲，我這才想起來，」宋二嬸笑得幸災樂禍。「妳們姊妹倆真不愧是一個娘胎裡出來的，當寡婦都得一起啊！」

成功地攆走了吃白食的李氏和冬寶，又甩掉了壓在他們身上的債務，宋二嬸心情好得很，覺得再沒必要忍了，撕破臉就撕破臉，她還怕那寡婦虎女倆不成？

李紅琴看了她一眼。「嘴上把好門，給肚子裡的孩子積德比啥都強。」說著，就回屋幫李氏收拾東西。李紅琴看在宋二嬸挺著大肚子的分上，不計較這些。她護著一雙兒女嚇退張家那些白眼狼親戚的時候，宋二嬸還不知道在哪裡涼快呢！

林實也在一旁幫忙，從家裡挑了一個擔子過來，把李氏和冬寶的全部家當裝到了筐子裡，還不夠裝滿擔子的一個籮筐。

李紅琴見狀，氣得不行，罵道：「妳出門子的時候，爹娘給妳準備的嫁妝裝了幾個箱子，如今就剩這點東西？見妳不中用了，還要把妳扔出去，都是有兒有女的人，也不怕報應！」

林實隨著冬寶，喊李紅琴大姨，此時便溫聲勸道：「大姨莫氣，錢財都是身外之物，去了就去了。大娘和冬寶都是勤快人，大娘養好了身體，再有我們幫襯著，一定能把日子過好的。」

聽了林實這熨貼的話，李紅琴當即對秋霞誇讚道：「秋霞，妳這兒子生得真好，將來一定有大出息，妳是個有福氣的。」

有人真心實意地誇自己兒子，秋霞嬸子哪有不高興的？但雖然心花怒放，嘴上卻謙虛地說道：「就是咱莊戶人家養出來的皮實孩子，哪當得上這麼誇的。」

這會兒，李立風對李紅琴說道：「走，咱們去要糧食和錢。」他們一定要在走之前把糧食和銀子要到手，否則一旦他們走了，李氏和冬寶肯定是要不回來的。

黃氏正在堂屋裡罵著宋老頭。「你個老鱉孫，當著那麼多人的面下我的臉！你厲害啊？你厲害自己去變糧食、變錢去，我沒有！」

宋老頭沈默地抽著旱煙，一張黑紅的臉在青藍色的煙霧中顯得更加愁苦。

「平日裡不作聲，表面上好，心裡頭毒！」黃氏繼續罵。「早記恨上我了，想著法兒劫我們老宋家的財！白虎精專門來禍害我們家，不得好死！」

在黃氏看來，要不是冬寶鬧著要給李氏看病，事情不會發展到這地步。按照她的設想，先把李氏送到村西頭的老房子裡，等李氏一死，就賣了冬寶。可沒想到老二跳出來鬧著要分家，冬寶拉上了林家人，鬧得不可收拾。

李紅琴的聲音在外頭響了起來。「誰不得好死啊？大嬸妳咋啦？」

黃氏立刻起身大聲罵道：「老娘活得好好的，不關妳的事！」

李立風在門口冷笑了一聲。「確實不關我們的事。不知道分給我妹子和外甥女的一百斤高粱麵還有兩吊錢，可準備好了？」

「沒有！啥都沒有！」黃氏跳著腳在屋裡暴跳如雷。「老婆子命就在這裡，你要拿就拿去好了！」

早料到黃氏會耍賴，李立風也不多說，只留下了一句話。「分家文書上白紙黑字寫得很清楚，妳要是不給，我就替我可憐的妹子和外甥女到知府老爺那裡告狀了。」

自古民不與官鬥，不管是再凶悍的鄉民，一提到打官司沒有不慫的，黃氏自然不例外，一聽李立風要告官，她臉上的肉就嚇得不受控制地抽。

一直沒吭聲的宋老頭發話了。「你等著，我這就給你拿麵和錢。」說著，宋老頭便扛了兩袋高粱麵出來。

「你這死老頭子！你這是要斷了我們的活路啊！」黃氏氣得嗷嗷大叫起來，撲上前要搶那兩袋高粱麵，被宋老頭攔住了，氣得黃氏又是抓、又是咬。

「還有兩吊錢，趕快拿出來吧，不嫌丟人！」宋老頭對黃氏罵道。

黃氏一巴掌拍到了宋老頭的臉上，罵道：「沒錢！一文錢都沒有！」

「妳不拿是吧？」宋老頭氣道：「我去！我去把妳裝錢的匣子拿給老大媳婦！」

那匣子裡裝的遠不只兩吊錢，是黃氏藏起來準備給宋柏讀書用的，要是都給李氏了，黃氏就賠慘了。

見宋老頭真的要去拿匣子，黃氏嗷地大叫了一聲，擋住了宋老頭，哆哆嗦嗦地進到裡屋去，拿鑰匙開了匣子，取了兩吊錢出來，想想不甘心，剪斷了串錢的繩子，每串錢裡頭數出了五個，剛要繫上繩子，目光閃爍了幾下，每串錢又摸出來三、四個錢，這才忍痛綁上了繩子。

宋老頭對錢沒什麼概念，接過黃氏給他的錢並沒覺得有什麼不對，直接就遞給了李立風。

李立風是做了多年生意的，錢一入手便知分量不對，想開口又瞧見黃氏虎視眈眈地站在那兒，隨時準備撲上來大鬧一番的態勢。想了想，既然糧食已經要到了，錢少幾個就少幾個吧，免得被這瘋婆子再纏上，便和李紅琴一人扛了一袋子高粱麵，回了東屋。

林實挑著行李鋪蓋、鍋碗瓢盆，還有一袋高粱麵，李立風揹著閉著眼睛繼續裝病的李氏，一行人便往外走，還沒出東屋的門口，就被宋二叔攔住了。

宋二叔笑得不懷好意，眼睛一個勁兒地往林實挑的包袱上瞄。「咱分家的時候說好了，只給大嫂一百斤麵和兩吊錢，別的都是宋家的，你們不能拿。」

冬寶聽明白了，這是怕他們藏了私房，要搜查啊！

「二叔，我和我娘的鋪蓋你都不讓拿走？」冬寶問道。

宋二叔看著李立風和李紅琴，笑道：「鋪蓋肯定讓你們帶走，除了鋪蓋之外的東西可不能帶。」

李立風擋在了林實前頭，冷著臉說道：「你這是要搜身？」

「不是！」宋二叔連忙搖頭。「我也是為了日後好說話嘛！」

冬寶拉了拉李立風的衣袖，上前把放到籮筐裡的鋪蓋打開，站直了身子對宋二叔說道：「好狗不擋路，你要看就看，看完了我們趕緊走。」她是想給宋家人留幾分餘地，不過既然宋家人非要撕破臉不可，那也別怪她不把這些人當親人看了。

「妳罵啥?!」宋二叔差點以為自己的耳朵出毛病了，瞪圓了眼睛喝道：「沒規矩的東西！目無尊長，老子打死妳都沒人敢說二話！」

林實皺了皺眉頭，說道：「二叔，你若要打人，我們可不答應。」

「你算哪門子尊長？」冬寶嗤笑道。「有要搜嫂子和姪女鋪蓋的二叔嗎？我罵你是狗罵錯了，狗還不咬自己的孩子呢，你連狗都不如！」

宋二叔氣得臉憋成了豬肝色，但看著一旁虎視眈眈的林實、李立風，外加一個潑辣不好惹的李紅琴，他也不敢上前。

斜著眼往鋪蓋上掃了幾眼，破破爛爛的被褥根本不值幾個錢，他其實也不覺得李氏可能藏有私房，都是妻子催得厲害，他才過來的。是說，會這麼正大光明地打開讓他看，就是有私房錢，應該也不會放鋪蓋裡頭……宋二叔摸著下巴想著，一雙小眼睛賊溜溜地在李氏和冬寶身上打轉。

「咋？你還想搜身？」李紅琴立刻大聲叫道：「塔溝集的大家伙兒，快來看啊，小叔子要搜寡嫂和姪女的行李啦！不要臉的宋老二要搜寡嫂的身了！」

很快地，門口又積聚了不少看熱鬧的人。老宋家今天又成了塔溝集的焦點，比宋秀才考中秀才那天都熱鬧。

「宋榆你這個混帳東西！」宋老頭在堂屋聽到了李紅琴的叫聲，氣得臉皮都在顫抖。「滾回去！」

宋二叔悻悻地往地上呸了一口，陰陽怪氣地說道：「我大人大量，不跟要死的人計較，快滾！」

「呸！你才要死的人！」冬寶回罵道。從分家文書寫好的那一刻起，宋榆再不是她的二叔，黃氏也再不是她的奶奶了，宋家這些黑心人同她再沒關係了！

林實摸了摸冬寶的腦袋，低聲笑道：「跟誰學的，這麼潑辣？」

少年的聲音溫潤好聽，帶著善意的笑，溫熱的氣息吹拂在冬寶的耳邊，冬寶的小臉頓時就紅了，嘟囔道：「他們不老說我是母老虎嗎？我就當個母老虎給他們看看！」

冬寶回過頭，背後就是她住了幾個月的東屋，泥土坯砌成的房子陰冷潮濕，透著一股土腥味，混合著隔壁灶房的油煙氣。

從此以後，她們就要離開這個困住她們母女的枷鎖牢籠了。

第二十七章 新居

李氏趴在李立風的背上，回想著這些天發生的事情。從自己病重，黃氏不肯出錢醫治，到要把她扔出家門，宋榆還要搜身刁難，李氏只覺得心涼如冰、憤怒悲苦，眼淚不停地往外淌。

一行人經過大門口時，不少人還圍在那裡看。李紅琴扛著一袋高粱麵，一邊走一邊跟看熱鬧的人大聲說道：「說出來我都覺得臊得慌，宋家老二在我妹子、外甥女出門前搜了鋪蓋，要不是我們攔著，還要搜身呢！我妹子嫁進來的時候，我爹娘為這個老閨女辦了幾箱子的嫁妝，如今只剩下一床破被面了，大家伙兒說說都貼給誰了？他還有這個臉去搜！」

看熱鬧的人聽了李紅琴的話，都驚嘆於宋家人的極品，不少人打定主意以後不與宋家人來往了。

冬寶她太爺爺和太奶奶的房子門口有兩棵柳樹，長得枝繁葉茂。因為多年不住人，大門早已糟朽，冬寶輕輕一推，大門就倒了下來。

「得換個結實點的門，就妳們娘兒倆住，弄結實點我也放心。」李立風說道。

太爺爺和太奶奶留下來的院子比宋家的宅院大得多，兩間土坯房早已坍塌，只剩下房梁還佇立在殘垣斷壁上。院子裡雜草叢生，長滿了苔蘚，也虧得多年沒住人，屋裡沒有老鼠那些不乾淨的東西。

冬寶聽李氏說，宋楊剛中秀才那幾年，每年都會帶著她們來打掃這座老宅，還要祭拜祖父祖母，以顯示自己的孝心，後來隨著宋秀才一天過得比一天失意，這些便都懶得弄了。

堂屋門上的鎖已經鏽蝕得看不出原來的模樣，林實輕輕一拉，鎖便應聲而落，推開門後，一股陰涼的潮氣撲面而來。

「等會兒我去買兩把鎖。」林實笑道。「不然晚上大娘和冬寶沒辦法睡覺了。」

屋裡的擺設也極為簡單，只有一張桌子和一張床。當年太爺爺、太奶奶沒了之後，黃氏就把能用的家具都拿走了，如今只剩下一桌一床，還有幾個破破爛爛的小板凳。

李立風環視了一圈後，放了李氏下來，笑道：「這房子當年蓋得好，瓦房結實，院牆也都好好的，就是少了人氣，住上幾日，燒上幾頓飯也就好了。」

李氏一向是幹活勞碌慣了，如今破天荒地在床上躺了兩天，只覺得身上的骨頭都在嘎吱作響，連忙從籮筐裡翻出來被褥，鋪到了床上。

李紅琴在一旁幫忙，安慰她道：「慢慢來，有我和妳哥幫襯著，等養好了身子，尋上一個營生，養活得了妳和冬寶，也能還得了債，日子是人一天天過起來的。妳們自己掙的自己吃，咋也比下大力白伺候那群黑心肝的強。」

想起以後，李氏心裡是痛並快樂著的，雖然發愁日後自己和女兒的出路，但她和冬寶如今是自由身了，再也不怕婆婆哪天突然要賣掉冬寶了。

李氏、李紅琴和秋霞三個女的忙著打掃屋子，李立風先和林實一塊兒出去了，他回了鎮上要找木器店買扇大門，而林實則去了老成家的雜貨鋪，買了兩把鎖回來。

鎖買回來後，李氏要給他錢，林實笑咪咪地推辭，堅決不收。

有李氏和李紅琴打掃屋子，冬寶便騰出手來把分給她們的鍋碗瓢盆收拾了一下。林實幫著她打掃灶房，全子也像個小大人似的在一旁幫忙。好在屋後面就是小樹林，三個人隨便撿了一陣子，就拾夠了晚飯用的柴火。

見冬寶熟練地和麵、引火燒柴，林實逗她道：「妳還會做飯？」

「我會做的可多了。」冬寶笑嘻嘻地對林實說道。「等我們收拾利索了，大實哥你帶著全子過來，我給你們做好吃的。」小時候父母忙起生意來顧不上做飯，都是她包了全家人的飯菜，後來上班了，她那裡也是同事們聚會時愛去的地方，為啥啊？她做飯手藝好唄，誰去誰有口福嘍！

傍晚的時候，李立風帶著一個人拉著一輛板車從鎮上回來了，板車上裝的是一扇還未上漆的厚木板門，走進村子的時候正好碰上扛著鋤頭下地回來的林老頭和林福，連忙幫著推板車去了村西頭的老宅。

半路上又碰到了栓子爹，栓子爹猶豫了一下，也跟上來搭手推著車，笑著和李立風幾個人說上了話。

等到了家，幾個壯年男人合力，不到一會兒工夫就把新門給裝上了。

「這院子裡的井好些年沒用了，明天我帶人過來給秀才娘子淘淘。」栓子爹笑道。

冬寶的新家裡頭也有井，但水面上漂著厚厚一層樹枝、樹葉，幾乎看不到井水了。

這個時候就需要有人下去把髒東西淘上來，剩下乾淨的井水，澄上一、兩天，就能用了。

李氏想出來幫冬寶做飯，被李紅琴攔住了。「妳安心坐床上歇著，凡事有我們，我瞧著冬寶是個能幹的，比一般女娃子強多了。」

「我這都歇了好些天了，一不幹活，這心裡就慌得難受，渾身不得勁。」李氏笑道。

秋霞嬸子笑道：「難受也得歇著。妳想想，上午的時候妳還病得厲害，這分了家就好了，不是叫別人說閒話嗎？」

李氏和冬寶是孤兒寡母自立門戶，要是有人說些難聽的，就不好了。

經過秋霞嬸子這麼一提點，李氏頓時就明白了，也不提出去幫忙幹活的事了。

「等明天我再請個大夫過來，跟大家說清楚之前是誤診，就成了。」李紅琴笑道。「到時候那黑心老婆子不知道該咋後悔哩！」

三個女人頓時低聲笑了起來，就連一向溫順孝敬的李氏，也忍不住笑了起來，想想那個時候冬寶她奶該有多後悔，她就有多解氣。

男人們在前院裝好了大門，就開始在院子裡四處打量。這個說這裡能挖個菜園子，明天就從家裡移幾棵菜秧種過來，那個說那裡將來可以蓋一個豬圈，幾個人都是經驗老道的，一會兒工夫，就把這個荒廢了多年的院子規劃得頭頭是道。

「洪老弟，明日你帶人來淘井，我先謝謝你了。」李立風衝栓子爹作了個揖。他並不知道洪家和宋家的那點恩怨，只以為栓子爹是熱心來幫忙的。

栓子爹有些赧然，因為自家婆娘不懂事，累得秀才娘子挨巴掌，他和洪老頭嘴上不說，心裡頭卻很是過意不去，分家後他就想留下來幫忙，又怕秀才娘子和冬寶不待見他，直到剛才碰到了一行人推著車過來，才找了個機會前來。

「別、別！」栓子爹一個勁兒地擺手。「多大點事，我淘井淘慣了的，當不得您這麼說。」

裝上門後，幾個來幫忙的人便回去了。莊戶人家幫工不給錢，但一般都是要請來幫工的人吃飯的，然而來人都不是外人，知道李氏娘兒倆如今是什麼情況，裝完門後就回去了。

秋霞嬸子也得回去給家裡人做飯，並未留下來吃飯。

冬寶炕好了餅子，煮好了蘑菇湯，點了油燈，幾個人便坐下來吃飯。下午林實去買鎖的時候，順便給她們帶了鹽和醬油，要不然這頓飯都做不了。

「冬寶長大了，成能幹的大姑娘了。」李紅琴嚐了口蘑菇湯後，不住地誇讚。

「大姨喜歡吃我做的飯，以後天天來我家，我給大姨做飯吃。」

冬寶笑起來甜，說的話更甜，喜得李紅琴合不攏嘴。

李立風在一旁呵呵地笑，對李氏說道：「門買得匆忙，就那麼一扇合適大小的，人家還沒上漆，我就買下來了，過兩天我再帶工匠過來刷層漆。」

李氏不願意再麻煩大哥了，連忙說道：「刷啥漆啊？莊戶人家沒那麼多講究。大哥，那門多少錢？」

「妳這就見外了。」李立風不高興地放下了筷子。「一扇門罷了，我這當大哥的還不能送了？」

李氏紅了眼。「不是，你跟嫂子掙個錢也不容易，起早貪黑的……」

一句話，說得李紅琴也放下了筷子。他們兄妹三個，多少年沒坐到一張桌子上吃飯了。

「咱爹娘沒得早，我這個當大哥的對妳們倆照顧不周，特別是紅珍。中午我聽有人跟我說，妳病得快死了，宋家人要把妳扔出去，我這心裡嚇得……」李立風低聲說道，七尺男兒，眼圈都紅了。

冬寶在一旁笑道：「大舅哪裡沒護著我們了？分家的時候你一出現，我二叔就不敢刁難我們了。要不是你和大姨，我們還要不來一百斤高粱麵和兩吊錢哩！」她挺能理解大舅的所作所為的，要是大舅跟她親爹一樣，恨不得把自己的所有都奉獻給親人，那才叫傻子。

李立風長嘆了一聲，對李氏說道：「妳剛出嫁那幾年，我不放心妳這個么妹子，隔兩個月就會到宋家看看，但冬寶她爹瞧不起我這個做小買賣的，嫌我丟了他讀書人的臉面，見了我，鼻子不是鼻子，眼不是眼的，我心裡頭也氣，便沒再過來了。現在想想，受他兩個冷眼算啥？只要妳能過得好就好。」

李紅琴也嘆氣。「當年冬寶她爹也瞧不上我家那口子，嫌他是個趕大車的，我也不想帶著孩子他爹看他白眼……」

冬寶目瞪口呆，沒想到親爹除了鳳凰男這個屬性外，還如此的……自我感覺良好！

「大姨、大舅，你們別把我爹的話放心上。」冬寶柔聲說道。「你們靠自己的雙手掙錢吃飯，哪家日子過得都比我們家好。我爹一個讀書人又能怎麼樣？他的本事就是讓我和我娘把日子過成這樣，我瞧著他不如你們。」

李氏扭過身抹了抹眼睛，她知道兄長和長姊為何不願意來宋家看望她，還不是宋秀才瞧不起他們，總給他們冷臉。

「別亂說話。」李氏咳了兩聲。「他是妳爹，誰都能說他，妳不能。」

冬寶笑了笑，油燈下白淨的小臉上露出了一對可愛的梨渦。「就因為他是我爹，他做錯了，我得告訴他。」

看著古靈精怪的女兒，李氏怎麼也不捨得去責罵，笑著搖了搖頭。「妳就是能說話……從家裡走的時候，妳跟妳二叔罵的那些話，我聽著都替妳害怕。」

「那不是家，這兒才是咱們的家。」冬寶認真地糾正著李氏的話。「二叔他有點長輩的樣子嗎？咱們占著理，他欺負人。妳沒見中午那麼多幫咱們的人嗎？公道自在人心。」

李立風對李氏誇獎道：「冬寶是個明事理的丫頭，她小時候膽小得很，見了人話都不敢說，我還怕這丫頭的性子隨了妳，將來受委屈，現在看她這模樣，我也放心了。」

「這是隨了我呢！」李紅琴笑道。

晚上的時候，李立風在堂屋拼了幾個凳子，鋪了被褥在上面當床，李紅琴和李氏帶著冬寶睡在裡屋床上。

冬寶睡在兩人中間，笑著對李氏小聲說道：「娘，妳要是跟大姨一樣就好了。」

李氏愣住了。「啥？」

「妳要是跟大姨一樣厲害，我奶和二嬸要是敢說啥不好聽的，妳就十倍地罵回去。」冬寶笑道。

李氏訕訕地說道：「我也想，就是學不來。」她天生就不是潑辣人，加上沒有兒子就沒有底氣，所以做不到李紅琴那樣。

「妳娘從小就被我們護著，她哪用學這些。」李紅琴爽利地笑道。「冬寶可不能跟妳娘一樣，女孩兒要潑辣點好，將來不受欺負。」

睡著前，冬寶聽到大姨小聲地問道：「紅珍，以後有啥打算沒？」

「啥打算啊？把冬寶帶大，再給她找個好婆家，我就知足了。」李氏輕聲嘆道。

李紅琴不贊成地說道：「妳還年輕，給秀才守一年就對得住他了。妳們孤兒寡母的獨立門戶，難啊！」

李氏低聲說道：「我好說，冬寶咋辦？誰願意給別人白養閨女？」

李紅琴長嘆了一口氣。她也是做母親的人，就是讓她再嫁，她也不願意，可她和李氏情況不一樣，她有個兒子，早晚能靠兒子支撐起來，李氏只有冬寶一個女兒，將來等冬寶出嫁了，就是真正的孤家寡人了。

「給冬寶招個贅吧？」李紅琴悄聲說道。「冬寶這丫頭模樣好，麻利能幹，比男孩都頂用。」

冬寶想要笑卻又睏又累，笑不出來。她才十歲，終身大事就被周圍的人操心無數遍了。其實招贅不錯啊，只是古代人極少有人願意當上門女婿吧……

第二十八章　款待

第二天一早，李立風和李紅琴就走了，李立風忙著回去照顧鋪子的生意，李紅琴掛念著自己的一雙兒女。

連著幾天的陰雨，在冬寶和李氏遷入新居的第二天就放晴了。兩人走到院子裡，就看到了久違的陽光灑滿了大地，叫人心情說不出的舒暢。

「看，老天爺都為咱們高興哩！」冬寶笑道。

冬寶和李氏先起床熱了昨晚上的剩飯，吃過後就聽到門外頭林實在叫門，說洪大叔帶著人來淘井了。冬寶推著李氏躺到了床上，自己跑去開了門。

栓子爹領著一個年輕後生等在門外，看到冬寶還有些不好意思。

冬寶先衝栓子爹作了個揖，笑道：「我先謝謝洪大叔了。」

「謝啥啊？都鄉里鄉親的。」栓子爹有些不好意思，要不是冬寶，栓子的墳頭都該長草了。

林實站在一旁，朝冬寶笑了笑，問道：「昨晚上睡得好不好？」

金色的陽光照在林實俊秀的臉龐上，一雙略有些修長的眼睛泛著柔和的光，冬寶看得心頭猛地一跳，說道：「睡得可好了，屋子裡連蚊蟲都沒有。」

說話間，栓子爹已經領著後生進了院子，兩個人身上都揹著厚厚的一盤麻繩。

「這是我外甥，妳喊他肖大哥就行了。」栓子爹對冬寶笑道，把麻繩往自己腰上纏，問道：「妳娘好些了沒有？」

冬寶點點頭。「好多了，昨晚上都不咋咳嗽了。」

「那就好。」栓子爹笑道：「好人有好報，妳娘肯定就是幹活累到了，多歇兩天就好了。」

栓子爹顯然是有多次淘井經驗的，他綁好了繩子，肖大哥就立刻將繩子的另一頭綁到了自己身上，栓子爹先踩到了井沿上，接著手扶著井沿，慢慢地往下走。

這會兒上，林福和秋霞嬸子也過來了，手裡還提著幾把瓜菜苗子。

看秋霞嬸子來了，冬寶便拉著林實出去，拾了一抱柴火，又去河邊打了一桶水回來，準備燒水給栓子爹和肖大哥喝。

他們兩個抱著柴火、提著桶回來時，栓子爹已經下到了井下。

肖大哥把提水的桶子放了下去，不一會兒就提出了滿桶的枯枝、敗葉，林福幫忙把這些東西堆到了院子的角落裡，都是漚肥的好東西。

太陽昇起來不過丈許的時候，栓子爹就從井裡上來了，滿頭都是豆大的汗珠，抹了把臉笑道：「這井水好啊，我剛在底下覺得口渴，就喝了一口，甜絲兒甜絲兒的。」

「大豁子，你這是王婆賣瓜啊！」門口有經過的人聽見了，打趣道。「你淘過的哪口井的水不是甜的？」

栓子爹大聲笑道：「你不信過來嚐嚐，真是甜的！」

那人笑道：「我才不喝，那水現在可是渾的。」

「洪大叔，這井淘好了？」冬寶問道。

栓子爹點點頭。「再澄上一天就能用了。我家還有個木蓋子，等會兒叫栓子給妳送過來，能當井蓋子使。」

林福和栓子爹喝完了水，又把院子裡長的雜草都拔了。

林實鋤了一小塊地出來，栽上了秋霞嬸子帶過來的瓜菜苗子。

「要是早一個月，還能把菜種子撒上。」林實有些遺憾。冬寶家的院子這麼大，要是全種上菜，不單夠李氏母女兩個人吃，還能賣。「不打緊，我家菜種得多，足夠咱們兩家吃的了。」

冬寶有些過意不去，秋霞嬸子帶過來的菜苗都是長勢正好的好苗子，絕不是秋霞嬸子來時說的「地裡的菜苗發得太多，薅出來不要的」那樣。

「大實哥，你們中午別走了，我做飯給你們吃。」冬寶笑道。

冬寶的新家和樂融融，宋家可就不那麼和諧了。宋二嬸窩在西廂房裡，不出來做家務，黃氏心情奇差，想起分家損失了一百斤高粱麵和兩吊錢，她就想發火。

「我欠你們這些兔孫王八的，良心都叫狗拉吃了，不知道的還以為肚子裡揣的是個金蛋！」黃氏叫過宋招娣來燒火，一邊做飯，一邊高聲罵，唾沫星子盡數噴到了鍋裡。

宋家人沒人上去接話。

吃過了飯，宋二叔就趁黃氏和宋老頭不注意時跑了出去。這幾日家裡打油菜，他懶得出力，能躲就躲。

林福一家在分家的過程中幫了大忙，可以說，要是沒有林福一家，僅靠冬寶和李氏，基本上沒有可能從宋家脫離出來。

對於不遺餘力幫她們的林家和洪家，冬寶很想好好答謝他們一番，然而她現在錢就那麼點兒，糧食也就一百斤高粱麵。

「大實哥，咱們去撈魚吧。」冬寶提議。

林實其實是不打算在冬寶家吃飯的，相反地，他還想拉著冬寶去他家裡吃飯，再帶飯回來給李氏，這樣能給她們省下來一點口糧。

然而冬寶拉著他的衣角，仰著頭一臉期待地看著他，一雙黑亮的眼睛圓圓的，晶亮又純粹，他什麼拒絕的話就都說不出口了。

「好，咱們去捉魚。」林實又沒忍住，伸手摸了摸冬寶柔軟的髮頂。捉了魚也能給冬寶和李氏當口糧啊！

全子和栓子一聽要去河裡捉魚，兩個孩子高興得樂開了花，生怕林實不帶他們一起去玩，各自飛快地跑回家拿了簍子過來。

下過幾天的雨，河水漲了不少，林實找了個水淺流速慢的地方，安下了一只簍子，又脫了鞋挽起褲管，踩進了淺水裡，彎著腰往水裡摸，不一會兒就能往岸上扔一隻巴掌大的小魚或是青綠色的小蝦子。

全子和栓子看得心裡癢得不行，趁林實不注意，就脫了鞋踩到了林實旁邊，也跟著摸魚摸蝦。

林實無奈地笑了笑，叮囑他們不許再往深水裡走。

一個時辰下來，幾個人的收穫豐盛，小魚小蝦裝了半簍子，下在河裡的簍子裡也進了兩條一斤多重的魚。

栓子和全子玩得興高采烈，意猶未盡，一個勁兒地嚷嚷著讓林實下次還帶他們來摸魚，被林實一人賞了一個爆栗。

一行人到家的時候，正趕上秋霞嬸子送一個老頭出來。

「冬寶回來了！這是妳大姨給請來的大夫。」

冬寶恭敬地朝大夫問道：「大夫，我娘她怎麼樣了？」

老頭五十上下，被太陽曬成紫黑色的臉，身材矮小，走路十分有勁，像個老莊稼漢，一點兒都不像鎮上醫館那些細皮嫩肉的大夫。

這個大夫應該不是坐館的大夫，而是鄉間的「赤腳醫生」，他們主業是種田，自學成才，收費也相當便宜。

老頭說道：「妳娘只是染了風寒，已經好得差不多了，要是不放心，去鎮上醫館請個大夫來看看，抓兩服藥吃吃就行了。」

了。

「多謝大夫了。」冬寶趕忙道謝。「那大夫您留下吃個飯吧！」

「不了，我得趕緊回家，下午還得去地裡種花生。」老頭說完，就背著手，大踏步走了。

栓子爹幹完了手上的活計，便向冬寶告辭，冬寶要留他吃飯，栓子爹一開始不肯，冬寶熱情地挽留了半天，要他陪著林福大叔，栓子爹才留了下來。

李氏在床上躺不住了，起床要幫冬寶燒鍋，被幾個孩子嘻嘻哈哈地請了出去，宣佈這頓飯他們來做，大人在一旁歇著就行。

秋霞嬸子想要上前去幫忙，被林福拉了回來，笑道：「孩子要孝敬咱們，妳就歇著吧！」

冬寶從家裡的「存款」中拿錢，打發全子和栓子到雜貨鋪打了一斤豆油，又從林家拿了蔥薑蒜。她和林實把打上來的魚清理乾淨後，大魚切成了段，和小魚小蝦一起裹上了高粱麵糊。

油打回來後，林實燒鍋，冬寶把裹了麵的小魚和小蝦放進去炸，炸得金黃酥脆後撈了出來。香氣瀰漫在院子上空，饞得全子和栓子直流口水。

小魚和小蝦一共炸了兩碗，冬寶叫全子和栓子拿到堂屋去，讓他們拿去和坐在堂屋嘮嗑的大人們吃，算是飯前開胃的菜。

接下來的兩條魚，才是重頭戲。

冬寶在鍋裡留下少許油，魚塊放到鍋裡用油炸透了後，用大火熬湯，湯裡用麵粉勾了薄芡，出鍋的時候，湯上撒了碧綠的蔥花，香味四溢，叫人食指大動。

鍋沿上還炕了高粱麵餅子，連同燉魚一起送到了堂屋。

油炸的小魚小蝦大部分被全子和栓子吃掉了，兩個人還意猶未盡，暗地裡相約還要去摸小魚，好讓冬寶炸給他們吃。

「香！」栓子爹笑道。「我就不知道魚還能這麼做。以前也經常摸了魚回家，不是放水裡煮，就是炸了吃魚塊，不如冬寶做的香。」

冬寶笑道：「大叔愛吃，以後逮了魚就拿過來，我做好了咱倆分。」

「這沒問題！」栓子爹大笑道。

每個人分了一碗香濃的魚湯，學著冬寶的樣子，把餅子掰碎了放到魚湯裡泡著，餅子吸了湯的鮮味，吃起來十分美味。

冬寶另外盛了魚湯，給裡屋的李氏端了過去。

全子喝完了湯後，往哥哥的碗裡瞅，林實扭過身去背對著他，氣得全子嘟囔哥哥小氣。

林實笑咪咪地看著冬寶，這小丫頭如此聰明，總能讓他驚喜連連。

吃過了飯，栓子爹帶著栓子回家了，只剩下林家人在，李氏便從屋裡出來了，兩家人坐下來說話。

「紅珍，妳以後打算幹點啥？」秋霞嬸子問道。要開始考慮兩人以後的生活了，沒有土地便沒有糧食，分給她們的一百斤高粱麵根本不夠咋吃的。

李氏還沒開口，冬寶就搶先說道：「我和我娘打算做豆腐賣。」昨天她在西屋發現了兩只小磨盤，正好省下了買磨盤的錢。

林福驚訝不已，搖頭道：「豆腐擱咱們這兒可不好賣，咱們這水不行，做出來的豆腐不中吃。」

冬寶笑了，不好向他們多解釋，只眨眼笑道：「我們家的井水好啊，說不定能做成好豆腐。」

林福見冬寶不像在說笑，便問道：「妳們真打算賣豆腐？」

「當然是真的。」冬寶說道，她前世的父母已經成功地用豆腐發家，這些年她都參與了家族事業，如果來了這裡不能做豆腐，簡直對不起她前世二十年的工作經驗。

李氏也吃了一驚，她之前從來沒聽冬寶說過要做豆腐！她遲疑地看著冬寶問道：「咱們可從來沒做過豆腐啊！」

「不試試咋知道？」冬寶笑道。「我見過別人做豆腐，也就那麼回事。」

林實在一旁接腔。「我看成，冬寶做菜好吃，做出來的豆腐肯定比別人強。再說了，做豆腐也不花啥大力氣。」

冬寶家裡沒有男勞力，種地肯定不行，不如做個小生意，怎麼也夠娘兒倆的口糧。

冬寶衝林實笑了笑。還是大實哥好，幹啥都支持她。

「那就試試吧！」秋霞嬸子笑道。「冬寶這孩子手巧，中午那魚湯美得很，我做了半輩子飯，也做不出來這麼好吃的。」

下午，冬寶和林實去老成家的雜貨鋪買了十斤大豆，老成秤豆子的時候忍不住多嘴了一句，問道：「冬寶啊，妳買恁多豆子幹啥？」

「當然是吃了。」冬寶笑道，並不打算跟外人說太多。

老成叔秤好了黃豆，林實就接過了布袋，扛到了肩膀上。

「妳娘咋樣了？」老成叔問道。

冬寶聲音輕快地說：「好多了。上午我姨找了他們村裡的大夫過來看，說再歇幾天，吃幾服藥就好了。」

老成叔驚訝不已，這兩天村裡頭都說秀才娘子快不行了，連著請了兩個鎮上的大夫都看不好，怎麼隔了一天的工夫，就快好了？

肯定是大人怕這沒了爹的可憐小姑娘難過，故意哄她的。

想到這裡，老成叔看向冬寶的眼神便帶上了幾分憐憫，伸手從架子上抓了幾顆高粱糖塞到了冬寶手裡。「拿著，路上吃。」

冬寶驚訝地推了回去。「大伯……」她們一家和老成家走得並不近，哪能隨便要人家的東西。

「大伯給的還看不上？」老成叔笑道，又把糖塞到了冬寶手裡。

「謝謝大伯。」冬寶也不客氣了。

臨走時，老成叔拉住了林實，悄聲問道：「大實，秀才娘子到底咋樣了？」

林實看他的表情就知道他想歪了，笑道：「大娘好得很，大夫說再調養幾天就好了。」

看著林實拉著冬寶遠去的背影，老成叔感嘆道：「好人有好報，老天爺都看著哩！」

林家人走後，李氏幫著冬寶搬出了屋裡的磨盤，用清水擦洗了幾遍後，放到太陽地裡晾著。

「寶兒，真要做豆腐啊？」李氏遲疑地問道。她本來就是個膽小的人，之前完全沒接觸過豆腐，對於這個行當兩眼一抹黑，更加重了她的懷疑和沒自信。

「那當然了。」冬寶坐在屋簷下歇氣，指著屋裡堆著的豆子說道：「豆子都買回來了。」

一斤豆子三文錢，聽林實說，安州城大商號那裡豆子會更便宜。依照她的手藝，一斤豆子能出三斤豆腐，算下來一斤豆腐的成本也就是一文錢多一點。

「寶兒，這鎮上之前不是沒有賣豆腐的，新鮮一陣就沒人買了，我也嚐過那豆腐，不好吃，有股苦味。」李氏嘆道。

冬寶笑嘻嘻地揀著豆子，把破損的、賣相不好的豆子挑了出來，頭也不抬地問道：「娘妳吃的豆腐是啥顏色的啊？」

李氏坐到冬寶旁邊，幫著冬寶揀豆子。「顏色黃的，不好看。」

「那他們肯定是拿鹽鹵點的豆腐，手藝不行，鹽鹵沒加好，壓豆腐的時候又壓過了。放心，咱們肯定比他們弄得好。」冬寶說道。

點豆腐的原料有兩大類，一種是鹽鹵，也叫鹵水，另一類原料便是石膏。

李氏見冬寶說得頭頭是道，就好似做了多年豆腐的內行人一般，不由得大為驚奇，連忙問道：「那咱們上哪兒弄鹽鹵？」安州不靠海，也沒有鹽井，想要好的鹽鹵很難。

冬寶這才抬起頭，笑咪咪地衝李氏說道：「咱不用鹽鹵。」冬寶能肯定的是，這個時代的人還沒有完全掌握點豆腐的技術，對黃豆的利用只是簡單地停留在了榨油和做豆醬的地步。這對她來說，是最好的時代！

「我先做出來給大家伙兒嚐嚐，要是都說好，咱們再拿到鎮上賣。」冬寶笑著跟李氏解釋。

「嗯，還是先做出來看看好。」李氏笑道。要是做得不好，想別的賺錢法子就是了，她身體好，有的是力氣，就是給人家洗衣裳，也能養活得了冬寶，再沒人能賣她的女兒了。

冬寶仰起頭就看到了李氏的笑容，多年的辛苦勞作讓李氏的臉上過早地染上了風霜，加上日子過得憋屈，心裡頭壓力大，老是一臉的苦相，冬寶從來沒覺得這個娘好看過。

然而，此時看過去，金色的陽光下，李氏臉上的笑容柔和恬淡，一雙大大的杏核眼彎成了漂亮的月牙。其實李氏長相周正，笑起來挺好看的，沒嫁人的時候，應該也是個漂亮的姑娘，只是這麼多年的苦日子，把李氏的容顏都磨去了光彩，如今脫離了大火坑，才發出了如此舒心燦爛的笑容。

「娘，妳笑起來真好看，以後得多笑笑。」冬寶認真地說道。

李氏的臉騰地一下子就紅了。「妳這丫頭，打趣起自己娘來了。」

冬寶看著有些荒涼的院子，笑道：「娘，以後我們賺了錢就買地，買很多地，然後雇長工來給我們種地。再把這個院子推倒了重蓋，建鎮上那種青磚大瓦房，住上百年都不會壞掉的。院子裡也種花、種草……娘是大地主婆，我是小地主婆，哈哈……」

單強算是塔溝集裡過得最好的人了，她將來一定能比單強過得還好！

第二十九章　材料

揀好的豆子泡到了盆子裡，要泡上一整夜，讓乾豆子吸足了水分，第二天磨的時候出來的漿汁會更香。等豆漿煮開鍋了，將點豆腐的石膏或者鹵水分批加進去，豆漿就會凝固成白嫩嫩的豆花，把豆花撈出來壓實成塊，就成了豆腐。說起來簡單，做起來卻不是那麼容易的，沒個幾年工夫，很難掌握住要領。

第二天一早，冬寶和林實、全子就聚在了村口，全子還帶來了他的小夥伴栓子。四個人到了鎮上後，冬寶先去大舅家，跟大舅見了禮，說娘一切安好，不讓大舅掛念。

李立風笑著點頭，說道：「這兩日我走不開，後天我帶著工匠去給妳家大門刷上漆。」

「不用了，大舅。」冬寶笑著搖頭，她不想讓大舅破費了，刷漆比單買一扇門還要貴一些。

「那哪行？不刷漆，風吹雨淋的，用不了兩年就糟朽了！這點錢大舅還是出得起的。」李立風笑道。

正好這個時候，冬寶的大舅媽高氏從鋪子裡出來，聽到李立風的話，忍不住哼了一聲，嘴裡嘟囔了一句，滿臉的不快。

「妗子（注）。」冬寶客氣地叫道。

注：妗子，民間稱呼，即舅母之意。

高氏臉上勉強扯了個笑臉。「冬寶來了啊！想吃啥，中午妗子給妳做。」

冬寶笑著搖了搖頭，她可算明白以前李氏空著手上門，高氏是何種態度了。「不了，等會兒我就回去了，我娘還在家等著我哩！」

從大舅家出來後，冬寶和林實他們便去了鎮上的藥鋪，鑑於上次賣蛇蛻的經歷，冬寶直接去了賣蛇蛻的那家藥鋪。

「掌櫃的，給我來一斤石膏。」冬寶對那個年輕掌櫃說道。

年輕掌櫃很是訝然，很少有人一買就是一斤石膏。看小姑娘有些眼熟，掌櫃想了下，便記了起來，這不是賣他蛇蛻的小姑娘嗎？

「還要別的藥嗎？」掌櫃問道。

冬寶搖了搖頭。

「好，一斤石膏十個錢。」掌櫃說道。

還好，沒她想像中那麼貴，否則成本就要往上加了。想到這裡，冬寶微微一笑，露出了兩個梨渦。「掌櫃的，我買得多，給我算便宜點唄！我回回都是直奔你家，都沒去別家呢！」

她雖然不懂中醫，不過想來石膏當作藥材賣，怎麼也不會放太多，像她這樣一次買一斤的客人應該很少。

掌櫃的笑了起來，這小姑娘有意思，精明歸精明，卻不叫人討厭。「那算妳八個錢好了，不能再少了，相當於白搭路費給妳帶的。」

這是生意場上的客套話，他哪可能真的白搭路費按進價賣？冬寶笑了笑，點頭道：「那多謝掌櫃了，下次還來你家買石膏。」

掌櫃吩咐夥計給冬寶秤了一斤石膏，冬寶數出了八個錢給了掌櫃，便要走。

臨走前，掌櫃忍不住問道：「小姑娘，妳要這麼多石膏幹什麼？」

「刷牆。」冬寶脆生生地回答了一句後，笑嘻嘻地拉著林實一起走了。

掌櫃和夥計都愣住了，半晌後，夥計疑惑地問道：「刷牆不得用石灰嗎？小姑娘別是買錯了吧！」

「你傻啊！」掌櫃笑道。「人家肯定有別的用處，不好跟咱們說罷了。」

經歷了買石膏的事後，冬寶越發確信了這個時代的人還不知道……或者說，還沒有完全掌握石膏點豆腐的技術，冬寶彷彿看見了前方的滾滾財源正朝自己招手。

除去石膏，冬寶還買了花椒、八角等香料。

回到村子後，四個人就告別了，冬寶囑咐他們下午到她家裡來，嚐嚐她要做的新鮮東西，美其名曰：試吃。

她對這個社會的瞭解還是太少，不知道這個地方人的口味，若是幾家人都覺得她做出來的豆腐好吃，那肯定也能被其他人接受。更重要的是，冬寶喜歡這些人，這些人在她最困難的時候幫過她，有好東西她就想讓這些人嚐個鮮。

到家的時候，李氏已經做了飯，兩個人吃完了飯，就開始磨豆子。

李氏搖著磨盤上的手柄，冬寶往磨盤上的孔裡加豆子和水，隨著石磨的轉動，乳白色的豆漿源源不斷地落入到了地上的盆中。

「寶兒，妳拿這石膏，真能做出來好吃的豆腐嗎？」李氏問道，又笑了起來。「妳看，我都問過妳多少次了，這挺神乎的。」

冬寶點點頭，笑道：「下午做出來妳就知道好不好吃了，我還喊了秋霞嬸子他們過來試吃。娘，妳累不累？要不歇一會兒再磨？」

女兒心疼自己，李氏自然開心，然而這點活兒比起她在宋家的時候要操持一家老小的家務來說，實在是輕得不能再輕了。李氏剛要開口，兩人就聽到大門被人毫不客氣地捶響了。

「大嫂、冬寶！開開門，是我！」

兩人對視了一眼，都從對方眼裡看出了幾分恐慌的情緒，聽這聲音，來人竟然是宋榆！門外頭的宋榆等得不耐煩了，他知道李氏母女肯定在家，因此加大了捶門的力度，高聲叫道：「冬寶！快開門！」

看著嶄新的、還散發著木頭清香的厚木板門，宋榆心裡又酸又妒。老宋家的大門是柴火捆成的，寒酸得不成樣子。

「李家人都不是什麼好東西！」宋榆唧唧歪歪地罵道。「這麼有錢，他妹子在家裡的時候也沒見他掏過仨核桃倆棗的！」

不管李立風的錢也好、東西也好，只要到了李氏手裡，早晚都會被他們搜刮乾淨，可惜李立風是個摳門尖酸的。

冬寶在院子裡，沒聽到宋榆在門口又說了什麼，應了一聲。「來了！」

考慮到李氏和冬寶是兩個女人獨立門戶，李立風給她們買的木板門上有一個巴掌大的門洞，門洞後面有根門閂，要是有人敲門，先打開門洞看看，若是不認得的人或是圖謀不軌的人，就不給他開這個門。

李氏要起身去開門，被冬寶攔下了，讓她進屋去。

等李氏進了屋，冬寶才磨磨蹭蹭地搬了個小板凳，放到門旁，踩著小板凳開了門洞。其實不用小板凳，她也能搆得著門洞上的門閂，只不過那樣的話，她就擋不住門洞了，宋榆透過門洞就能看到院子裡的情形。

「啥事啊？」冬寶問道。

宋榆陰著臉，不耐煩地罵道：「擱屋裡幹啥啊？咋還不開門？」

「二叔，我剛給我娘熬藥，走不開。」冬寶說道。

宋榆皺了皺眉頭，眼珠子一轉，說道：「妳開開門，妳奶叫我過來看看妳娘咋樣了？」

冬寶苦著臉搖了搖頭。「二叔，那大夫不是說了嗎？我娘的病會過人，你別進來了，萬一你也染上了，可咋辦？」

宋榆瞪起了眼睛。「哪那麼多廢話！叫妳開門妳就開！」他剛在外頭閒逛的時候聽說了，李氏的大姊找了大夫給李氏看病，說前頭兩個大夫是誤診，李氏根本沒事。他心裡驚疑不定的，便想過來看看。

「二叔，你這樣子，我好害怕……」冬寶努力想做出一個十歲小女孩受驚害怕的表情，然而看宋榆吹鬍子瞪眼的模樣實在好笑，她壓根兒繃不住臉上的笑容，最後便說道：「二叔，我還得給我娘熬藥呢！」乾脆地把門洞啪的一聲合上，插上了門閂。

回過神來後，宋榆惱羞成怒，抬腿就往大門上重重地踢了一腳，咬牙切齒地罵道：「死丫頭片子！妳給我出來，打不死妳個臭丫頭！」

「二叔，你饒了我跟我娘吧！」冬寶哭叫的聲音嘹亮，跟唱大戲似的。「我娘還指望著分家給我們的那兩吊錢買藥救命，二叔，那錢我不能給你啊！二叔，你別打我啊！」

宋榆氣得又往門上踹了兩腳，然而厚重的木板門紋絲不動，倒是他穿著單布鞋的腳痛得要命。他碰都沒碰這小兔崽子的一根頭髮，這小兔崽子就嚎得好像他怎麼欺負她了一樣！

冬寶嗓子亮堂，立刻就有不少人出來看熱鬧了，對站在冬寶家門口氣勢洶洶踢門的宋榆指指點點的。

「宋老二，做人得講良心啊！人在做，天在看！」一個頭髮花白的老婆婆在孫子的攙扶下，指著宋榆說道。

旁邊也有不少人附和著。

「連秀才娘子的救命錢都要搶，喪良心啊！」

「欺負大嫂、姪女倆孤兒寡母的，也不怕遭報應！」

「以前咋沒發現，宋老二和他娘是這樣的人啊？」

宋榆臉皮再厚也受不住了，要是宋榆是個腦袋瓜聰明的，這個時候夾著尾巴快走是上上策，過兩天村裡人淡忘了這事，也就過去了。然而遺憾的是，宋榆不聰明。

他當下就衝看熱鬧的人嗷嗷叫道：「我沒問她們要錢！你們別聽冬寶那死丫頭片子胡扯！」

立即地，冬寶驚喜的聲音又傳了過來——

「二叔，你不問我們要錢啦?!謝謝二叔！二叔你是個好人，要是我娘病好了，我給你磕頭！」

宋榆氣得簡直要仰頭跌倒。

最先出言指責宋榆的老婆婆氣得擺了擺手。「真是不要臉的東西！」讓旁邊的小孫子扶著她回家去了，多看宋榆一眼都覺得膈應。

宋榆臉皮脹紅，不知道是羞的還是氣的。再說下去也是越描越黑，乾脆轉身，灰溜溜地跑了。

外頭沒了聲響，冬寶才跑到門口，踩到凳子上打開門洞往外看，見宋榆真的走了，才呼了一口氣出來。希望宋榆以後長點眼色，別再打她們母女倆的主意了。

一回頭，冬寶就看到李氏從屋裡出來了，臉色慘白地靠在門框上，哆嗦著嘴唇問道：「到底啥事啊？」

冬寶關上了門洞，拉著李氏坐下了，安慰道：「沒事。咱都分家了，誰也管不了咱們。他被我打發走了，這幾天肯定不敢再過來了。」

「那他說了啥事沒？」李氏心裡稍稍安定了些。

冬寶攤手。「這誰知道？他嘴上說是我奶要他來看看妳咋樣了，哄誰啊？」黃氏再怎麼腦殘，也不可能讓宋榆一個大男人獨自前來看望寡嫂的身體如何了。「肯定是他聽說妳快好了，家裡活兒又沒人幹，要打妳的主意吧。咱不搭理他，就是我奶來了，跟咱說啥、要啥，咱也都不能答應。」冬寶說道。

李氏被宋秀才洗腦到有個信念，就是認為宋秀才死了，她便得替宋秀才孝敬黃氏兩老。然而冬寶認為，孝順可以，卻不能愚孝。給黃氏盡孝就等於給黃氏當牲口，幹活再賣力也要被她時不時地抽上幾鞭子撒氣，不能幹活了還要被殺了吃肉。

「這肯定的。」李氏點頭。她還想好好幹幾年活，給閨女攢點嫁妝。

下午李紅琴帶著女兒張秀玉過來了，準備在冬寶家住一晚上再走。

張秀玉比冬寶大三歲，個子已經開始抽條，長得秀氣白淨，跟李氏和冬寶打過招呼後，就忙著給冬寶和李氏收拾院子，任憑李氏怎麼說都不閒著。

李紅琴還給冬寶帶了兩身衣服過來，笑道：「都是秀玉以前穿過的舊衣服，扔了也是扔了，寶兒先將就著穿。」

莊戶人家哪有扔衣服的，等衣裳不能穿了，也要剪成塊，做鞋底子用。李紅琴這麼說，不過是客氣的說法，怕李氏不要。

太陽偏西的時候，大鍋裡的豆漿已經翻騰著水泡沸騰了，冬寶從灶膛裡掏出了燒得正旺的柴火，等豆漿冷卻了一段時間，冬寶手指輕快地沾著鍋裡的豆漿試了試溫度，就開始點豆腐。

隨著石膏水斷斷續續均勻地點入，鍋裡的豆漿很快地凝成了一塊塊雪白的豆花，冬寶把成形的豆花撈了出來，放到一旁的盆子裡。

「真是神了！」李紅琴嘖嘖嘆道。「這豆腐嫩成這樣，光看著就叫人想吃一口嚐嚐。」

看著一盆白嫩的豆花，冬寶心裡也滿是歡喜。聽了大姨的話，冬寶靈機一動。「娘，咱先不賣豆腐，先賣豆花，打開市場銷路。」

啥是市場銷路？聽的人一點兒都不懂，然而這並不妨礙眾人對豆花的喜愛。

過了一會兒，林家人也來了，還扛來了一袋磨好的包穀麵。

李氏推辭不要，被秋霞嬸子制止住了，笑道：「冬寶做飯香，我們都想來吃冬寶做的飯，妳要是不收，我們以後可不好意思來了。」

其實照林家人的為人，就是冬寶做飯比御廚好吃，林家人也不會來蹭飯的。秋霞嬸子是怕李氏面子薄，不要這些糧食。

「我聽村裡人說，宋老二上午到妳們家來鬧，是要錢還是咋地？」秋霞嬸子問道。

李氏臉上就露出了無奈的神色。「他說冬寶她奶叫他來看看我咋樣了，冬寶不給他開門，他就踹門，還罵人，倒是沒提要錢的事。」

李紅琴沒想到還出了這種事，氣得拍桌子大罵。「宋老二就不是個東西！就不給他開門，下回再敢來，拿燒火棍捅他！」

冬寶抿嘴笑道：「這幾天估計他是不敢來了。」

林實一直靜靜地聽著，這會兒上才說道：「這兒離我們家遠，就是想照應恐怕也趕不及。大娘和冬寶兩人在家我們也不放心……上個月我大姑家的狗生狗崽子了，明天我就去我大姑家，抱隻狗娃兒過來吧。」

「那謝謝大實哥了。」冬寶笑道，以後誰要敢踹門，就放狗咬他！

豆花做好後，冬寶給每個人都盛了一碗白嫩嫩的豆花，澆上滷汁，再撒上幾粒蔥花。

「好吃！」眾人紛紛稱讚。

林實慢慢吃著碗裡的豆花，微笑地看著有點小得意的冬寶。他捨不得像栓子和全子那樣，一口氣吃了個乾淨。接觸越多，瞭解越多，他就越發現冬寶的好，這麼小的小丫頭，心思怎麼就這麼玲瓏聰明呢？

全子和栓子兩個孩子乾脆把碗底都舔了個乾淨，然後眼巴巴地看著冬寶，盼著她再做出點兒來給他們吃。

冬寶忍不住得意地笑，就是這麼一碗在她看來材料都不全的豆花，都能把吃的人給美的！可惜她旁敲側擊多次，確定了這個時代沒有辣椒。要是有辣椒的話，用油炸了磨得細細的紅辣椒粉，做成紅油辣椒，在豆花上澆上一小勺，味道那個美啊！

「還有這麼多豆花，夠明天早上賣了吧？」李氏問道。

冬寶搖了搖頭。「這些不能賣，到明天早上就不新鮮了。咱們明天得早點起來，磨豆漿、點豆花。」

「那得起多早？」秋霞嬸子不由得感嘆。「原先想這活計輕省，沒想到也是辛苦活兒。」

嚐。

「辛苦怕啥？我有的是勁兒。」李氏輕聲說道。

李紅琴也說道：「我看這兩天我先不回去了，留下來給妳們幫忙。」

兩斤豆子磨出來的豆花被眾人分吃了一半，剩下的豆花，冬寶打算壓成豆腐給眾人嚐嚐。

人多力量大，林實幫冬寶壓豆腐，壓豆腐的工具是一個裂了幾道縫的升，鋪上布，將豆花一勺一勺地舀到了布上，放滿了之後就放上一個木板，再搬石頭壓在上面，把豆花裡頭的水分給擠壓出來。

壓了一個時辰後，冬寶拿掉石頭，第一鍋豆腐就這麼新鮮出爐了。

豆腐有三斤重，冬寶切下來一半放到井水裡鎮著，準備吃完飯後讓林實帶回去，剩下的一半則切成片爆炒。

和冬寶預料的一樣，豆腐被眾人吃得精光，連豆腐上的蔥花都沒能倖免。

「這東西好！」吃過飯後，林福讚嘆道。「只要做出來，多少都賣得出去。」

那當然了！冬寶暗自點頭。在十四億人口的中國，豆腐可是家家必備的，一年下來得賣出去多少豆腐啊？

第三十章 賣豆花

李氏頭一次做生意，心中激動不已，臨睡前還一遍又一遍地檢查準備好的碗筷、滷汁，生怕出錯了。半夜的時候，李氏就醒了，看冬寶還在睡，沒捨得叫醒她，輕手輕腳地穿好衣裳，去了院子裡。

李氏剛把泡豆子的桶提到了院子裡，李紅琴就出來了，小聲道：「我沒起晚吧？」

「沒有。」李氏笑著說道，也壓低了聲音。兩人都是做娘的，不約而同地都想讓孩子多睡一會兒。

把豆子磨好後，冬寶就醒了，聽到外頭磨盤轉動的聲音，她趕緊起床。

等她穿好衣裳出來時，張秀玉也起身了。

「回去再睡會兒。」李紅琴笑著衝兩人擺手。「等我跟妳娘把豆漿燒開了，妳再過來。」

冬寶笑嘻嘻地說道：「那哪行？我不放心妳們倆，我得看著。」

昨天晚上冬寶把剩下的八斤豆子全泡上了，兩個人做肯定吃力，她多少能幫些忙。

天麻麻亮的時候，李氏和李紅琴就挑著擔子，帶著冬寶往鎮上走，留張秀玉看家。

因為來得早，她們還搶到了好位置。

等太陽露出了臉，街上的人漸漸多了起來。林家人帶著栓子，早早地過來了，全子和栓子一人捧了一碗豆花，大聲地哧溜著豆花，叫道：「好吃！真好吃！」

豆花上撒了香油，混合著豆子的清香和滷汁的香味，飄出去老遠，豆花上還放了油炸的豆子，聽全子和栓子咬豆子的清脆聲音，就知道豆子炸得酥脆。

很快地就有人圍了過來，看全子和栓子吃得香，不少小孩便纏著大人要吃。

有人問道：「妳們這是啥東西？咋賣的？」

冬寶沒回答他這是什麼，只笑道：「大叔來一碗嚐嚐吧？兩文錢一大碗，不好吃不要錢！」

豆花看起來又白又嫩，讓人垂涎，且兩文錢確實不貴。

很快就有人拿了兩文錢要了一碗，冬寶拿勺子刮了滿滿一碗豆花，澆了足足的滷汁和香油，放了炸黃豆和蔥花，端給了那個人。

「好吃！」那人吃了第一口後，忍不住讚嘆了一句，接著便埋頭猛吃起來。

第一個來買豆花的人說了好吃後，冬寶收錢的手就沒停過了。

從家裡出來之前，冬寶就叮囑過李氏和李紅琴了，今天來不在乎賺了多少錢，但一定要把名聲打響了。來趕集的都是莊稼人，喜歡吃口味重的東西，所以不僅豆花給得要多，還不能吝嗇了滷汁和香油。

她們只帶了六個碗過來，其中還有四個碗是借林家的，不少人吃了第一碗後，覺得不過癮，又接著買了第二碗吃，碗都不夠用。冬寶看口袋裡攢了有不少錢了，便趕緊去買了十副碗匙回來。

趕集的人越來越多，前頭吃豆花的人又給後面來的人做了活廣告，一大盆子豆花很快就見了底，還有不少人等著要買。

「沒了。」冬寶衝著要買豆花的大嬸抱歉地笑道。

「唉！」全子和栓子兩個好兄弟聞言，齊齊哀嘆了一聲。他們倆才吃了一碗，就沒了！

「做得少了。」秋霞嬸子笑道。「明兒多做些，肯定都能賣得出去。」

李氏臉上滿是喜悅，壓根兒沒想到會這麼好賣。

幾個人收了攤子，開開心心地往塔溝集走。

冬寶摸著懷裡的錢袋子，一路上傻笑了好幾次，眾人看她一副「小財迷」的模樣，皆笑得合不攏嘴。

到村裡後，幾個人先回家放了擔子，便又去老成家的雜貨鋪秤了五十斤的豆子。

看李氏面色紅潤，神情輕鬆愉悅，老成拱手笑道：「秀才娘子病好了？恭喜啊！以後妳們娘兒倆的日子肯定越過越好啊！」

「承您吉言。」李氏笑道。

「冬寶她娘其實沒啥病。」秋霞嬸子笑道：「都怪我跟孩子他爹眼拙，去鎮上請了兩個大夫過來都不頂事兒。」這幾天，秋霞嬸子跟村裡的人一直都是這麼說的。

老成湊趣道：「妳跟林福都是好心。」莊戶人家買東西，頂多三、五文錢的買賣，像冬寶這樣一次買五十斤豆子的大生意，一年也難得幾次，所以老成願意多奉承幾句。

到了家後，冬寶就看到林實抱了條黑不溜丟的小奶狗站在門口等她們。

李紅琴笑道：「大實咋不敲門進去啊？你秀玉妹子在家呢！」

林實笑道：「我也是剛到，聽見妳們說話了，就等著妳們過來。」

小奶狗聽到說話聲，三角形的耳朵立刻支愣了一下，從林實的臂彎裡抬起頭來，瞪著烏溜溜的眼珠子看著來人。

冬寶喜歡得不行，連忙跑過去摸著小奶狗的頭。小奶狗也不怕生，乖乖地讓冬寶給牠撓頭順毛。

「咋抱隻黑狗過來了？公的還是母的？」秋霞嬸子有些不滿，對林實唸道。

林實笑道：「是小母狗。咱們開口要晚了，大姑家的小狗就只剩下兩條了，還有一條是花狗，不如這小黑狗壯實。」

「黑狗就挺好的。」冬寶怕秋霞嬸子再訓斥林實「辦事不力」，連忙開口了。「小黑能辟邪！」

秋霞嬸子笑了起來，對兒子小聲說道：「瞧瞧，我還沒說你啥呢，這就護上了。」

林實俊秀的臉唰地就紅了，看冬寶專心地玩小黑狗，沒注意這邊，才鬆了口氣。「娘妳瞎說啥？冬寶還小著呢！我先回家餵豬了。」說罷就揹了豆渣，低著頭快步走了。

李氏從灶房裡出來時，只看到林實離去的背影，說道：「這孩子咋就走了？等會兒留下來吃中飯啊！」

逗完兒子的秋霞嬸子心情甚好，哈哈笑道：「不了，我們家還有一塊豆腐沒吃，全子昨天就吵著要吃了，回了。」說完便也走了。

李氏和李紅琴在灶房做飯，冬寶和張秀玉便帶著小黑到樹林裡撿柴火。一般莊戶人家地裡出產的麥稈就夠燒了，但冬寶她們什麼都沒有，只能撿柴火。

路上碰到了村裡人，凡是認得的，冬寶都笑著打了招呼，喊叔叔、大爺喊得挺親熱的。

「冬寶，聽說妳娘身子好了？」不少人都跟冬寶打聽。

冬寶點頭，笑道：「好了，都能下床做飯了。」

「妳旁邊的姑娘是誰啊？長恁俊！」

「是我大姨家的表姊。」冬寶拉著張秀玉，笑著介紹道。

「妳們上午在集上賣的是啥啊？我瞧著買的人不少啊！」

這是在集市上看到冬寶她們擺攤的人問的，潛臺詞就是：妳們賺了不少錢吧？

「是豆花，用豆腐做的。」冬寶說道，不想解釋那麼多。

問的人更加驚奇了。「豆腐？豆腐不是澀的嗎？咋我聽說妳家賣的還挺好吃的，一點都不苦呢！」

冬寶嘻嘻笑了起來，搖頭道：「我也不知道，昨晚上試著做了一回，覺得好吃，就拿去賣了。我和我娘還背著幾兩銀子的債呢，得想辦法還錢。」

聽到這裡，任誰都要對冬寶母女翹個大拇指了。有林家和洪家作保，要是疲懶的人，壓根兒就不把債務當回事了，冬寶母女倆孤兒寡母的生活都困難了，竟還想辦法要賺錢還債，不能不叫人佩服啊！

冬寶和張秀玉抱著柴火回家的時候，就看到一個小孩站在她家門口鬼鬼祟祟地踮著腳往裡頭看。

「那是誰啊？」張秀玉納悶地問道。

冬寶看清楚了那個小孩，心裡頭的火氣就蹭地往上冒。真是上梁不正下梁歪！

「二毛，你偷偷摸摸的想幹啥啊？」冬寶扯著二毛的耳朵就開罵了。

二毛剛被冬寶抓住的時候嚇了一跳，回過頭來見是冬寶，就不當回事了。

拖著鼻涕的二毛又使勁往回吸了一下，青色的長鼻涕就被他吸回了鼻子裡，把冬寶噁心透了。

「不幹啥！」二毛左顧右盼，一副無賴相。

冬寶皺眉，鬆開了揪住他耳朵的手。這小子不知道多少年沒洗澡了，耳朵上一層油灰！

「不幹啥你跑我家來鬼鬼祟祟的？是誰叫你來的？」冬寶不客氣地問道。

小黑似乎是能感受到主人的情緒，衝著二毛就嗚嗚叫了起來。

二毛不吭聲，趁冬寶沒防備就跑了。

小黑追了幾步，被冬寶叫了回來。

「那是誰啊？」張秀玉問道。

冬寶撇了撇嘴。「我二叔家的小孩。」

想起二毛拖著的鼻涕，張秀玉也覺得有些反胃。「趕緊回去吧。」

吃過了飯後，幾個人躺在床上，美美地睡了個午覺。

李氏一覺醒來，覺得神清氣爽。以前在宋家，午覺都只敢瞇一會兒，從不敢睡著了，生怕黃氏醒來看不到她幹活，又要罵人。

冬寶醒來後，就開始數錢袋裡的錢。

除去給全子和栓子兩個「飯托」吃的兩碗豆花，今天一共賣出去了六十二碗豆花，一碗豆花兩文錢，除去買碗筷的四十文錢，還剩下八十四文。冬寶今天帶了一吊錢出門應急，回家又買了一百五十文錢的黃豆，算下來，錢袋裡應該還有三十四文錢。

袋子裡的錢是對的，這讓冬寶挺安心的。

然而，冬寶還沒高興一會兒，就聽到洗碗的李紅琴叫了起來。

原來應該是十六只碗的，如今只剩下十五只碗了，少了一只新碗！

「太不要臉了！」李紅琴氣得不行。一只碗四文錢，買一碗豆花不過兩文錢，還要把碗給捎帶走！

冬寶也相當地無語，豆花不值錢，值錢的是四文錢一個的粗瓷大碗。

「算了，大姨，明天起咱們注意著點就是了。」冬寶笑著勸道。「過段時間碗用舊了，就沒人要咱們家的碗了。」

李紅琴想到了別的事上，有些犯愁，對冬寶和李氏說道：「這豆花好吃，我瞧著不算多難做，要是有人也學著咱們賣豆花、賣豆腐，那可咋辦？」

「大姨放心，他們不知道咋點豆腐的。」冬寶笑道。

「有人看咱這生意賺錢，肯定會眼紅，以後咱也少不了常去買石膏，人家要是知道了是用石膏點的呢？」她很替冬寶母女發愁。

冬寶格格笑了起來，安慰李紅琴道：「大姨，我上回買的石膏夠用好長時間的。再說了，就算他們知道了我買石膏是做啥用的，估計也難做得出來。」

藥鋪子裡賣的石膏是生石膏，而點豆漿用的石膏是熟石膏，這個時代又有多少人知道呢？

最重要的是，冬寶一點都不怕這個秘密被人知道。就算被人摸索出來了，那個時候她也已經積累了足夠的名氣和本錢了。

她沒打算單靠賣豆腐掙大錢，想賺更多的錢，就要拓展高端市場，像是內酯豆腐、千葉豆腐還有口味更嫩滑的日本豆腐等等，這些她都想做出來，賣上更好的價錢。

豆子用得多，豆渣也產生得多，豆渣可以拿來餵豬，等她手裡頭攢了錢，就能養豬，過年的時候賣年豬，又是一筆不小的收入。

再攢了錢，就能買地，專門供應豆子，這樣連買豆子的成本都省下來了！

冬寶越想越覺得前景妙不可言啊！

下午時，李立風帶了一個工匠過來，給冬寶家的大門刷上了一層清漆。因為冬寶和李氏還沒出孝期，不便刷顏色鮮亮的，只能塗清漆。

「我上午聽秋霞說，妳們去鎮上賣豆……」李立風想了半天，也沒想起來秋霞跟他說的是什麼。

「豆花！」李紅琴笑著說道。「多虧了冬寶腦袋瓜好使，想出了這麼好的東西。」

李立風問道：「生意咋樣？」

「挺好的，六十二碗豆花，不一會兒就賣光了，還有好些人沒吃上呢！」李氏笑道。「明天我們打算多做些豆花，還要做豆腐，等明天我們到了集上，給你們送過去一塊嚐嚐。」

冬寶小小地汗了一把，李氏真是個沒啥心眼的實在人，連賣了多少碗都一五一十地說了出來。

李立風連忙擺手。「不用！妳們掙錢不容易，能多賣點就多賣點。」

「就是不賣豆腐，也要留夠給大舅吃的。」冬寶笑道。大舅還送了她家一扇大門，都說是好木料做的，沒二兩銀子肯定買不到。

「那也別給多了，妳們身上還背著債，先想法子還上債要緊。也別光顧著掙錢，把自己給累到了。」大舅看著冬寶和李氏，溫聲說道。

冬寶點了點頭。大舅是個明白人，他盡力幫忙，卻從來不像她那個秀才爹一樣，自大到幹啥都恨不得大包大攬。

想到這裡，冬寶突然靈機一動，問大舅道：「大舅，你見識多，知不知道有啥東西嚐起來味道是辣的？」

李立風疑惑地看了看冬寶，說道：「薑蒜和蔥都是辣的。」

「不是這個辣。」冬寶搖頭，猶豫地說道：「有沒有別的東西吃起來舌頭覺得像火燒一樣的那種辣？」

李立風想了半天後，說道：「有一種東西也有辣味，聽說南邊有人拿它來做菜，就是茱萸果子。」

冬寶笑道：「大舅你能弄來不？弄來我試試放豆花裡，肯定好吃。」

李立風應下了。「好，我託貨行的掌櫃留意一下，有的話就給妳帶上一些。」

吃晚飯前，冬寶泡了二十斤豆子，打算十五斤豆子做成豆花，五斤豆子做成豆腐。一斤豆子能出三斤豆腐，或者四斤豆花。

滷汁也調配好了，小蔥則要等到早上的時候再切，不然放了一夜脫水，就不新鮮了。

第二天，來買豆花的人更多了，壓根兒不用全子和栓子賣力宣傳，冬寶收錢就忙不過來了。

李紅琴則是一雙利眼緊盯著拿碗喝豆花的客人，只要有人喝完了，她立刻去把碗收回來洗了，立志不再丟一個碗。

忙裡偷閒，冬寶還跑去大舅家借了一桿小秤，跟來吃豆花的客人大力推薦自己做出來的豆腐。

豆腐是被壓製過的，略帶一點黃色，沒有豆花看起來那麼白、那麼嫩，所以買的人不如冬寶想像中那麼多。

多數人都笑著擺手道：「這東西吃起來一股豆澀味，家裡人不愛吃。」

不過冬寶也不灰心，會勸一句。「這東西就是用豆花做出來的，一點澀味都沒有，兩文錢一斤，比豆花便宜。一文錢買半斤回去，炒了、燉了都好吃。」

經過冬寶的賣力推銷，一上午的工夫，豆腐賣出去了六斤，還剩下九斤左右，豆花則是一早就賣光了。

「豆腐還是不好賣啊！」李氏嘆道。

「不著急。」冬寶笑道。「今天不是賣了六斤出去嗎？那些人一傳十、十傳百，還愁賣不出去？」

口碑哪是那麼容易建立起來的？那些名氣響亮的老字號，沒個百年積澱，都不好意思說自己是「老字號」呢！

她想把賣豆腐作為一項在古代安身立命的事業，堂堂正正地活著，帶著李氏過上好日子！

——未完，待續，請看文創風259《招財進寶》2

村姑也要出頭天　相夫教子賺大錢／天然宅

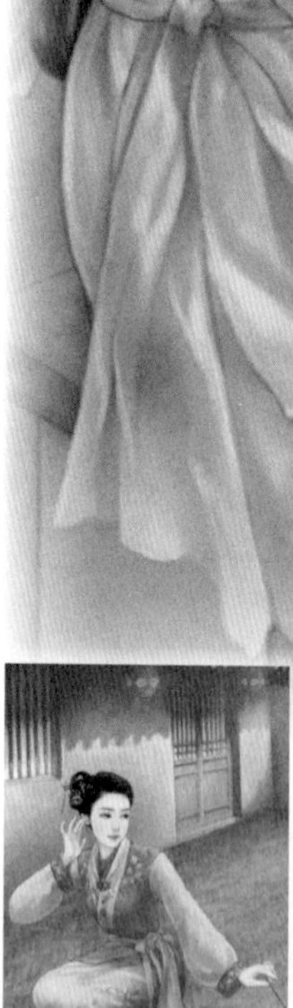

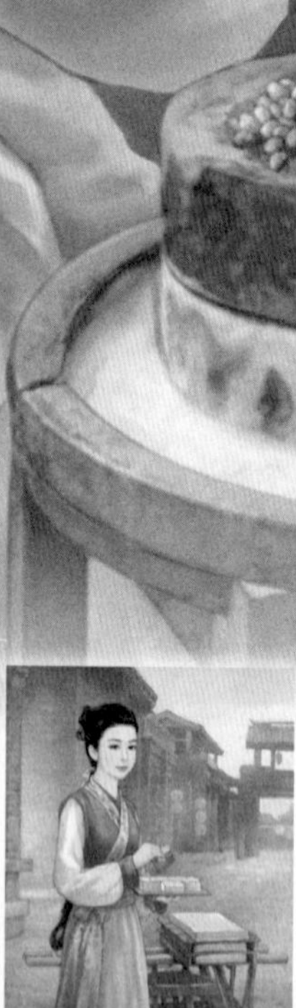

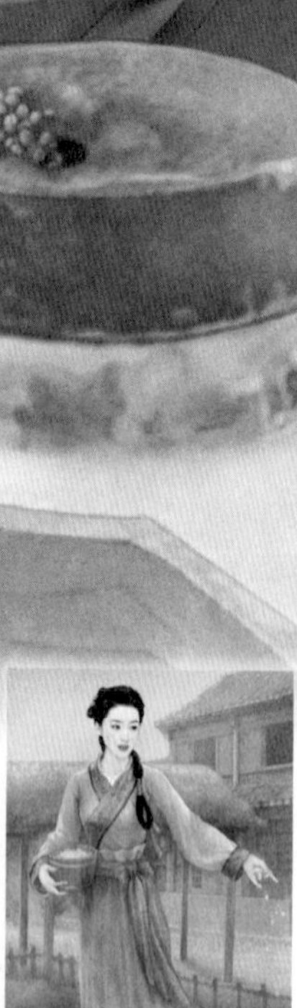

家好月圓

柴米油鹽的農家記趣，
酸甜苦辣的逆轉人生，
日子再苦再難又有何懼？
有她在，生活一定會蒸蒸日上！

波瀾更迭，剛柔並蓄／恬七

別人是高唱家庭真幸福，溫月只能怨嘆自己遇人不淑，
不僅爹不疼、娘不愛，還看到老公與小三勾勾纏，
她一怒之下，借酒澆愁，沒想到宿醉醒來竟離奇穿越？
不過幸好上天待她不薄，除了賜她一位良人，
還讓一直冀望有個孩子的她，一穿來就有孕在身，
只是……這夫家生活也太苦了吧～～
打獵她不會，種田更是沒經驗，這該如何是好呀？
好在她腦筋轉得快，運用現代絕活也能不愁吃穿，
不只繡藝技壓群芳，涼拌粉條更征服了古代人的胃，
可好日子總是不長久，最渣的「大魔王」竟出現了——
失蹤的公公突然歸來，不僅帶回兩個美妾，還說要休掉正妻？
果真是色字頭上一把刀，更何況這狐狸精心懷不軌，
既想謀奪家產，又想當他們的後媽，哼，門兒都沒有！

文創風 258

招財進寶 1

國家圖書館出版品預行編目資料

招財進寶 / 天然宅著. --
初版. -- 臺北市 : 狗屋, 2015.01
冊 ; 公分. --（文創風）
ISBN 978-986-328-401-7（第1冊 : 平裝）. --

857.7 103025061

著作者	天然宅
編輯	黃淑珍
校對	黃薇霓　馮佳美
發行所	狗屋出版社有限公司
地址	台北市104中山區龍江路71巷15號1樓
電話	02-2776-5889～0
發行字號	局版台業字845號
法律顧問	蕭雄淋律師
總經銷	知遠文化事業有限公司
電話	02-2664-8800
初版	2015 年1月
國際書碼	ISBN-13　978-986-328-401-7
原著書名	《良田美井》，由創世中文網（http://chuangshi.qq.com）授權出版

定價250元

狗屋劃撥帳號：19001626

網址：love.doghouse.com.tw　E-mail：love@doghouse.com.tw